追想の午後

追想の午後

もくじ

もくじ

1

一章　言いなりの母

私の言葉に、母は合わせてきた。

早くに父が亡くなり、男の私を頼りとしていたのは、おとなしい性格の母らしいことなのだが、親でありながら言いなりの母に、「淳《じゅん》ちゃんによくないわ」と三歳違いの姉は不満をぶつけ、「お兄さんにはお母さんじゃなくて奥さんのようね」と四歳違いの妹はからかった。

父が亡くなった当時、私は十七歳で高校の二年生になっていた。母が私を産んだ昭和三九年に東京で開催されたオリンピックは、経済成長に拍車を掛けて天井《てんじょう》知らずの発展を招くが、父に死なれた昭和五六年には大型企業の倒産が相次ぐなど、高度経済は翳りを見せ始めていた。母の人生と時代の波を因縁めかすつもりはないが、昭和後半の大きなうねりに連動するように私は現れ父は消えていた、とも言える。

父は入退院を繰り返していたので、長患いの末の死だったが、母はなかなか立ち直れなかった。心細そうな母を見ているのは、父の死にも増して辛かった。高校生であることを意識した私は先に立って子供達の結束をはかった。姉の享子《きょうこ》の行動には計画性があったが、妹の芳子《よしこ》は成り行き任せ、そして私は突発的、と性格はかけ離れていても、気弱な母を悩ませたくないという気持は一致していた。片親となった家庭で母がどう見られるかは子供次第だ、と私は偉そうに家族としての自覚と立場を論じた。姉は会社を離れれば家事を優先するようになり、私と妹はよく勉強した。お行儀のよさと愛想のよさに姉の器量も手伝って、近所でも評判な良い子供達だった。しっかり者と言われていた私は、自分の問題は自分で解決し、母の助けとなればまっ先に動いた。「ご主人がいなくても安心ね」と奥さん達に言われて、母も気をよくしていた。

父の一周忌を済ませた頃、母に仕事の誘いがあった。デパートに勤務する母の友人からで、同じデパートの食品売場で人を求めていた。母に勤めの経験はなく、何よりも内気な性格を思って姉は一方的に反対した。だが、社会人となっていたのは姉だけで、私は大学進学を目ざし妹はまだ中学生であったから、父が遺してくれたものだけでは将来を不安がって仕事に出るべきか母は迷った。私も母は接客には向かないと思ったが、「今困っている訳じゃないんだから、やってみて無理だったらやめればいいさ」と軽く言った一言で、母は初めての通勤を思いきった。ところが、予想外にデパートでの母の評判はよかった。姉が聞きつけた話によると、誠実な仕事ぶりと、心配された内気が逆に控えめと評価されて、顧客からは好感を持たれデパート側も喜んでいるという。自信のなさが母を頑張らせていたのだろうが、「倉庫から二つ持って行って、どちらにしますか?と訊いたら、あなたが走って持って来たんだから両方とも買いますよ、と言って下さってね」と嬉しそうに話す奮闘ぶりや、「試食だけ勧めて下がろうとすると、大抵買って下さるのよ」と首をかしげる欲のなさに、母の爽やかな一面を見たようで、つられて買う客の気持も分かる気がした。

母がデパートに落ち着いても、私と妹が売場に寄ることはなかったが、姉は休日によく訪ねては母と昼食を共にしていた。その姉から、母が売場で袢纏《はんてん》を羽織っていると聞かされたとき、笑い転げる姉と妹を見ながら不愉快な気分になった。その頃、私は大学で朗読のサークルに加わっていた。読書好きが高じて興味を持ったのだが、声に出して読めば行間までが読み取れるものだと知り、発音だけでなくテンポも間合いも必要とする朗読の難しさを知った。扱う書籍にはそのつどテーマがあって、ラブロマンスやらミステリー、随筆類に翻訳物、日本文学でも古典から現代小説、と多岐に亘《わた》っていたが、私が得意としたのは大正末期から昭和二十年代までに書かれた小説だった。登場する女性達は古風であったが、私は物腰や立ち居振る舞いに母を重ねていた。しかもその人物は脇役であっても品格を感じさせる女性に限られた。だから志賀直哉の『暗夜行路』や川端康成の『千羽鶴』には熱が入って、サークルでも好評だった。売場で袢纏を着ている母を不愉快に思ったのは、私の構築したイメージが母本人と、面白がっている姉や妹に足蹴《あしげ》にされたような気がしたからだった。

平成の始まりは我が家にも転機をもたらしたが、その一、二年のうちに私と母が向かう先の下地はできていたのだと思う。

大学の研究室に残っていた私が、今の会社に就職したのは平成元年だった。同じ年に妹も短大を卒業して仕事に就いた。平成二年は姉の結婚の年で、一月に婚約を聞かされるや否や、六月には結婚して家を出た。義兄となった岡さんは大手の光学会社に勤務していて、エンジニアらしい利発さと堅物《かたぶつ》とも言われそうな真面目《まじめ》さを漂わせ、いかにも堅実な姉が選びそうなタイプであっただけに、合同コンパでの出会いがそぐわなかった。結婚した年の暮に早くも姉の妊娠を知らされたとき、家の買い換えの話が現実化していた。二二年暮らしてきた家は、練馬の、埼玉との県境近くにあり、妹が生まれた年に父が子供達のことを考えて中古を購入したのだが、その子供達が大人となると規模にも間取りにも不便を感じていた。父が亡くなると、台所の奥が母の居場所となって家族の居間を兼ね、二階の六畳間に姉と妹が同室して、廊下を隔てた三畳間は私が独占した。姉が嫁いで、六畳間に残った妹が嫁いだとしても、母との同居を前提に私の結婚を考えれば明らかに手狭で、買い換えの話はこれまでにも折りに触れ出ていた。それがいよいよ現実となると、家の売却額が決まらなければ新居を選ぶにもローンを組むにも動きが取れなかった。いっそ物件探しを先にしようとした私に反対したのは姉だった。姉は産院の帰りがけに立ち寄っては口を挟んだが、いつも私とは意見を異にした。その姉が、突然、母を自分のもとへ呼び寄せたいと言い出した。姉の住居は岡さんの会社の社宅だった。訪ねたことはまだなかったが、開発中の郊外に高層で建ち、姉達は八階に住んでいた。間取りにも余裕があり、母が仕事に出なくても余裕があると姉は言ったが、誘いかける言葉の中には生まれて来る子供の世話をさせたい心算が見て取れた。妹は軽くうなずいていたが、私は強く反対した。母が仕事をやめて孫に掛かりきりになれば、老化は目に見えていた。母が祖母になるのは仕方ないとしても老婆にはさせたくなかった。私は脳の活性化を理由に仕事を続けるように強制した。結局、母は私の言いなりになり、姉は諦めた。

母を姉のもとに行かせたくない大きな理由が、別にあった。自分の意見を出せない母の弱さは、一方では納めてしまう強さでもあり、おとなしい性格に育って来た時代がそのまま焼きついていた。と言っても、私がその時代を知る筈もないから、小説の中の、自分の運命に黙って従っていくしかなかった女性像に母を置こうとする私の勝手が働いているのも確かだった。まして「男女雇用機会均等法」が制定された昭和も終わり、古風な中に女らしさを見ていたい私の憧れは、母を巡って姉や妹とぶつかった。ウーマンリブを当然とする二人は考え方を変えさせようと仕向け、母をそっとしておきたい私には疎ましかった。ことに姉は、母に交際を勧めたことで油断がならなかった。それは、姉が挙式後も勤務していた時期のことで、結婚式の写真を見せに来たついでに持ち出した話だった。相手は姉の会社の専務で、列席した披露宴で未亡人である母を見そめ、交際を姉に打診してきたのだ。私は母から目を逸らして、興味深そうに二人に目を行き来させる妹の顔を見ていた。その専務は数年前に妻を亡くし今は邸宅に一人住まい、と聞かせるうちに姉は母を促し始めた。

「そんな話、持ってくるなよ」

突然の私の怒号に姉と妹は目を丸くし、母は顔色を変えた。上司からの言葉一つで簡単に母を引き合わせようとする姉の神経にも腹が立ったが、黙って聞いている母に当然とも言える嫉妬が湧いた。私の一声に部屋中が凍りついた。悪いことでも言ったかのようにうろたえる姉と、訳が分からずに口をすぼめる妹、だが、青ざめて下を向いた母には、半年前の、誰にも知られていない旅行のことが頭にあった筈だ。

二章　内緒の旅行

デパートの食品売場で、母の担当は海産物の加工品を扱う係だったが、視察に訪れた主人に望まれて店の一軒の専属となっていた。本店を京都の錦小路に構えていると聞いたとき、袢纏《はんてん》を着出した訳が分かった。店の包装紙を見ると、東西のデパートやショッピングセンターに置く支店は十軒にも及んでいたが、雇い主は全店の従業員を集めて年に一度の慰安旅行を振る舞っていた。旅行は豪勢で、和倉温泉や浜名湖畔の高級旅館を使い、観光の起点となる駅にバスを連ねて、往復の交通費も一律に渡されていた。当時の店の繁盛ぶりと主人の太っ腹がうかがえる。旅行の機会がなかった母には行く先々が珍しく、景勝地でのスナップ写真を見せながら、旅館の豪華さや料理のおいしさを驚いたように語った。

その年の旅行先は鳥取の大山《だいせん》ということで、母はあらかじめ防寒の衣類を揃えていた。

「今年の慰安旅行は、諦めてよ」

出し抜けに言われて、母の眉が動いた。台所のテーブルを挟んで母は立ち、私は椅子に腰掛けていた。

「その旅行の日に、どこかへ行こうよ」

母は目で訊き返した。

「姉さんや芳子には内緒で、二人で行こう」

母が小さく声を発した。

「母さんは慰安旅行で、僕は会社の連中と徹夜マージャンだと、嘘をつけばいい」

冗談と聞いて、母は笑い出した。

「待ち合わせの場所を決めて、僕は会社から直行する。慰安旅行は金曜日だったね、午前中の仕事を済ませたら早退するよ。午後からだとそう遠くへは行けないから、箱根か湯河原か、母さんの気に入りそうな旅館をエージェントで相談してみる。入社の年の記念と、給料取りになったんだから、せめてもの親孝行さ」

母は私が本気で誘っていると分かると、困った表情をしたが、何も言えなかった。

「一度そんなこと、してみたかったんだ。誰にも知られず親子でお忍び旅行なんて、痛快じゃないか」

私が母の返答を待たないのは、いつものことだった。


当日は朝から晴れ渡っていた。十一月の末ともなると、外気には冬の冷たさが漂い、東京駅を行き交う人の足どりにも師走を迎える慌ただしさがあった。昭和天皇の危篤で自粛に暮れた年の反動を一年後の街に見ながら、繁栄の余韻に隠れて押し寄せる不況の波にはまだ気づいていなかった。

待ち合わせのステーションホテルの入口に立っていると、コートを着た母が旅行鞄を手に近づいて来た。母が私を見つけてうなずき、私は頬笑みで応じた。母の手から鞄を取ると、改札口へ向かった。

「なんだか、悪いことをしている気がするわ」

ホームをつなぐ長い通路を歩きながら、遅れてついて来る母が言った。

「だから、面白いんじゃないか」

母はそれきり何も言わず、靴音を急がせていた。

新幹線のシートに落ち着くと、旅館のパンフレットを母の膝に置いた。エージェントで予約した日に渡されていたが、家へ持ち帰る訳にも行かず、会社のロッカーに隠しておいた。母が手に取って開いた。コートを脱いだ母は、よそ行きのブラウスに厚地のカーディガンを重ねていた。外出のときは常にスカートだが、手製のお気に入りの一着で来たことが私を満足させた。

「いい旅館ですね、高かったでしょう?」

パンフレットを裏返して母が言った。

「前から行きたかったんだ、熱海のその旅館。志賀直哉や谷崎潤一郎が贔屓《ひいき》にしていたそうでね、庭園と部屋の造りがいいらしい」

熱海の駅前でタクシーに乗り、旅館までは十分ほどだった。長い塀を巡らした割には小ぢんまりとした玄関で、先に上がった私を躱《かわ》すように母は後ろ向きに靴を脱いだ。母の鞄を持った仲居さんに先導されながら、趣《おもむき》の違う二つの洋間を通り抜けた。廊下へ出ると和風の佇まいとなり、格子戸を連ねる部屋の一つに案内された。開け放たれた襖《ふすま》から見える座敷の広さに驚かされたが、畳を踏んで、目は屋外の庭園に注がれた。母が溜息をついた。座敷の前を池が占め、飛び石伝いに対岸は小高い丘、その向こうにも両側にも、目の据えどころがないほど庭園は広がっている。

「お茶をどうぞ」

仲居さんに言われて、母と私は塗りのテーブルに着いた。ふっくらと厚みのある座布団に、坐り慣れるまで脇息《きょうそく》に凭《もた》れた。仲居さんは私に向かって夕食の時間を尋ね、母には横顔で一礼して去って行った。お茶を一口啜ると、灰皿を引き寄せて煙草をくわえた。両手で茶碗を傾けていた母が漆器の中の包装を手にした。白い指が手際よく包装を解いて行く。和菓子を口に運ぶ母の頬笑みを見ながら、悪いことをしている気がもうなさそうな様子に、私の気持もほぐれて行った。

「着替えたら、明るいうちに庭を歩いてみよう」

私につられて母も腰を上げた。ネクタイを解いている私から離れて、母は着替えを手に次の間へ向かい、襖を閉めた。乱れ箱に添えてあった紺の足袋《たび》を履いて、庭下駄の固い鼻緒に指を押し込むと、濡れ縁に腰掛けていた。背後から母が近づいて来る気配に、振り返って、思わず声を上げた。

「よく似合う、さすが母さんだ」

初めて見る着物姿だったが、母の体は浴衣《ゆかた》にほどよく納まって、羽織の撫肩《なでがた》が着こなしを決めていた。

「いやねえ」

母ははにかんで、撲《ぶ》つような手つきを見せた。

池の飛び石の一つ目を踏んで振り返ると、母が渡る石を目で辿った。池は底が黒ずんで深さが知れなかった。怖がっている様子に手を差しのべた。つかまって来た母の手を握ると、持ち上げて支えながら飛び石を伝って行った。母は摘《つま》んだ浴衣の裾を少し上げて、私の踏んだ位置に下駄を運ばせながら、対岸に辿り着くとはしゃぐような声を上げた。小高い丘から平坦な道へ下りても、母は子供の手を引くようにつないだ右手を離さず、左手は子供みたいに近くの樹木の木肌を軽く叩きながら、小股に下駄を踏んでいた。柔らかい手のひらは私の回想よりすべすべとして、母であることを忘れさせそうだった。

「庭園をとり囲むように、建物が建ててあるんだね。ほら、あそこがさっき通って来た洋館だ、出窓の裏側に暖炉の煙突が見える」

私の指差した方へ顔を向けると、母は一方の手を額《ひたい》に翳《かざ》した。西日が、生え際からふっくらと上げている前髪を光らせた。行く手から、同じ浴衣と羽織を着た中年の男女が現れて、母は手を離した。道を譲るようにしてすれ違うと、私は足早に先へ進んだ。

「淳平さん見て、あれレモンだわ」

池の縁に沿って部屋へ戻る道を歩いていると、背後から言われた。道から逸れて母の進んで行く先に、黄色い実を枝から垂らす木が見える。

「へえっ。レモンの木って、割と低いんだ」

母のあとを追って木に近づきながら言ったが、母はレモンをもう見捨てて、根方に腰を落としていた。

「なあに?」

「コスモスですよ」

丸く刈られた植え込みに隠れて、赤紫の花が一輪見えた。

「咲き残ったのね」

優しく花を揺すっていた母が、急に指先で土をほじり出したかと思うと、茎を掴んで引っ張った。花は根を残して、茎の途中で折れた。突然の暴挙に私は人目を気にしたが、母は残念そうな声を上げながら、指に付いた土を振るって、腰を上げた。

部屋の前まで来て振り返ると、遅れてやって来る母が乳児を抱く手つきで花を揺らしていた。

「お風呂へ行こうよ」

洗面台で手を洗っていた母に、バスタオルとフェイスタオルを渡した。暖簾《のれん》の下の棚には、炭を入れた小さな籠が置かれてあった。

「飾りかな?」

「脱臭のためでしょう」

手を拭きながら母が教えた。

人気のない廊下を歩いて、大浴場の標示の方向に折れ、入口の前で母と別れた。脱衣場にもガラス戸を開けた浴室にも、誰もいなかった。楕円形と枡形の浴槽にはお湯の温度差があり、私はぬる目の方にシャワーで洗い流した体を沈めた。床に敷きつめたタイルの色が浴槽の縁の白い大理石を強調して、パンフレットに読んだローマ風をうなずかせた。素通しのガラス窓には木立が広がり、母の前髪を光らせていた西日がどこからともなく木々に漏れている。頭に乗せてあったタオルを縁に置くと、枕にして両足を伸ばした。皮膚になじんでいくお湯の感触を味わいながら目を閉じていた。お湯と一体化する安堵感は、母と二人でいる安堵感そのものだった。ためらいながらも言葉や態度には出せないまま、母はここまでついて来た。その母に後悔はさせたくなかった。だがそれが、母を労《いたわ》りたい気持なのか、母を意のままにしたい気持なのか、自分でも分からないでいると、背後のガラス戸が開いて、体を起こした。洗い場からしばらく水音が響いていたが、浴槽へ近づいて来る足音に、タオルで前を隠しながら立ち上がった。

夕食は先付に始まって、鮪《まぐろ》の脂身と薄く切った平目と鮑《あわび》を冬野菜のつまで飾ったお造りや、目を引く朱漆に金の光る椀《わん》が、一つひとつ運ばれて来た。椀のふたを開けると、葛《くず》を着た松茸の沈む吸物に、小さく切った柚子の皮が浮いていた。一口啜って、鰹出しの味が熱く喉に落ちた瞬間、私はふと哀しいような気分に襲われたが、なぜだか考える時間が勿体なく、椀を置いて注ぎ足したビールを母に向けた。母はグラスの底に受けただけで瓶を起こし、一口含むと苦そうな表情でかぶりを振った。山芋を淡雪のように乗せた海藻にはぬめりと歯応えがあった。メカブ、と私に教えて箸を運ばせながら、母は大浴場で一緒になった老婦人の話をした。

「どなたといらしたの?と訊かれたから、息子です、と言ったら、へえっ、と驚いてね。息子さんはおいくつですか?とか、いつも二人でいらっしゃるんですか?って、はっきりと答えるまで何度も訊くの」

私が黙って笑っていると、目を合わせて母も笑った。二人きりのせいか、母はいつになく自分から話しかけながら、姉の享子が交際している岡さんに話題を移していた。

「合同コンパで知り合ったというから、少し心配でね」

「何が?」

「だって、お酒飲みの会でしょう?享子がそんなところに行っていたなんて、知らなかったわ。まじめな人だといいんですけど」

「お酒も、今は女の嗜《たしな》みなんだよ。だから、合コンはお酒を借りた集団見合いの場でもある訳さ。ケーキとコーヒーじゃ気持がなごまないだろう?あの姉さんが気に入ったんだから、きっとお堅い人だよ」

心配だと言った母は嬉しそうな顔を見せながら、また箸を進めた。

仲居さんが双方に置いた小さな屋形船に、母と私は顔を見合わせた。船の底で何かが音を立てている。薄板で編んだ屋根を除くと、鉄板の上で小ぶりの牛フィレが湯気を上げていた。

「まあ」

母は趣向を喜んで仲居さんに笑顔を向けた。私もステーキは嬉しかったが、この時期に屋形船は似合わないと思いながら、仲居さんの手前口には出さなかった。ナイフとフォークを使って一気に平らげたが、母は半分だけで薄板の屋根を戻した。

「寝る前に、もう一度温まって来ようか」

蒲団の敷かれた座敷で母を大浴場に誘ったが、母はあの老婦人とまた出くわす恐れを口にして行き渋った。

「だったら、そこのお風呂へ入るといい。部屋のお風呂にも温泉が引いてあるから」

うなずいた母に手を振って部屋を出た。

夜の大浴場には照明が煌々と輝いていた。見上げれば、夕方の明るさと変わりはないのだが、外の闇を得て活気づいたように浴槽を照らしている。お湯に体を寝かせながら、また安堵感に浸っていた。先のことは切り捨てて、このまま帰りたくない気持は怠惰《たいだ》なのだろうかと考えた。そして、人は怠惰と自覚できる時間をどれほど持てるものなのかと考えていた。水音が一つ反響して、お湯を揺らしながら体を起こすと、現実に戻って先のことを考えた。明日、母とは東京駅で別れよう。家への土産《みやげ》は、海辺の観光地ならどこにでもある干物を駅前で買って持たせればいい。そして私は、時間差をつけて遅くに帰宅する。それまでどこにいようか？見たい映画はあったっけ？お湯にのぼせるまで、誰も入って来なかった。

格子戸と二重になっている引戸を開けて中へ入ると、内側から鍵を掛けた。畳敷きの廊下に一段上がり、脱衣場の明るさに顔を向けた私は、半開きのドアの向こうを見て、はっと息を呑んだ。裸の母の横向きの姿だった。物音に気づいていない母は、バスタオルで体を拭いている。普通の息子であれば、すぐに目を逸らす光景かも知れないが、私の目は母の体に釘付けになっていた。母はバスタオルを置くと、手のひらに乳液を受け、鏡に映しながら顔をはたいた。体の線には五十になろうとする年齢が漂ってはいるが、白い肌の胸元に張る豊かな膨らみと、桜の色を思わせる一点は、衣服に隠していた母の秘宝を盗み見るようだった。そこに顔をうずめて無心に吸い付いていた昔のことも頭にはなく、見据えている目を下へ這わせようとしたとき、母が浴衣を手に取って、私は座敷の中へ逃げた。

「もう帰っていたの」

夜の庭と真向かいにソファーの長椅子で煙草を吹かしていると、母の声がした。ガラスの闇に映る私の背後から、浴衣と羽織に戻った母が近づいて来て、隣へ腰を下ろした。

「会社のあとで、疲れたでしょう？」

顔を見られないでいる私に母が訊き、私はあいまいに答えて煙草の火を揉み消した。

「眠いけど、もう少し話そうよ。明日は帰るだけなんだから」

「そうですね」

母が茶器に手を伸ばしたとき、付けていた乳液が匂った。暗いガラスの向こうでお茶を淹《い》れる母の動きを目で追いながら、羽織の胸の膨らみが気に掛かった。顔を横へ向けると、一段高い畳に置かれてある鏡台や座布団までがなまめかしく見える。話そうとは言ったが、取り立てた話もなく、時間が過ぎていった。


蒲団の中で目は閉じていたが、寝つけなかった。隣で寝ている母に背を向けていた。枕元の照明の薄明かりが、目を開けるたびに目障りだった。母のかすかな寝息を聞いて仰向けに寝返ると、そっと顔を向けた。母はこちら向きに横になって、うつむき加減で眠っていた。暗がりに見る顔の白さが、横向きの姿に見た全裸の肌をちらつかせた。その残像は忘れられない記憶と混ざり合って、私の中の男を刺激した。

あれは、高校二年生のときだった。徹夜で終えた宿題を鞄の中に入れ忘れて、昼休みを利用して取りに帰ったが、ドアが開かなかった。病気で寝ている父を母は一人にはさせないので、私と妹は鍵を持たされていなかった。施錠は珍しい母の外出を意味していたが、父が気づいてくれないかとドアを叩いた。

「どなた…?」

恐る恐るの問いかけは、母の声だった。

「僕だよ。宿題のノートを忘れて、取りに来たんだ」

「ちょっと、待ってて」

母は施錠のまま奥へ引き返して、私は長い時間待たされた。やがて鍵を外す音と同時にドアが開いて、ノートを手にした母が姿を見せた。

「これかしら?」

「なんだ、自分で行った方が早かったのに」

不機嫌に言う私に、目を合わせようとしない母が奇異だった。私はドアを閉めようとして、母のブラウスが乱れていることに気づいた。上のボタンが二つ外れ、襟の片方が大きく開いている。いつもきちんとしている母には珍しいと思いながら、ふと襟の中に目を留めて驚いた。母は下着を付けていなかった。

「じゃあね」

私は見ないふりで、慌てて家から離れた。気持の動揺が落ち着くと、状況を考えた。母が鍵を開けられなかったのは、おそらく寝間着でいたからだろう。着替えに必要だった時間を、ノート探しと見せかけて稼いだのだ。「どなた…?」と恐る恐る訊いた声と、私を避けていた目が、どんな事情によるものだったのか、察しがついた。ただ、父の病状からすれば、謎が残った。父にせがまれて母は添い寝をしたのだろうが、性の交渉にまで及んでいたのだろうか?その疑問は繰り返し場面を巻き戻しながら、やがて母への憧れに変わって行った。なぜだったのかは、それから間もなかった父の死によってはっきりとした。四五歳の父の死は、この母であればもっと一緒にいたかったであろうと思わせた。以来、私は父を意識して母を見ようとしてきたが、八年の間に母を求める気持の方が膨れ上がっていたのは確かだった。

どうしても寝つけずに、蒲団から抜け出た。母の寝息は律動的だった。襖を開けると、入口の照明が座敷に差し込み、母を起こさないように静かに閉めた。開けた冷蔵庫にかがみ込んでウイスキーのミニチュアを探したが、入っていたのはビールばかりだった。立ち上がりながら、暖簾に隠してあるグラスに気づいた。暖簾を開くと、茎の切り口を水に浸したコスモスが、倒れないように奥に寄り掛けてあった。花を手折ったときの母の大胆な手つきが目に動き、ふと好奇心が湧いて足を浴室へ向けた。

脱衣場のドアを開けてスイッチを上げると、浴室と両方に照明がついた。洗面台の下の床に、母のポーチが置いてあった。仕切りのガラス戸を開けると、浴室は檜《ひのき》造りの空間で、板張りの壁に囲われて、浴槽ばかりか桶や腰掛けや、洗い場にまで檜の簀子《すのこ》がはめ込まれている。浴槽に半分ほど残したお湯を見た。家では仕舞湯《しまいゆ》に入る母が、掃除のためにお湯を残すいつもの習慣で栓を抜き忘れたのだろうと思い、浴室へ下りた。簀子はまだ濡れていた。浴衣の裾を捲ってしゃがむと、栓をつないである鎖を引こうとして手を掛けたが、透明なお湯の揺らぎに鎖を離して手を入れていた。ゆっくりとかき回すと、ぬるま湯の温もりがなまめかしく手に触れる。それは、あのとき一瞬だけ見た寸胴《ずんどう》気味な下半身の、内腿へとへこんで行く下腹部がここに浸っていた想像を掻き立てた。母が残したお湯は家の浴槽でも見慣れているが、二人きりの旅行で状況は違っていた。胸の鼓動が高鳴り、気がつくと、濡れたままの手を裾が割れた浴衣の中にしのび込ませていた。

覚めて行く眠りの中で、人の動きを感じていた。薄目を開けると、ほのかな外光が遮光カーテンから漏れている。隣に顔を向け、平たく伸びている掛蒲団を見て、起き上がろうとすると、母が声を掛けた。

「起こしちゃった?ごめんなさい」

鞄を開けて何かを探している母を目にすると、私はまた蒲団に戻った。

「今、何時?」

「六時半、ぐらいかしら」

「朝ご飯は、八時に頼んだんだよ」

「ええ」

「ゆっくり寝坊すればいいのに」

「いつもの癖で、六時前に目が覚めてしまって」

鞄のファスナーを閉じる音が聞こえた。

「冷えてるね、お風呂へ行く?」

「わたしは湯冷めする質《たち》だから、朝はいいわ。淳平さん、行って来てください」

「それなら、もう少し蒲団に入っていた方がいいよ」

「はい」

母は掛蒲団の向こう端を捲り、羽織を着たまま中へ入って、仰向けになると小声で笑った。

「なあに?」

「明け方に夢を見てね。また、そこのお庭を歩いているんだけど、おかしいの」

「どうして?」

「飛び石ではなく、橋を渡ろうとしていてね、橋ならば安心なんだけど、歩こうとしても足が動かないの。淳平さんが手を引いてくれているのに」

「こうやって?」

私が蒲団の中から手を伸ばすと、母も手を出して重ねた。

「そうなの。でも、どうしても足が動かなくて、淳平さんに悪くて焦っていたわ」

「そうなったら、今度は負ぶってあげるよ」

母は笑った。

「ねえ、母さん。僕は迷子になったことがあるかな?」

「さあ。わたしには憶えがないけど、どうして?」

「だったら、夢で見たのかも知れないけど、雑踏の中で母さんとはぐれて、いくら探しても僕には見つけられないんだ。でも、母さんがきっと見つけてくれるだろうと思っていると、やっぱり母さんが来てくれて、つないだ手を僕はもう絶対に離すまいときつく握っている。昨日、こうして手をつないだとき、そのときの感じと違っていたから、反射的に思い出したんだけど、やっぱり夢だったんだね」

「夢って変ね」

手に力をこめると、母もつられて握り返した。

「でも、目を覚まして、ここへ来たのは夢ではなくて、よかったわ」

「楽しかった？」

「ええ。素敵なところでおいしいもの頂いて、どうもありがとう」

「じゃあ、また来よう。もちろん二人で」

母は返事ができずに黙っていたが、私の方へ向くと、

「畳が冷たいでしょう」と言いながら、下になっていた私の手を蒲団に戻させた。

朝湯に浸かり過ぎて、浴衣にまだ汗を感じながら部屋へ入ると、朝食の用意が整ったテーブルで、着替えを済ませた母がお茶を淹《い》れていた。

「なあに、それ」

双方に据えてある檜の箱を指差して、私は訊いた。造りが浴槽そっくりで、見たときに一瞬どきっとした。

「湯豆腐ですよ。よくできているわ、ここに炭が熾《お》きていて、冷めないようになっているの。焼き印を見て、どこかで聞いた名前だと思ったら、京都の有名な樽屋さんだったわ」

朝の捕れ立てだと珍品そうに聞かせる鯵《あじ》が、叩きにして小さく盛られていた。

「朝ご飯にも、板前さんの手が入っているんですね」

茶碗蒸しの車海老をスプーンで掬いながら、母が言った。

贅沢な朝食に時間を忘れて、帰り支度がせわしかった。ネクタイを結びながら洗面台へ

行こうとすると、手前の暖簾《のれん》の棚で、母がコスモスの切り口に濡らしたティッシュペーパーを巻き付けていた。

「どうするの？」

「持って帰ろうと思って」

「バカだなあ。どこで摘んで来たのと訊かれたら、なんて言うの」

「ああ、そうね…」

　残念そうに顔を見る母を躱《かわ》して、私はタクシーを頼みに座敷の電話へ急いだ。


　新幹線のシートでうたた寝をしている母の横顔に、つまらなさを感じていた。カーディガンとスカートに戻った母は、私の感覚も日常に戻していた。母の土産を見て落胆する妹の顔が浮かび、私の徹夜マージャンを非難する姉の声が聞こえて来た。そうした中で昨夜の浴室での抑えきれなかった行為を思い返すと、家族の中へ帰って行くことがきまり悪かった。膝に重ねている母の手が時折動いた。眠っているようでもあるが、私が身じろいだだけでも目を開けそうな様子に、あの行為にも気づいていたのではないかと疑うと、居たたまれない気持に加え、だとすれば平気でいられる母に恐れをなして、東京駅のホームに降り立ったときは一刻も早く離れたかった。

「干物は、包装を解いて冷蔵庫に入れるんだよ。包装紙に熱海と書いてあるから」

「はい」

「じゃあ、さよなら」

「いやねえ、お家《うち》へ帰って来ないみたい」

改札口で別れると、母の視線を感じながら人混みに紛れた。屋外へ出て電話ボックスに駈け込み、旧友を呼び出す策に出た。一人目は都合が悪く、二人目は留守だったが、三人目が乗って来た。繁華街で待ち合わせたのはまだ明るいうちだったが、私は早く酔いたくて立て続けにビールを呷った。翌日は日曜日だという安心感が投げやりにさせていた。店を何軒も変えながら浴びるほど飲んで、帰宅したのは深夜だった。

三章　翌年の正月

初詣に四人揃って出掛けたのは、あとにも先にも一度だけであったから、翌年の元日は正月を印象づけた。先立つ年末もまた、初めて体験する会社の慣習が物珍しかった。二八日に年内の業務を終えると、新橋のホテルを会場に社長の挨拶を聞き、二九日は大掃除のために出勤して、夜の忘年会に流れた。部が主催する本会だけでは済まず、課のメンバーと二次会になり、さらに初任の仲間達と千鳥足を運んだ。翌日には、姉や妹より一足早く正月休みに入っていた。二日酔いの体を横たえて、昭和に始まって平成で終わろうとする年の出来事をテレビで見ていると、母が炬燵《こたつ》に寄って来た。

「お元日に、家族揃って初詣に行きたいと、享子が言っているの」

私はおどけた声を上げて気怠《けだる》い体を起こしていた。

「へえっ。もう結婚の気持、固めたんだ」

母は首をかしげた。

「岡さんのお仕事のことやお家《うち》のことは聞かされたけど、結婚については何も言わないんですよ」

「でも、そういうことだよ。この家から行く最後の初詣のつもりなんだ。いいじゃないか、みんなで行こうよ」

私が反対するとでも思ったのか、母はほっとした表情を見せた。

「それと、お正月明けの日曜日に、岡さんがいらっしゃるんだけど、淳平さん出掛けちゃう?」

「今のところ予定はないけど。でも、なんで姉さんは僕に言わないんだろう」

「いえね、みんなに紹介するとかではなくて、もっと軽い気持ちらしいの」

口を尖らせている私を母がそっと見た。

「だけど、わたし一人では…」

心細いのか体裁が悪いのか、だから私にいて欲しいとも、母は言えなかった。

「いいよ。いるようにするから」

母は頬笑みを見せると、また夕食の準備に立って行った。

大晦日恒例の歌番組を妹と見ていると、お節料理の支度を終えた母と姉が炬燵に入って来た。

「で?明日の初詣は、どこにしたの」

蒲団に肩までうずめて手を暖めている姉に、私は訊いた。

「いいのよ、どこか近くで」

私の問いかけに含みを感じてか、姉は照れ臭そうに言った。

「おっと。まだ決めてなかったんだ」

私はわざとらしく呆れて妹の顔を見た。

「あたしは、決まった場所について行くだけ」

芳子はいつもの調子で言った。

「おいおい、どこか近くって、そこの天神様に、わざわざ家族揃ってはないだろう。もっとそれらしいとこ行こうよ」

「明治神宮、とかね」

芳子が横からつけ足した。

「簡単に言うけど、元日の明治神宮なんて大変な人よ。寒がりのあなたが、お参りするのに二時間も三時間も待てる？」

「元日だから混むんでしょう？二日にすればいいことじゃない」

「お母さんが二日からお仕事なのよ」

私と芳子に顔を見られて、母はうなずいた。

「それにしても、近所じゃ意味ないよ。姉さんだって、思い出にしときたいんだろう？」

「なんでよ」

「なんで、って…」

「穴八幡《あなはちまん》は、どうかしらねえ」

珍しく、母が口を挟んだ。

「どこ、それ」

芳子が母の顔を覗き込んだ。

「早稲田なの、遠いかしら」

視線を集めると、母はいつもの癖で目を伏せた。

「前から知ってたの？」

「でも早稲田なんて、どうして？」

「由緒ある神社かい？」

質問を浴びせられて、母は顔を見回した。

「お父さんが、お元日にはいつも行っていたの。お店をしていた頃の話ですけど」

父は私鉄の駅近くにカメラも商う写真屋を出していた。病に倒れて店を閉めたのは、私が中学二年生のときだった。

「商売繁盛をお願いして、一陽来復《いちようらいふく》のお札をお店に貼っていたわ」

姉が声を上げた。

「それ憶えてるわ、高い所の角に貼ってあった。淳ちゃんも見憶えない？　これくらいの、松明《たいまつ》みたいな形の」

「あったあった、紙を巻いたやつ。そこに書いてあったのが……？」

「そうなの、一陽来復」

姉と私が思い出したことが、母には嬉しそうだった。

「一陽来復、って、どういう意味？」

芳子が母に訊いた。

「陽が差して来る、ということでしょう？」

母に顔を向けられて、私は唸《うな》った。

「新春が来るという意味だと思うよ。冬から春に向かうから、商売の向上にもつなげているんじゃないの」

「なるほど」

芳子はうなずいたが、それ以上の興味は示さなかった。

「母さんも、一緒に行ったの？」

炬燵板の上で手の甲をさすっている母に、私は訊いた。

「若いときはね。享子さんを抱いて行ったのが、最後だったわ」

「よし、明日はそこにしよう。母さんの思い出の場所へ家族揃って初詣、なんていけてるよ。それに、一陽来復を一番望むのは、姉さんなんだから」

「ちょっと、なんなのよ」

笑いながら言う私を、姉は睨んだ。


鰹出しと餅の焼ける匂いが階段の上に漂っていた。台所へ下りて行こうとした私は例年になく凜《りん》とした気持に誘われて、また部屋へ戻ると髪をブラシで整えた。

「おめでとうございます」

「みんな揃ってからでしょう」

声を張り上げた私に、母と並んでガス台に向かっていた姉が言った。

重箱の中の、数の子ばかりの私と、栗きんとんばかりの芳子に、姉の小言が漏れて、熱海の宿の吸い物にも劣らない母の味付けでお雑煮を食べ終えると、それぞれが支度に散った。

「あら、着物で行くの?」

襖を開けた姉の言葉に芳子が立ち上がり、待ちながら分厚《ぶ》い朝刊を捲っていた私も部屋の奥を覗いた。

「コートがないんだけど、今日は寒くなさそうだから」

足袋《たび》の足を返した母は言い訳でもするように呟きながら、芳子の背後から見ている私と目が合うと、はにかんで顔を伏せた。

羽織の上に重ねたショールの色が、商店街を歩く母の着物姿を一層落ち着かせていた。

姉と芳子に前を行かせ、私は母と並んで歩いた。光沢のある姉のオーバーコートと芳子のダウンコートを見比べた。姉と芳子が着る物は、趣味も買い方も違っていた。姉は長く着られる高級品をローンで買い、二十代にしては地味な色柄が多かった。一方、芳子は昨年晴れて給料取りとなると、流行に合わせた買い物を楽しんでいたため、キャッシュで買える範囲内に留めていた。

私鉄からＪＲに乗り継いで、高田馬場で地下鉄に乗り換えた。

「結構来てるのね」

人の流れの中で、姉が言った。地下鉄を降りた人の殆どが参拝客で、神社の方向へと列を成している。交差点を渡って、両側に露店を見上げる急な石段の途中で、流れが止まった。

「皆さん、あの一陽来復が欲しいんでしょうけど、昔はこんなに混んでいなかったわ」

「それだけ不景気になって来てるんじゃない」

母と姉の会話をよそに、芳子は何度も背伸びして列の先をうかがっていた。

「へえっ、この神社に来る人、お参りよりも先にお札やお守りを買うんだ」

列が向かう先は本殿ではなく、社務所から横に伸びた建物だった。白い着物の男女が何人も並び、手前には人垣ができている。

「どうする?」

まっすぐに本殿へ向かう石畳の手前で、私は母に訊いた。

「貼る方はいらないけど、お財布に入れる小さなお札があるのよ」

「僕が買って来るから、先にお参りしていて。お札は、母さんと姉さんのと、僕はいいけど、芳子どうする?」

「あたしもいい」

「じゃあお前には、ピンクのワタアメ買ってやる」

「ふんだ」

母と姉の笑い声をあとに、待つ人の列に並んだ。母が言った小さなお札は、懐中、と巫女《みこ》が教えて、電卓で計算した金額を「お納め願います」と口にした。手のひらに乗せて引き返しながら、見憶えのある書体を見ていた。

本殿の中は薄暗く、賽銭箱から離れて三人が待っていた。

「芳子、母さんにお賽銭のお金貰ったろう?自分で出さないと、ご利益《りやく》がないんだぞ。姉さんのようにいい人が見つからないから」

「やめてよ、こんなところで」

姉が声をひそめて言い、私は笑いながら財布から硬貨を取り出すと、力まかせに投げた。石段へ引き返しながら、母がいないことに気づいて、前を行く姉と芳子を呼び止めた。

姉が目で教えた先に、腰をかがめた母が人波に見え隠れした。母は盆栽を売る露店の、早咲きの白梅に顔を寄せていた。

「お母さん、懐かしいのね」

姉が私のそばに来て言った。

「安行《あんぎょう》には、もう誰もいないもんなあ」

「お母さんの実家があった、植木の里のこと?」

寄って来た芳子に、母を遠目にしながらうなずくと、芳子も同様に顔を向けた。

「埼玉県の川口でそう遠くはないのに、どんな所なのか、僕達には行く機会もなかったね」

「嫁に行った身だから法事は無用だ、がお祖父《じい》さんの遺言だったというから」

「へえっ、そうなんだ」

私が顔を見ると、姉はうなずいた。

「お母さんて、昔のこと話したがらないでしょう?だからあたしもお父さんから聞いただけなんだけど、お祖父《じい》さんは植木栽培にかけては腕のある人で、何人も職人を置くほどの家を構えていたんですって」

姉の話を聞きながら、隣へ歩いてはまた腰をかがめる母を見ていた。

「お母さんは大事に育てられたらしいわ。特に、歳の離れたお兄さんには可愛がられて」

「お兄さん?」

「僕達の伯父《おじ》さんのことさ。戦争で死んだんだろう?」

「そう。学徒出陣で」

腰を上げた母は露店の主人に何か訊かれて答えている。

「跡継ぎを亡くして、経営を縮小してもお祖父さんは頑張っていたらしいけど、面倒なことに巻き込まれて土地も家も取り上げられてしまったのよ。お父さんも辛そうに話していたわ。そのお祖父さんとお祖母さんを、あたし達は知らないもんね」

「父さんの方のジイさんバアさんだって、いたのかどうか、知らないもんね」

「いたに決まってるでしょう」

バカバカしそうに言った芳子は、そろそろ飽きていた。

「姉さんはそうして、父さんと話せたからいいよなあ。僕の年頃じゃ、何も聞かせてくれなかった」

姉が自慢そうに笑った。

「お父さんはどうしてもお母さんと一緒になりたくて、安行の時分から木の撮影を口実に通いつめたんですって」

そのとき、母が待っている私達に気づいて、店の主人に頭を下げると、小走りにやって来た。

「ごめんなさい」

「僕達のことは気にしないで、ゆっくり見なよ。もういいの？」

「ええ」

だがまた母は遅れて、振り返ると、七味唐がらし、の看板を出す店の前で足を止めていた。

「お母さん、やっぱり着物似合うわよね」

姉がしみじみと言って、私はショールの肩から帯や裾へと目を這わせた。

「やっぱりって、前にも見てたんだ」

「あら、昔はよく着たのよ。芳子が生まれる前までは、冬なんかずっと着物だったもの」

「僕は憶えてないよ。写真もないし」

「そうね。お父さんは写真屋でも、家族の写真は撮らなかったからね」

「あの着物、お母さんでおしまいかなあ」

芳子の呟きが、ふと私を哀しくさせた。熱海の宿で、柚子の香る吸い物が熱く喉に落ちたときの、訳の分からない哀しみに似ていた。

「あなた欲しいんなら、どうぞ」

「やだ、そういう意味じゃないわ。第一あたし、着物に興味ないもん」

母が手に取った瓢簞《ひょうたん》を見て、私は財布を出しながら近づいた。

「それ、買う?」

「あら、払いますよ」

「いいから」

私は店の人に値段を訊いて、紙幣を渡した。

石段を下りきって、斜向かいの蕎麦屋に人の出入りを見ると、私は急に空腹を感じて三人を誘った。店内は混み合っていたが、ちょうどよく空いた四人席に案内された。お品書きを見て、姉と芳子は天麩羅《てんぷら》そばに決め、鴨南蛮を選んだ私に母も合わせた。先に運ばれて来たのは鴨南蛮の方だった。

「伸びるから、食べようよ」

箸を割りながら言うと、隣の母がうなずき、箸を取ろうとする母にズボンのポケットから出したハンカチを向けた。

「着物にはねると、だめでしょう」

母はハンドバッグから自分のハンカチを出そうとしたが、

「いいから」と手に持たせると、広げて着物の襟に差し込んだ。向かいの芳子が小声で笑い、私は顔を近づけて言った。

「母さんじゃなくて、奥さんみたいか？」

「違う。子供みたい」

芳子の言いように姉が失笑し、溜息をつく母に笑いが沸き上がった。猫舌の姉は好きな天麩羅がなかなか口に入らず、食べ終えたのも最後だった。財布を出しかけた母の手を止めて、私が会計に向かった。

「ご馳走さまでした」

店を出ると姉と芳子が声を揃え、顔を見る母に指の輪でサインを送ると、母は着物の膝に片手を添えて軽く頭を下げた。

私鉄の始発駅で、ホームの中ほどの車両に空いている席を見つけて母と姉を坐らせると、私と芳子は離れて出入口に立っていた。

「十四日の日曜日に、岡さんが家に来るらしいけど、お前いるのか?」

電車が走り出して大きくカーブしたとき、ドアに押しつけられている芳子に訊いた。電車は直進になり、体勢が戻るのを待って芳子は言った。

「なるべくいなさいって、お母さんが言うから」

「岡さんて、あのフイルムの会社なんだってな」

「今はフイルムだけじゃないし」

「そう、他の分野にも手を伸ばしているらしいな。光学関係だけじゃ、もうやって行けないのかな。カメラにフイルムは必要なくなるって言うんだから」

「お父さんが聞いたら、びっくりするね」

「だよな。暗室にたくさんのフイルムが垂れ下がっていたっけ」

「遊びに行っても、あの部屋に入っちゃだめ、それに触っちゃだめ、って言われて、つまらなかったわ」

窓の外に顔を向けた芳子につられて、私も密集した家並みを見た。元日の道に人の動きはなく、夕映えの風景にシャッターを切ったように過ぎて行く。

「おい。岡さんて、どんな人だと思う?」

「性格とか？」

「顔つきも」

「あら、あたし写真見せて貰ったわよ」

「ええっ」

「お母さんだって、見てる筈よ」

「なんだ、僕はハブられてる、っていう訳か」

「お兄さん、冷やかすからよ」

「やっぱり、そうか」

「反省しなさい」

「芳子ちゃんにそう言われちゃ、僕も成長が足りないかな」

「そうね。男の人は結婚で自信をつけるらしいから、お兄さんも早く結婚したら、お母さんのような人と」

「おっと。なんだそりゃ」

「だって、お兄さんはお母さんが好きらしいから」

「お前なあ」

片方の頬を軽くつねって、そのまま手を上げると、芳子は悲鳴を漏らして伸び上がった。

遠くから見ていた母が笑いながら姉の膝を叩き、顔を向けた姉が眉をひそめた。
なごやかな家族の思い出を、一枚の写真に残したような元日だった。

四章　転居の計略

家の買い換えの話は、姉に出端《でばな》をくじかれて保留状態にあったが、一年が過ぎると状況も変わっていた。入社して四年目を迎えようとする私は転勤の対象にあった。地方への転勤となれば、家を離れなければならなかった。また、私と同じ年に就職していた妹の芳子は、会社の下請けに勤務している真也《しんや》君との交際を深めていたが、結婚に踏み切れずにいた。理由は真也君の稼ぎにあった。小企業のため収入は芳子よりも低く、共稼ぎの生活にしても家賃の負担は大きかった。あれこれと思案する私に、姉の享子の動きも気になっていた。母の交際の件で怒号を浴びせ、母との同居の件で猛反対して以来、姉は私を避けていたが、母が非番で休みとなる平日など、前年の七月に生まれていた娘の真浪《まなみ》を連れて家に来ていることは知っていた。留守を狙って来るような姉の訪問を私が不愉快に思っていることを察して、母は何も告げなかったが、手土産《みやげ》が雄弁に語っていた。その姉の訪問がこのところ頻繁で、何か思惑《おもわく》を感じざるをえなかった。

「姉さん、今日も来てたんだろう?」

階段を上がって来た妹が、六畳間に入ろうとするのを呼び止めて訊いた。いつもの痛みで会社を休んでいた芳子は、まだ青い顔を下に向けた。

「お仏壇の前に、あんなに白梅が咲いてりゃ、訊かなくても分かるけど」

階段の下を気にする芳子の態度に、私は自分の部屋へ招き入れた。

「話があって来るのよ」

手渡した椅子のクッションを、畳に置いて坐りながら芳子は言った。

「こそこそ話しに来るんなら、知られないように来いよ。いかにも来ましたと言わんばかりに、あんなもの置いて行かれたら、母さんが困るだけじゃないか」

私は椅子を回して煙草をくわえると、また向き合いながら火をつけた。

「お姉さん、やっぱりお母さんを呼び寄せたいらしいの」

どうせ訊かれると思ったのか、芳子は話の内容に触れた。

「引っ越しの話もまた消えちゃったし、このままでは何も進展しないから、お姉さんだって考えてくれているのよ。岡さんも、お母さんなら歓迎だと、言ってるんだって」

「冗談じゃない。そんなことされたら、息子としての僕の面目はどうなるんだ」

「怒らないでよ」

声を荒げた私に、芳子は口を尖らせた。

「お兄さんのせいでもあるんだから」

「どういうことだ」

「お兄さんが結婚しないようなこと言うからよ。それは、お母さんがいるから身の回りのことに不自由はないし、それと、言いなりになっているお母さんといた方が、お兄さんは威張っていられるし、ちょっと、怖い顔しないでよ、お姉さんの言ったことなんだから」

私は紅潮した顔を上へ向けると、大きく煙を吐いた。

「で? 母さんはなんて」

「黙って聞いているだけよ。イエスもノーもなし」

「だろう。母さんは自分の意見が言えないんだよ。そんな消極的な性格を考えても、環境を変えさせるより現状維持の方がいいとは思わないか?」

芳子はどっちつかずの返事をした。

「姉さんらしいね。母さんの微妙な気持も分からないで、僕のことにこじつけてよく言うよ。本当は、自分の時間が欲しいんだよ。母さんに真浪ちゃんの世話をさせる魂胆《こんたん》ぐらい、端《はな》から分かっているさ。そうなったら、小遣い稼ぎにバイトに出るか、ママさんコーラスにでも行き出すぞ」

黙っていた芳子が口を開いた。

「いやなのは、お母さんに義理を売るのよ」

「義理?」

「お姉さんて、音大へ行きたかったんでしょう?だけど、お父さんの医療費のことを考えたから、高卒で就職の道をとるしかなかったって、まるでお母さんが悪かったように言うの。それでも、お母さんは黙って聞いているだけ」

「なんだ今さら。それを言うんなら僕だって、大学に残りたかったけど、非常勤講師の時間給じゃ食費も入れられないから、あの会社に勤めたんだ。芳子だってそうだろう?アクセサリーの工房で仕事をしたがっていたのに、夢と現実を使い分けろと姉さんから言われて、今の会社に行くことになった。給料の割はよくても、毎日あんなに遅くまで残業じゃないか」

顔をしかめている芳子を見て、私は煙草の火を揉み消すと、気持を変えて訊いた。

「真也君とのことは、どうなってる?」

芳子はずらしたクッションに坐り直すと、首をかしげた。

「暗礁に乗り上げてる、ってとこですかね」

「芳子の気持は、変わってないんだろう?」

頬笑みを見せて、芳子はうなずいた。

「真也君は少し気が小さいけど、いいやつだからな。お前のことを大事にしているのもよく分かるし」

「そう？」

「頑張れよ。何も応援できないけど」

「ありがとう」

芳子の目から涙が滴って、私は瞬《まばた》きでうつむいた。

「そう言えば、お兄さん」

片手で目を拭うと、芳子は身を乗り出した。

「今だから聞かせるけど、去年の暮にお姉さんが縁談を持って来たのよ、お兄さんの」

「なんだそりゃ」

「お姉さんの結婚式に来ていた、呉服屋さんの姉妹、憶えてる？」

「ああ。姉さん同士が友達なのに、妹まで振袖で出ていたね」

「そう、その妹さんがお兄さんに関心を持っているらしいの」

「それですぐに縁談かよ」

「両方の家庭のことは、お姉さん達がよく分かっているでしょう。お兄さんのことも詳しく伝わっているとしたら、向こうにすればお見合いより確かじゃない」

「僕の方は何も知らないよ」

「だから、お付き合いを勧めに来たのよ。お母さんからお兄さんに話すようにと言いに」

「でも、母さんは黙って聞いていただけか」

「違うの。そのときは、ぼそっと言ったの。自分のことは自分でしてきた子だから、きちんと自分で探しますよ、って」

急に目頭が熱くなって、私は顔を上へ向けた。

「やだ、どうしたの？」

芳子は慌てて、しばらく二人とも黙った。

「なあ芳子」

涙声で言うと、芳子が顔を上げた。

「大事だと気づかずに手放していることって、人生にはあると思わないか?だから、本当に大事だと分かったら、クソまじめに大事にするんだよ」

「分かるようだけど、なんのことなのか…?」

芳子は首をかしげた。

「バカ。真也君とお前のことに、決まっているだろう」

指で額《ひたい》を突いた私に、芳子は舌を出して見せた。

新聞に挟んであったチラシに、空室となっているマンションの広告を見て、行ってみたのは二月下旬の寒い日曜日だった。目白でJRを降りて、地図の通りに目白通りを横に折れて閑静な住宅地へ入って行くと、立看板の前に案内の人が立っていた。マンションは三階建てで、三階にある物件へ案内された。広いダイニングキッチンにそれぞれ六畳の洋間と和室を備え、ベランダからは新宿の高層ビル群が見渡せた。賃貸ではなかったが、案内の人から銀行の住宅ローンにはボーナス月に増額返済して毎月の負担を抑える方法もあることを聞かされて、私の気持は動いた。

「マンションを買うことにした。そこへ母さんと引っ越すから、この家は芳子に譲る。贅沢さえ言わないければ、まだ当分住めるし、将来改築するにしろ買い換えるにしろ、真也君と二人で決めればいい」

例によって突発的な私の行動に、母と妹は驚いた。

「頭金は少ないけど、会社の住宅ローンを目いっぱい借りて、不足の分の銀行ローンも僕の年齢と会社の将来性で三五年が組めるというから、合計してもやって行ける返済額なんだ」

芳子と顔を見合わせる母の心配は予想できていたが、それを振り払ってまでの行動には言えない計略があった。マンションの購入と同時に、母を扶養家族として会社に申請するつもりだった。会社からのローンの借り入れと、母との同居の事実が、転勤への配慮につながることを目論《もくろ》んでいた。だが、それは伸るか反《そ》るかで、たとえ地方へ転勤となっても週末にはマンションに帰れると割り切った。計略のもう一つは、姉から母を完全に引き離すことだった。姉が私の縁談を持って来たときの、芳子から聞いた母の言葉が、私をまっしぐらに行動させた。母は私を認めてくれている。それをしっかりと受け止めたいし、だから誰にも渡したくなかった。

「お兄さん」

話し終えて立ち上がろうとした私を、芳子が呼び止めた。

「決めちゃったことなの?」

「そう。あとには退かない僕の性格、分かっているよな」

「本当にそれでいいの?」

私は笑いながら芳子の頭を軽く叩いた。

「ああ。いいよ」

「いろいろと、すいません」

芳子が頭を下げ、母と目が合うと、私はうなずいた。承知して欲しいという意味だった。

引っ越しを、三月二十日の春分の日に決めた。急なことで、母は一週間の休暇を貰って荷作りに掛かった。当日は、岡さんにレンタルの軽トラックで二往復して貰い、真也君も芳子に連れられて来て手伝ってくれた。姉は真浪の子守を理由に顔を見せなかったが、私の勝手な行動の、特に、家を妹に譲ったことで腹を立てているのは分かっていた。

遅くなった昼食に、目白駅近くの中華料理店の円卓を囲んだ。食事のあと、母は岡さんと真也君に頭を下げてマンションへ帰って行ったが、私は練馬の家へ行って三畳間のかたづけを済ませて来た。翌日は母が掃除に行くので、姉が出向くかも知れず、今度は私の方が避けた。

マンションへ戻ったのは日の残るうちだったが、エントランスの入口にはもう角灯が灯っていた。重いドアを開けると、母が散乱する段ボール箱の中から当座のものを抜き出していた。

「お手洗とお風呂の掃除は済ませたけど、お湯のガスのつけ方が分からないの」

「あとで教えるけど、今日はシャワーにしとこう」

母と一緒に段ボール箱の中身を種分けしたが、二四年ぶりの引っ越しに母の手も捗らなかった。

「母さん。来てごらん」

ダイニングキッチンから迫《せ》り出しているベランダのかなたに、灯を放つ高層ビル群を見て、母を呼んだ。サッシの戸を開けてベランダに出ると、母も出て来て手摺りに寄った。

「向こうのあれ、新宿の夜景だよ」

「素敵ねえ」

母がしみじみと言った。

「いいなあ。僕は前から憧れていたんだ、こういう所に住みたいって」

夜気をそよがす風はまだ冷たかった。

「下の黒々としているの、みんな木立だね。練馬のあの辺りより、緑が多いんだ」

「山手線の内側になるの?」

「いや、外だよ。だけど、僕の通勤時間は半分になった。母さんのデパートなんか、すぐ隣の駅じゃないか」

「おかげさまで」

闇の中で軽く頭を下げて、母は室内へ戻って行った。一人になると、風が一層冷たく感じられた。眼下の暗がりは先で傾斜して、夜景の裾に落ちて行くように見える。急に視界がぼやけて、これからのことを考えていた。転勤はどうなるだろう?そして、家族ともどうなっていくのだろう?母の通勤や買い物を楽にさせたことでは得意顔でいられるし、事を成し得た満足感は当然あった。だが、手放しで喜んではいない自分がいるのも本当だった。

「風邪をひきますよ」

背後から母が声を掛けた。

夜更けに及んでもダンボール箱はいくらも減らず、ひとまず洋間に積んで和室で寝ることにした。蒲団袋から蒲団は出したが、シーツや枕カバーが見つからず、

「マジックで書いておけばよかったわ」と母は悔やんだ。

「こうして並んで寝るの、熱海以来だね」

暗くした照明の中で、私は言った。

「そうねえ」

母も仰向けに寝ていた。

「僕は嬉しいけど、これでよかったのかな」

「どうして？」

「母さんが無理してついてきたんじゃないかと思って」

「そんなことありませんよ」

「今までにだって、こうしたいんだと言いたいことが、あったんじゃないの？」

「いいえ」

「本当かなあ」

「ええ」

「ねえ母さん」

「はい」

「どうもありがとう」

「何が？」

「前から一度、どうしてもそう言いたかったんだ」

「変なのねえ」

「母さん」

「はあい」

「やっぱり、とても嬉しいよ」

「もうおやすみなさい」

「母さん」

「はあい」

「おやすみ」

年度末の仕事で私の帰りは遅く、母は休暇の埋め合わせで連日出勤していたので、一週間が過ぎても段ボール箱は残っていた。三月も末だったが、転勤の通告は誰にも下りていなかった。転勤に該当する課は持ち回りが会社の方針であったから、消えたとすれば私の課からの転勤は三年先となる。マンションに落ち着けると判断した私は、本格的に住む準備を始めた。箪笥《たんす》や鏡台を納めた和室は母の専用として、洋間を確保した私はベッドを買って入れた。蒲団の出し入れの手間が省けるので、母にもベッドを勧めたが、母は嫌がった。それでも和室に寝具類を見たことはなく、畳の上はいつもきちんと片づいて、扉が開けてある仏壇だけが目立った。

「芳子の結婚式だけど、着物で出るんでしょう?」

三月最後の日曜日、サッシを叩く雨に降り籠められて、母と私はダイニングのテーブルに向かい合っていた。妹が結婚を五月に決めて、真也君との生活を練馬の家で始める報告を受けたのは、引っ越しの日の遅い昼食のときだった。

「レストランで会費制でするというでしょう。着物でなくてもいいんじゃないかと思って」

「でも、写真ぐらい撮るだろう。真也君のお母さんが着物で出たら、まずいんじゃないの?」

「じゃあ、また借りますよ」

姉の結婚式のとき、母はデパートの同僚から留袖《とめそで》を借りた。それが借り物とは思えないくらいよく似合っていた。

「母さん、買おうよ着物。自分のものを着た方が、芳子だって喜ぶし、僕が買うから」

母はかぶりを振った。

「マンションのことで、僕の懐《ふところ》が心配なんだろう?大丈夫だよ、着物ぐらい」

軽く頭を下げると、母は言った。

「お仕事をしていれば、自分でも買えるんですよ。だけど…」

母が口ごもり、私は目で訊くようにして言葉を待った。

「あの、ケチではなくてね、他でも間に合うことにお金を使っていたら、なんのためにお仕事に出たのか分からなくなってしまうでしょう?」

「だから僕が買うんだよ」

実のところ、住宅ローンの頭金や引っ越しにまつわる経費で、三年間の貯金は底をついていた。また、ローンの返済に月給の三分の一を除かれるうえ、電気やガスの公共料金は私の通帳から引き落としにして、食費も遠慮する母に従来通りの額を渡していたから、私の財政事情はかなり厳しい。だが、母の正装となる着物なら無理を押しても買いたかった。

「ねえ、買わせてよ」

母はまたかぶりを振ると、腰を浮かせながら私の顔をそっと見た。

「それなら、淳平さんの結婚式のときに、おねだりしようかしら」

私は軽くテーブルを叩き、椅子から離れて歩み寄ると　母の前に立ちはだかった。

「よし決まりだ。そのときは、きっとだよ」

母はうなずいたが、ふと目の奥に翳りを見せた。不安を宿しているような、そんな母の目に気づいたのは、そのときが初めてだった。

五章　関連の二人

「武田《たけだ》さん」

給湯室の前を通り過ぎたところで、別の課の女性社員に呼び止められた。

「藤堂《とうどう》さんが転勤だって、聞きました？」

私は驚いて、ポットの底を布巾で拭いている女性社員に詰め寄った。

「おたくの課からは、今年の転勤はない筈でしょう？」

「だから、みんな驚いているんですよ。やっぱり、武田さんも知らなかったんだ」

別の会社から転職していた藤堂とは、入社の年も年齢も同じで、課は違っても打ち解け合う仲であったから、私なら知らされているかと確かめたのだろう。

「本人から、そう聞いたんですか？」

「いいえ。直接にはまだ」

「勘違いじゃないんですか？」

「でも、朝から荷作りに追われています」

そこまで聞けば、信じざるをえなかった。

「三月三十日の今になって、藤堂君は慌てているでしょう?」

「あの人のことだから、ポーカーフェースですけど」

課の部屋へ戻りながら、私は考えた。朝から準備をしているとすれば、辞令は先週末に出ていたのだろう。それを週明けの今日まで藤堂が告げないのは、私に気を遣ってのことではないのか?だとすれば、おそらく、転勤には私が絡んでいるのだ。私は落ち着きを失って、部屋の隅に置かれた電話機を選ぶと、内線で藤堂を呼び出し、手で送話口を覆った。

「やあ、武田君か」

私の声を聞いて、藤堂は明るく言った。

「転勤、なのか?」

「こういう情報は、早いな」

「どこだ?」

「大阪なんだ」

「そうか。それにしてもひどいな、こんな間際になって。準備が大変だろう」

「いやあ、独《ひと》り者が行くんだから高が知れてるよ。社の方は今日にでも済む。あとはアパートの片づけだけだ」

「手伝いに行こうか?」

「大丈夫だよ。それより今日、一杯どうだ？」

「分かった。歓送させてくれ」

「ありがとう。なんせ急なことで、ゆっくり別杯も交わせないからな」

背後から名前を呼ばれて振り返ると、後輩の一人が持っている受話器を指差していた。

「ごめん。外線が入ったみたいだ」

「じゃあ、いつもの店で会おう」

電話が切れると、呼吸を整えてから外線のボタンを押した。

「淳平さん、田所峰子《たどころみねこ》です」

まだ動揺の冷めない中で、女の声で名を言われて驚いたが、相手の顔が浮かぶと、意外な電話にまた驚いた。

「今、話せますか？」

「ああ。いいけど…」

「悪いかしら」

「いや、そうじゃなくて、びっくりしたんだ」

「ごめんなさい、そんなにびっくりした？」

「だって、何年ぶりかな」

田所峰子とは大学のサークルで知り合い、峰子はサークルの朗読を生かして卒業と同時にラジオ放送の仕事に携わった。サークルのメンバーの就職報告会で知ったことだが、そのときに顔を合わせたのが最後だった。

「そうよね、五年ぶりですものね。すっかりご無沙汰してしまって、だから昨日、恐る恐るお宅へ電話したら、引っ越したばかりなんですって？妹さんから聞いたわ。まだ電話が引けてないからって、会社の電話をうかがったので掛けてしまったんだけど、やっぱり悪かったわね」

「気にしないで、もう落ち着いたから」

私はまた送話口を覆っていた。

「いい会社にお勤めで、その方がびっくりしたわ」

「大学の研究室に二年残っていたから、報告する機会もなかったね。それで、君の方はラジオの仕事を続けているの？」

「実はそのことで相談があるんだけど、話が長くなりそうなの。一度会ってくれます？」

「いいよ。その様子じゃ、急いでいるんだろう？今日はだめだけど、明日以降なら」

「では、あさって、いいかしら？」

「承知した。時間と場所、どうしようか？」

「淳平さんに任せるわ。決まったら連絡して、携帯電話の番号を言うわ」

「へえっ。もう持ってるんだ」

「淳平さんは？」

「そんな贅沢できる身分じゃないよ」

聞いた番号をメモして、電話を切った。


東京駅から京橋方面へ向かう小路添いの店が、いつも藤堂と落ち合う場所だった。先に着いた私は、カウンターの隅に腰掛けて、出してくれたお茶を啜りながら藤堂を待った。藤堂が気にさせるような内容に触れる筈もないので、どのように対応すればいいのか迷っていた。そもそもは私に決まっていた転勤が、課を飛び越えて藤堂に及んでいたとすれば、ここにいることさえ気が引けた。

「ごめん、待たせて」

店へ入って来た藤堂は、大きな紙袋を両手に提げていた。

「私的な本が多くてね」

言いながら隣へ腰掛けると、藤堂はすぐにビールを注文して、開いたメニューを私の前へ置いた。

「いつもの通り、肴《さかな》は君にお任せだ」

交互に注いだビールが泡を立て、グラスを上げたところで、藤堂は手を止めた。

「こういうときの乾杯は、どう言えばいいんだ。さようなら、はやだしなあ。再会を祈って、もおかしいし。まあ、行ってまいります、ってとこかな」

グラスを触れ合わせると、藤堂は一気に呷った。泡で曇った藤堂のグラスに、私はビールを注ぎ足した。

「済まない」

小声で言った私の顔を藤堂が驚いて見た。

「僕の身代わりの転勤を、させてしまう」

藤堂は呆れたように口を開けると、笑い出した。

「何を言い出すかと思えば」

「いや、たぶん、そうなんだ。マンションを会社のローンで買って、母と同居した。転勤を控えさせる既成事実を作ってしまったから、君が煽りを食らった」

「バカなこと言うなよ」

「だって、今年の転勤は僕の課からで、君の課は対象外だった。それなのに、僕の課からは一人も出ないということは、僕に決まっていたからで、玉突き式に君に及んだと考えるしかない。だから…」

「違うんだよ、武田」

藤堂は言葉を遮った。

「大阪支社で、三月の下旬になって辞表を出したやつがいるんだ。不況の対策に乗り出した他社からの引き抜きらしくてね、だから計画的に電撃でやった。そいつと課が同じだったので、俺が穴埋めに行かされることになった。ほら、俺だって引き抜き工作に乗って前の会社を足蹴《あしげ》にしているだろう、因果応報《いんがおうほう》ってことかも知れないよ」

「でも、急な退職はよくある話だし、一人の退職で課に影響が及ぶほど、うちの社は小さくないだろう」

「ともかく、それが理由なんだ。だから君が、余計なことを考えるのはやめてくれ。そんなことでお互いが気まずくなって、俺達の間に溝ができる方が、俺はやだからな」

「ありがとう」

頭を下げると、藤堂は私の肩を思いきり叩いて、もう待てないとでも言うように肴を次々と注文した。

「マンションの暮らし心地は、どうだ?」

転勤の話題に切りをつけるように、藤堂が訊いた。

「いいけど、ときどき借金の塊《かたまり》に住んでいるような気がするよ」

「借金も財産の内、とか言うから結構じゃないか。お母さんは喜んでいるだろう?」

「どうかな」

「おいくつになる?」

「今年、五三だ」

「俺のお袋はお母さんより十歳も上だから、一人暮らしをさせている俺には耳が痛いよ」

「愛媛県の宇和島だったね」

「宇和島の奥の奥さ。そうか、親孝行か、いいなあ」

藤堂がしみじみと言った。

「そんなんじゃないよ」

頬をほてらせる私の肩を、藤堂がまた叩いた。

「だから、大阪は郷里にぐんと近くなる訳さ。東京を離れることにも、東京生まれの君とは気持が違うんだ。たびたび帰ってやれると思うと、よかった気もするよ」

肴が出揃って、一人前ずつの器に二人の箸を運ばせた。その方が何種類も味わえると言った私の意見に、藤堂は合わせてくれてきた。

「関西へ遊びに来てくれよな」

顔に赤みの差した藤堂が言った。

「そのつもりだよ」

「俺はこの機会に、週末を利用して京都の神社仏閣を全部見てやろうと考えてるんだ。もっとも、そんなことを支社の連中が聞いたら、そんな甘いもんやあらへんで、とどやしつけられそうだけどな」

私が笑い声を上げると、藤堂はほっとした表情を見せて、大声でビールを追加した。酔いが回るにつれて、入社当時の思い出話になり、入社以前の話になり、最近の話になり、また入社当時に戻って、と酔っ払い同士の話は脈絡もなく続いた。


マンションへ帰ったのは、十時近くだった。ドアの新聞受に夕刊が差し込まれたままなのを見て、母の仕事が遅番であったことを思い出した。鍵を開けて暗い室内へ入り、ダイニングに灯っている補助ランプを照明に切り替えると、すぐにエアコンのスイッチを入れた。あさってから四月だというのに、夜道は手がかじかむほど寒かった。コートを着たままダイニングの椅子に腰掛けた。テーブルには、筍《たけのこ》と蕗《ふき》の煮付けと、照焼にした鰤《ぶり》が、ラップして置かれてあった。遅番の日の母は出勤前に調理して、レンジで暖めるだけにしておいてくれる。冷蔵庫の中に入れる生物《なまもの》の類も、その日の惣菜はラップした器が目印だった。買ったばかりの炊飯器はタイマーが炊き上げて保温状態になっている。ガスコンロの上の片手鍋に味噌汁ができているのも、いつも通りだった。もちろん、でき立ての味とは格段の相違だが、母はまず不自由がないようにと考えていた。練馬の家にいたときは、芳子の食器も並んでいて、たまに一緒になると芳子が給仕してくれた。

洋間へ入って着替えを済ませたとき、母が帰って来た。

「まあ。食べてなかったの」

テーブルの上を見た母が、一緒にダイニングへ入った私に顔を向けた。

「飲んで来ちゃったんだ。電話がまだ引けてないから、連絡できなくて、ごめん」

母は笑顔でかぶりを振ると、コートを脱ぎながら和室へ入って行った。私は椅子に腰掛けて、酔った目をぼんやりと床に投げながら、和室を出て洗面所へ向かい、手を洗って引き返して来る母の動きを音に聞いていた。ダイニングへ戻った母は、鍋の乗ったガスコンロに火を入れると、冷蔵庫から取り出した鰯《いわし》のみりん干しを皿に並べた。

「これを食べたら」

テーブルの上の鰤を見ながら私は言ったが、母は遠慮げな返事を聞かせて、皿をレンジに入れた。一緒のときは同じ惣菜だが、別になると差をつけるような母のやり方を不満に思いながら、回転の音を聞いていた。

「あの…」

私が話しかけるのと同時に母が言って、お互いに言葉を引っ込めた。

「母さんから、どうぞ」

私が手で勧めると、母はコンロの火を止めて、椅子に腰掛けた。

「今日、芳子ちゃんが会社の帰りがけにデパートへ来てね」

「珍しいな。初めてじゃない？」

母はうなずいた。

「忙しい時間だったから、従業員の使う通路で立ち話しかできなかったけど、真也さんと暮らす前にお台所を直したいらしいの。それでね、わたしの貯金を下ろそうと思うんだけど…」

「母さん。お腹空《なか》いてるんだろう？食べながらにしなよ」

母は椅子から立って、鍋の味噌汁を椀に移した。

「母さんのできる範囲内なの？」

「ええ」

「だったら、誰に断ることもないじゃない。母さんのしたいようにすればいいんだよ」

テーブルに食べるものを揃えると、母は私にお茶を注いでから、腰掛けて箸を取った。

「特に、姉さんには言わない方がいいね。また嫌味でも言われたら、芳子が可哀相だ」

味噌汁を啜っていた母が椀を置いた。

「だから、享子にも何かしてあげたいの」

「必要ないさ。岡さんは高給取りなんだから、芳子の家庭とは違うよ」

「でもね、親であれば、同じにしたいものなのよ」

鰯のみりん干しに箸を入れる、ほぐし難そうな手つきが私に言わせた。

「他でも間に合うことは子供にはない、ってことか」

母が顔を見た。

「昨日言ってたじゃないか、他でも間に合うから着物はいらない、って。子供には間に合わすことができなくて、自分は間に合わせの鰯ですか？」

「鰤のことなら、明日のお弁当にしますよ」

「言っておくけど、僕は何もいらないからね。母さんの稼ぎは母さんに贅沢《ぜいたく》して欲しい」

母は茶碗を顔に寄せると、少しぞんざいに掻き込んだ。

「淳平さんは、自分のことは自分でできますもんね」

母の口調はいつになく皮肉めいていたが、笑いながら口元をじっと見ていると、

「いやねえ」と動かしている口を手で隠した。

「淳平さんのお話は、なんだったの？」

私のお茶を注ぎ足しながら、母が顔を傾けた。

「友達の転勤が急に決まってね、それで飲んできたんだ」

転勤が私ではなかったことに、母は安堵の笑みを浮かべたが、すぐに表情を変えた。

「自分の転勤はなくなったけど、人の転勤もいいものじゃないね」

溜息混じりに言うと、母の視線を避けて椅子に反り返った。

「仲良しのお友達だったの？」

「まあね」

「淋しくなりますね」

私は大きく伸びをして立ち上がった。

「先に寝るね。僕はシャワーで済ませるけど、母さんはちゃんと入った方がいいよ」

言い置いて、ダイニングを出た。


前日に知らせておいた待ち合わせ場所へ、峰子は十五分も遅れてやって来た。

「ごめんなさい。出がけに、また事件が起きてね」

「事件？　また？」

「落ち着いてから話すわ」

何かに追われているような峰子の足どりに、再会の顔を懐かしむ暇もなかった。峰子が予約を入れたイタリア料理店は、待ち合わせの場所からかなり遠く、夜の新宿を縦断して辿り着いた。その間、会話はほとんどなく、ストレートの髪を乱して歩く峰子にただならぬ事態を感じていた。

案内された席に着くと、峰子は頭を下げた。

「時間を取らせて済みません。久しぶりに会うのに、こんな状態で恥ずかしいわ」

グラスに注がれた水を飲んでも、動揺がまだ収まらないのか、峰子の息は荒れていた。漆黒の髪を左右に分けて両肩を覆う髪型は、学生の頃と変わりなかったが、年相応の落ち着きと化粧のせいか魅力的に見えた。注文を店の常連である峰子に任せた。ウエイトレスが下がって行くと、峰子は声を落としながら話し出した。

「放送局で盗難が頻繁に起きていて、あたしが疑われているの。非難はしないんだけど、みんなの見る目がそうで、さっきなんか聞こえよがしに言われたわ」

短い説明だったが、峰子の置かれている状況が理解できた。

「被害は何？」

「いつもお金なの」

「どれくらい？」

「まちまちで、一万円だったり、五千円だったり。半端な額のときもあるわ、千円札の中から二、三枚とか」

ウエイトレスがオードブルを運んでくると、峰子が舌を見せて笑った。

「ごめんなさい、淳平さん飲めるんだったわね。ワインにする？」

「いや、少し待とう、話が先だ」

オードブルを小皿に取り分けてくれながら、峰子は首をかしげた。

「でも、どうしてあたしが疑われるのか、見当がつかないわ。どうせ、女の勘というところなんでしょうけど」

「女の勘？」

「被害者はみんな女性なのよ。だから感情が先行して、あたしが被害に同情しても犯人に腹を立ててもカムフラージュに取られちゃうの。それを目で言うから辛いのよ。はっきり口に出してくれれば、弁明もできるんだけど」

「外部の人間ということも、あり得るしな？」

「いいえ、それはあたしも考えてない。盗られたのが、部屋の机の中や更衣室のロッカーの中からで、知らない顔が立ち入れない場所よ。それに、局の入口には守衛を置いて、来客はチェックしているもん。掃除のおばさんが来るのは早朝だし」

「となれば、内部の事件になるから、警察沙汰にもできないな」

「でも、あたしはそうしようと言ったの…」

ウエイトレスが来て、峰子は言葉を呑んだ。双方にスープが据えられるまで、峰子は窓の外を見ていたが、ウエイトレスが離れていくと、周囲を気遣ってまた声を落とした。

「警察に捜査して貰った方が、あたしはいいのよ。真犯人がのさばっている訳でしょう。この際だから届けましょうと提案したら、賛成する人が誰もいなくて、おまけにこう言われたわ、その人の死活問題になるでしょう、って。いかにもあたしがその人のように」

「真犯人に、心当たりは？」

「それなんだけど、被害に遭ってない人を何人か疑ってみたのよ。そうするうち、あたしがされていることと同じことをしているみたいで、気が咎めてきたわ」

「君らしいな。上司には相談できないの？」

峰子は否定的な声を聞かせながら、スープのスプーンを取った。

「盗難が起きていることも、上はまだ知らないんだけど、実はあたし、今月から始まる音楽番組のナレーターに抜擢されたのよ」

「へえっ、大したもんだ。おめでとう」

「いいえ、小さな放送局だから、大したことでもないんだけど、一度聴いてみて、火曜日の深夜一時、放送は来週からなの。だからそれを前に、揉め事を上に相談したら、印象が悪くなるんじゃないかと思って」

肉料理が双方に置かれると、峰子が手で勧めて、会話は途切れた。私はナイフを使いながら、峰子が疑われて孤立している状況下で、真犯人が挙がる以外に問題の解決はない難しさを感じていた。だが、盗難騒ぎのさなかでも犯行を続けている大胆さや、峰子への嫌疑までが計算の内であるかのような巧妙さから推して、犯人がやすやすと現場を目撃されるとは思えない。それを峰子に張り込ませるには危険が伴うし、察知すれば犯人の方が上手《うわて》だろう。どう考えても否定的な結論しか出ないが、しかしこのままでは、せっかくのナレーターも風評をまとうことになる。峰子の悩みと相談もそこにあるのだろうが、私の知恵では峰子のように窮するしかなかった。

「あたし…」

フォークを止めて、峰子が口を開いた。

「やめようかとも思っているの」

「ラジオ局を？」

「そう」

「そんな、せっかく手にしたナレーターを捨てることはないだろう。それに、今やめたら、やっぱりあの人だったんだ、ということになって、いつまでも中傷されるんだよ」

峰子は目に涙を浮かべていた。

「捨て鉢にならないで、もっと考えようよ」

パスタとデザートを食べ終えても話は進展せず、私は別の場所へ峰子を誘った。少し酔いたかった。五年ぶりの再会が深刻な話に始まって、頭は固くなっていた。酒でほぐせば解決の糸口が見えてきそうな期待もあった。自分の用で呼んだのだから、と払おうとする峰子を押しのけて会計を済ませると、店を出た。強めの風が冷たい夜気をぶつけてきた。コートの中のマフラーを高く巻き直して、歩きながら考えた。峰子は濡れ衣《ぎぬ》を女達の中で着せられていた。感情が先行する、と峰子は言ったが、デパートの売場も女達の中での仕事だった。もし母が同じ目に遭わされていたらと飛躍すると、仮定のことなのに胸が痛んだ。峰子のように身を引こうとする母に、私は同じことが言えるだろうか?おとなしい母の性格からすれば、嫌疑の中で仕事を続けるのは死ぬほど辛いだろう。だからと言って、逃げてきた母に罪がかぶせられるのは、死ぬより無念だ。

「バカヤロー」

肩がぶつかって振り返ると、酔態の男が遠ざかっていった。夜の歓楽街は人の出を誘い、峰子は人混みの中を離れては小走りになりながらついてきた。

飲みながら密談する場所として、テーブルが離れて他人との距離がとれるホテルのバーを選んだ。高層の最上階で、眼下には繁華街の灯がまばゆく広がっていた。

「局で一人になるのは、極力避けることだね」

私は歩きながら捻《ひね》り出した考えを言った。問題の解決より、峰子の悩みの解消の方に重きを置いての意見だった。峰子は柑橘《かんきつ》類の匂いのカクテルを、私は背高のグラスに注がれたビールを飲んでいた。

「部屋に誰もいなくなるときは、君も一緒に出るんだ。そして人のいる場所へ行く、部屋に戻っていったと疑われても、証人がいるからね。更衣室にも人がいるときに入るようにして、これも証人作りだ。とにかく、事件の起こりそうな場所に一人でいないこと。そう簡単にはいかないかも知れないけど、心掛けるんだ」

峰子は私のビールグラスをじっと見つめながら、小刻みにうなずいていた。

「それから、席を離れようとする人には、いちいち机の施錠を言うんだ。嫌味にもなるけど、疑われていることを思えばなんでもない。ロッカーの施錠の確認に、当番を決めてペアで行くことを提案してもいいくらいだ」

峰子は同じ姿勢のまま、瞬《まばた》きもなく聞いている。

「真犯人が見つかれば、君の疑いは晴れる訳だけど、君に大事なのは、犯人が出ようが出まいが、自分は迷惑をこうむっているんだ、と行動で訴えて認めさせることだ。だからやめるなんて言わないで、君の名誉は守ろうよ」

「ありがとう」

峰子は目を細めて言うと、泣きそうな顔を両手で隠した。

「バカだなあ、しっかりしなきゃ、これからが勝負だぞ」

うなずいて、バッグからハンカチを取り出す峰子の横顔はやはり魅力的になっていた。

「淳平さん、頼もしくなったわね」

ハンカチを畳みながら峰子が言った。

「いい人、いるのかしら?」

「なんだよ急に」

「頼もしくなったのは、頼られている人がいるからじゃないの?」

「ありがたいご推察だけど、残念ながらいないよ。君は?」

「残念ながら、私も同じ」

二人で声を上げて笑った。ビールを追加しながら、峰子の悩みも忘れたように、私は心地よく酔っていた。

駅の地下通路を歩きながら、私は忠告に念を押した。

「しばらくは気を配りながらの行動になるけど、なるべく実行して」

「もちろんよ。頑張るわ」

「そのうち、また携帯に電話を入れるよ」

「マンションの電話は、まだなの？」

「そうなんだ。だから電話は、僕からのを待ってくれ。どうしてものときは、会社の方へ連絡して」

先にホームへ上がっていく峰子を見送ることもなく、私は帰りの足を急がせた。マンションの電話は、実は昨日引かれていた。だが、峰子に番号を教えることに、ためらいがあった。

六章　素人の推理

　藤堂が転勤先の大阪へ赴いたのは、峰子と会った翌日だった。本社には顔も見せず西へと愛車を走らせていたことを、届いた葉書で知った。新年度を迎えて、藤堂のいた課にも私の課にも若い顔が登場したが、どこかなじめない気持だった。

　四月の二週目の火曜日、夜更かしして一時からのラジオ放送を待っていた。部屋から音が漏れないように、イヤホーンに切り替えてあった。一時の時報を知らせたのは、峰子の声で、短い挨拶のあと新番組の紹介に入った。深夜の放送のためか峰子は声を抑えている感じだった。音楽番組のナレーションとあって抑揚は平坦だが、テンポといい間合いといい、峰子の熟達ぶりに驚かされた。初回はリカルド・サントス楽団のナンバーから選《え》りすぐっていた。『真珠採りのタンゴ』は、この曲か、と膝を打つほど聞き覚えがあり、哀調を帯びたメロディーが夜の冷たさによく合った。三十分の放送のうち、流した音楽は五曲で、峰子の緩急あるナレーションが長さも短さも感じさせずにつなげていた。真夜中に眠らないでいる人達に向けたうまい構成だった。寝過ごさないように時計の目覚ましをセットして、ベッドに入った。

洗面所で歯を磨きながら、寝る前に聴いたリカルド・サントスの一曲が鼻歌に出ていた。朝から歌うことなど自分でも珍しいと思ったが、初めて知ったその曲のタイトルを寝起きの頭に思い出して鼻歌を誘った。

「それ、素敵よね」

トースターにパンを入れながら無意識にまだ歌っていたのか、母が言った。

「へえっ。母さん知ってるんだ」

「真珠採り、でしょう？」

母は顔を覗くようにして訊きながら、マーガリンのケースとジャムの瓶を並べた。ハムにレタスを添えた皿の横には、なみなみと注がれた牛乳が湯気をくゆらせている。母のカップには紅茶のティーバッグが入れてあったが、お湯が沸くのを待って母は向かいの椅子に腰掛けた。

「ちょうど淳平さんが生まれた頃だったわ。夜遅くに、テレビで十五分だけ、近畿地方の名所を紹介していたんですよ。確か、真珠の小箱、とかいう題だったけど」

私は焼けたパンにマーガリンを塗りながら、傍らに父がいる光景を想像した。父が撮る写真は風景が主だったから、父が好んだ番組を母は付き合いで見ていたのだろう。

「最後はいつも三重県の宣伝で、その曲が流れるの」

「三重県で真珠の養殖をしてるから、タイトルが真珠の小箱で、音楽が真珠採り？」

「そうだったんでしょうね」

「単純過ぎない」

私は笑いながらパンをかじった。

「淳平さんに手が掛かったから、よく憶えているわ」

「どういうこと？」

「宵っぱりで、寝つきの悪い子でね」

「今でも同じだ」

「テレビの音楽に誘われて、よくこうして歌ったのよ」

母は乳児の私を抱く姿になると、ハミングで歌いながら肩を左右に揺すった。母の口ずさむメロディーは、うろ覚えの私のものとは違ってしっかりとしていた。聴いたタンゴよりゆっくりと歌っているのは、私を寝かせるためだった。そのゆっくりが曲の哀調を一層引き立てた。薬罐《やかん》のお湯が吹きこぼれる音に、母のハミングが止んだ。母は立ち上がると、椅子を斜にしてコンロに駈け寄った。火を止めて、熱くなった薬罐に手を漂わせている母の後ろ姿に、曲の余韻を聴いていた。

結婚式を一週間後に控えた芳子がマンションを訪れた。その日は母も非番の日曜日で、同僚から借りた留袖を畳に広げて小物を揃えたり、近所の美容院を探しにいったりして、休みの時間を準備に費やしていた。

「お姉さんのときと同じ着物ね」

和室を覗きながら、芳子が言った。

「同じ人から借りたんだから、そうだろうよ」

「これを着たお母さんに、お姉さんの会社の専務さんが一目惚れしたのよね」

「くだらないこと言うなよ」

「そう。そういう顔でお兄さんが怒鳴って、それからなのよね、お姉さんがお兄さんを怖がるようになって、同居の話に反対したお兄さんがお母さんを連れ出した具合になったから、お姉さんにすれば面白くないでしょうね」

「お前、心配なのか?」

芳子は答えずに、ダイニングの椅子に戻ると、少し淋しげな目をテーブルに投げた。

「お姉さんとお兄さんで、お母さんを取り合ったのかなあ」

ふかしていた煙草の灰がテーブルに落ちて、私は声を上げながら布巾で拭った。

「でも、お母さんの気持を考えると、兄弟仲良くして貰わないと困るのよねえ。やだ、いけない」

　顔を見ると、芳子は頭を叩いた。

「あたしも一枚噛んでいたんだっけ。お兄さんには、こんなこと言えた義理じゃないわね。お世話になりました。おかげさまで、結婚に漕ぎ着けました。ありがとうございます」

　頭を下げた芳子の額《ひたい》を笑いながら指先で起こしたとき、ドアの開く音が聞こえて、芳子は立っていった。

「おじゃましてます」

「まあ、もう来てたの」

「美容院、見つかった？」

「ええ、予約してきたわ」

　ダイニングへ入ってきた母の腕に、芳子の手が絡みついていた。母の顔を見ると、いかにも嬉しそうに頰笑んでいる。芳子には末っ子としての母の可愛いがりようがあったが、それには一度も嫉妬は起きなかった。むしろ、母と二人で芳子を可愛がっているつもりだった。母が芳子に目で訊いて、芳子は頭を下げた。暗黙の二人のやりとりが何であるのかは分かった。台所の改修を済ませたことを、来るなり芳子は私に告げた。経費については何も言わず、私も触れなかった。お茶の用意をする母に口実を作って、私は外へ出た。母と芳子を二人にさせたいのと、峰子に電話を掛けるのが目的だった。

峰子と会ってから、一と月が過ぎようとしていた。エントランスを出て、足を傾斜の方角へ向けた。下っていく道の両側に鬱蒼《うっそう》と樹木の茂る公園があり、片側の入口に電話ボックスが立っているのを見て知っていた。晴天の日曜日とあって公園には人の出が多かったが、電話ボックスに人影はなく、駈け足で飛び込んだ。携帯電話の番号は桁数が多く、メモを暗記できずに目を移しながらボタンを押した。聞き慣れない発信音が呼び出しの音に変わって、すぐに峰子の声で応答した。

「淳平さんね」

待っていたかのように峰子は声を高くすると、自宅にいることを前置きして、会ったときの礼を改まって言った。

「ナレーションだけど、初回のを聞かせて貰ったよ」

「夜遅い時間なのに、ありがとう」

「お世辞ではなく感服したよ」

「本当に」

「君はサークルでも『星の王子さま』みたいなメルヘンが得意だったから、それが生かせたんだね」

「ありがとう。嬉しいわ」

「抑えた声もハスキーで、魅力的だったよ」

「ねえ、悪いことも言ってよ」

「いや、思いつかないな」

「淳平さんは優しいからな」

「ところで、例の件、どうなってる？」

「それなのよ。淳平さんの言う通りにしたら、犯人はやり難くなったらしくて、あれから何も起きてないの」

「実行できたんだ」

「更衣室の点検にも行っているのよ。当番制にはできなかったけど、同意してくれた人がいてね、その人と二人で」

「どのロッカーにも鍵は掛けてある？」

「チェックしてるから、貴重品を置かない人まで掛けるようになったわ」

「いいぞ。犯人の動きを止めた訳だけど、君への見方も変わってきてると思うよ」

「そうなの。違いが分かるわ」

「よかったね」

「淳平さんのおかげよ」

「いやあ、言う方は簡単だけど、行動する方は大変だったと思うよ」

「ねえ淳平さん。また会えない?」

「いいけど、来週は妹の結婚式があるから、先になるね」

「まあ、おめでとうございます。それでかしら?」

「なにが?」

「淳平さんが家を離れた訳が分からなかったのよ、お母さまも一緒と聞いたし。妹さんに住まわせるためだったのね」

「まあ、想像に任せるよ」

「マンションに、もう電話は引けたんでしょう?」

一瞬、私は黙った。

「もしもし?」

「そう。引けたんだけど、母も仕事に出ているから、誰も取らないときが多いんだ。母は寝るのが早くてね、電話は母の部屋の近くにあるんだよ。だからこれまで通り僕の方から連絡するから」

腑に落ちないような峰子の声が受話器に漏れていたが、

「じゃあこれで」と私が言うと、峰子はもう一度礼を述べて電話を切った。来た道を引き返す足が、坂の急勾配に重かった。もちろん、母が早くに寝ることも母の部屋の近くに電話機があることも嘘で、峰子からの電話を母に取らせないための方便だった。私に何の気もないのに、母に気を回されたくなかったからである。

結婚式と披露宴を兼ねた会場は、大手町のビルの一階で、外からは丸見えのガラス張りになっていた。式は司会者の音頭で新郎新婦が宣誓文を読み上げて終わり、椅子を並べたステージに集合して写真を撮った。披露宴も列席者の歌やバンド演奏が多く、これなら母が留袖を着るまでもなかった、と私は苦笑していた。ただ、衣装替えしてキャンドルサービスにテーブルを回る芳子は蕾の花のように愛らしく、調子に乗って、
「真也君、肩の力を抜いて」と言った私の叫びに、どっと笑いが上がった。姉とはそれらしい会話もなかったが、岡さんが気を遣って何度もビールを注ぎにきて、隣の母にはそれが嬉しいらしかった。途中、母を誘って真也君の両親の席まで挨拶に出向いた。形式通りの言葉を並べる私の後ろで、母は何度も頭を下げていた。披露宴はとりとめもなく進行して終わった。朝方に車で迎えにきてくれた岡さんが、また送ってくれようとするのを断って、風の爽やかな大通りを歩き出した。私に続きながら、母が振り返って姉を見た。列席

者の人影が見えなくなると、着物を気遣っている母の歩行にタクシーを拾った。目白のマンションまではそう遠くもない距離だった。酔いも回って、シートに浅く腰掛けた母に身を寄せていた。借り物の着物が、体の温もりにも他人行儀な隔たりを感じさせた。だが、母が自分の留袖を着るときのことを考えると、無くし物でもするような不安に襲われて、この隔たりのある安堵感が適当なのかとも思った。

「享子にね」

私から少し離れて坐り直しながら、母が言った。

「次の子ができたらしいの」

私は驚くより、むしろ非難の顔を母に向けた。

「そんなにすぐまた産んで、育てられるの?」

「大変だと思いますよ」

タクシーは内堀通りから逸れて、外堀方面へ向かっていた。

「予定日のときに真浪ちゃんは一歳半だし、手が必要になるわね」

「お祖母《ばあ》ちゃんなら岡さんの方にだっているじゃないか、今日だって預けてきたんだし」

だらしなく上体を倒すと、わざと母に背を向ける格好で暮れかかる空を見ていた。

仕事中から峰子の声が聞きたくなっていた私は、会社を退けると、赤レンガの駅舎の前にある電話ボックスに入り、携帯電話の番号を押した。峰子の応答は私だと分かると、すぐに緊張した声に変わった。

「ちょっと待ってね、移動するわ」

峰子の息遣いと雑音が入り交じって聞こえていたが、ドアの開閉の音に続いて峰子が言った。

「今日また、事件が起きたの」

「ええっ」

甘い会話でも交わそうと思っていた私は、受話器を耳に押しつけた。

「お昼休みに、外出から戻ってきた人が大声を上げて、三万円の中から一枚抜かれたと言うの」

「財布からかい？」

「そう。机の引出しに入れておいたって」

「鍵は？」

「掛けてあったけど、壊されていたのよ」

「君はどこにいた？」

「安心して。番組のディレクターと一緒に打ち合わせがてら食事をしていたわ。みんながいるうちに部屋を出て、遅れて戻っていったくらいだから、あたしのアリバイは成立」

「よかった」

「でも今は、非常階段で一人よ」

「アリバイは僕が証明するよ」

　峰子は笑った。

「盗られた人はこれで三度目なの。自分がターゲットなのかと騒ぎ立てるから、みんなが集まってきて、今までのことも局内に知れ渡っちゃった」

「君が上に言うまでもなく知れたんだから、それもよかった」

「そうね。でも少し変なのよ」

「どうして？」

「食事の注文を待っていたときに、ディレクターが煙草を買いに出て、コンビニでその人が財布からお金を出しているのを見たんですって」

「同じ財布だと言うの？」

「あたしも見間違えじゃないかと思うんだけど、ディレクターは、叫んでいたときに持っていたものと同じだった、と言ってるの。まあ、どうでもいいことだけどね」

上に知れたことで捕り物が近くなったと期待した私だったが、ディレクターの見間違えでなければ、事件の犯人は予想以上の熟練工ということか？被害者が一度部屋に帰って財布を戻していたとしたら、鍵を壊すまでの犯行は瞬時の手際よさだ。素人芸《しろうと》とはとても思えない。

「もしもし」

峰子の呼びかけに、意識を受話器へ戻した。

「淳平さんの、ご用は？」

「ああ。別にないんだけど、ちょっと声が聞きたかったから」

「あら嬉しいわ。昨日、どうだった？」

「何が？」

「結婚式よ」

「ああ。それが雑ぱくでね、今はああいう結婚式もあるのかなあ」

「何よそれ。花嫁さんはドレスだったの？」

「そう。妹は輝いていたよ」

「いいなあ」

峰子がしみじみと言った。

「淳平さん、いつ会えるかしら」

「そうだね、今週の金曜日なんか、どう?」

「もちろんOKよ」

「時間と場所、また連絡するから」

電話ボックスを出て改札口へ向かいながら、私は釈然としない気持だった。峰子は自分に嫌疑さえなければ他のことには関心がない様子だったが、事件の全容を部外者の耳で聞いてきた私には腑に落ちない点もいくつかある。今日の被害者は、三万円の中から一枚、と言ったが、最初に会ったときも峰子は確か、千円札の中から二、三枚、と聞かせた。それは犯人が被害者に気づかれないように盗む手口ではないのか?当時あそこまで騒ぎになっていた中で、それよりも今日は鍵を壊してまで、なぜ犯人は遠慮気味に盗むのだろう。同じ被害者を三度も狙っているが、犯人の側に立てば危険過ぎやしないか。被害者は、自分がターゲットなのか、と言ったそうだが、もし、金目当の犯行ではないとしたら…?その疑いは翻って被害者達が財布を手に訴える光景を想像させた。財布の中にいくら入っていたか、当人以外知る筈もない。ということは、被害額はすべて被害者達の口からによるものだった。電車の吊革に傾く体を支えながら、峰子と私が思いも及ばないところで事件は展開していたのではないだろうか、と疑いを膨らませていた。

「珍しいわね」

　夕食の最中に文庫本を読んでいる私に、箸を運ばせながら母が言った。昨日、電話ボックスを出たあとの疑いが、ふとしたことで以前に読んだ推理小説を思い出させ、今日帰りがけに新宿の書店に立ち寄って見つけてきた。

「ねえ。男がいくら神経質で潔癖症だとしても、花嫁が汚れていたことを知って、新婚の晩に殺害したあと自分も死ぬようなこと、考えられる？」

　私の問いかけに、母は眉をひそめた。

「ずいぶん怖い本を読んでいるのね」

「犯行は、愛情も消えて、悪意と憎しみにみちた心から」

「憎しみだけで？」

「これにはそう書いてある」

「でも、憎しみだけなら、自分も死ぬのはおかしいでしょう。愛情もあってのことではなかったの？」

「なるほど、母さんの方がこの探偵より読みが深いかも知れないぞ」

　母は箸を止めると、片方の手で口を隠して笑い出した。

「僕には分からない心理だなあ」

「わたしだって、分かりませんよ」

母は誤解されるのを迷惑がるように首を振った。

「その男の人は、強い人だったのね。花嫁さんの弱さなら、少しは分かる気がするけど」

「弱さ？」

「相手のためを思ったら、殺される前に死ねばよかったんだけど、好きだからそれができなかったんでしょうね」

「へえっ、驚いた。母さんに解説させたら、これは推理小説じゃなくなるよ」

小説の内容を知らない母には意味が摑めず、私のこれが恋愛小説を指しているとでも思ったのか、顔を少し赤くすると、また箸を運ばせた。


待ち合わせの場所に指定したあのイタリア料理店に峰子が来ると、私は文庫本をテーブルに置いた。

「本陣殺人事件」

峰子が表紙のタイトルを読んだ。

「朗読のサークルでミステリーがテーマになったとき、誰かが横溝正史のこれを読んだの、憶えてない？　旧家の密室で起きた事件で、不気味な三本指の男が容疑者に浮かび上がる…」

　話の途中で峰子が声を上げた。

「面白そうだったから、あたしも買って読んだわ。新婚の寝室で惨劇が起きるのよね。でも、三本指の男はただの通りすがりで、実は夫が妻を殺して自殺していたという、あれでしょう？」

　事件にはまるで関係のない三本指の男、が私にも読み直すきっかけを与えたのだが、それに触れただけで峰子が事件現場や真相まで憶えていたのは驚きで、推理小説としての手法に富んだ、つまりは読ませ方のうまさなのだろうと思った。

「そう。罪もない三本指の男が、行き倒れで死んでいたのをいいことに、疑われるように仕組んだんだ。真相を隠蔽《いんぺい》するために」

「でも、事件の動機はなんだったのか、忘れてるわ」

「潔癖症の哲学者が、周囲の反対を押しきって結婚を決めるんだけど、女から過去に愛人がいたことを告白されて、自分の立場をなくしてしまう。女を殺したいけど、自分は殺人犯にはなりたくない。自殺することも敗北だと考える。もっともこの犯行に至る心理は、あくまでも探偵の推理なんだ。だけど、綿密なトリックで他殺に見せかけた犯行は見抜くことになる。女を斬り殺した刀にあらかじめ水車から引いておいた琴糸を結びつけて自分の心臓を貫く。水車の回転で外に運び出された刀は、仕掛け通りに琴糸が鎌で切れた弾みで宙を舞う。切れた琴糸は水車に巻かれ、凶器の刀だけが刺さって残り、密室殺人事件が成立する」

思い出してうなずく峰子に、私は間を置かず言った。

「事件を起こしたのは自分なのに、被害者を装って他人を犯人に仕立て上げようとする。ひょっとしたらこれかな、と思ったんだ」

峰子が怪訝《けげん》な目で顔を見た。

「あくまでも素人《しろうと》の推理だけど、君のラジオ局の盗難事件は、いくら捜査しても真犯人なんて出ないいんじゃないかな」

「どういうこと?」

峰子に迫られて、私は躱《かわ》すように煙草に火をつけた。峰子の興奮につられて話が迷走するのを避けた。煙を上に向けて吐くと、峰子に顔を寄せた。

「盗まれたお金の額を言われても、財布にいくら入っていたか誰が分かる? 被害者の報告だと、財布の中から何枚とか言ってるけど、僕の知っている盗難は財布ごとか、財布だけ残して全部だよ。おかしいと思わないか?」

私と目を合わせている峰子にはまだ話の行き先が見えていなかった。

「僕のは素人の推理だともう一度言っておくけど、盗難なんか起きていなかったと仮定して考えよう。君は確か、今度のナレーターは抜擢されたと言ったね。と言うことは、候補者が何人かいた訳だよね、被害を口にした女性達ばかりの中に」

「あたしは陥《おとしい》れられたの？」

峰子は鳥肌立ったのか、半袖から出ている細い腕をさすった。

「今週の月曜日に、しばらくぶりで事件が起きたね。君への疑いがなくなりかけている頃だった。そのときの被害者、もしかして、君が警察に届けようと言ったとき、その人の死活問題になるでしょう、と反対した人？」

「その通りよ」

「ナレーターに選ばれる可能性もあった？」

「ええ充分に。彼女が首謀者ということなの？」

「その人をよく知っているのは君なんだから、みんなを唆《そそのか》したとして、どう？」

「彼女の性格からすれば、無きにしも非《あら》ずだわ」

峰子の表情は怪訝から憤慨に変わっていた。

「忘れていたよ。何か頼まなければ」

水のグラスを置いて行ったウエイトレスが、遠くから注文を待っていることに気づいて、私はメニューを開いた。峰子が注文を終えて、ウエイトレスが離れて行くと、私はまた峰子に顔を寄せた。

「その彼女をしばらくマークするんだ。でも問い詰めるなよ、逆に人権蹂躙《じゅうりん》とか名誉毀《き》損《そん》で訴えられたら厄介なことになる。この小説では、三本指の男の切断された手が発見されたり、琴糸を切った鎌が放置されていて、最後は犯行に荷担した弟の証言で事件が解決するけど、君には物的証拠も証人もない。だから君は疑いの目を彼女に向けていればいいんだ。相手が気づくほど意識的な目を、君がさんざんそうされたように」

峰子は下唇を噛んでいた。時間がたつにつれて怒りが燃え上がっている様子だった。

「ワインを頼もうよ。君の復讐の成功を祈って、乾杯だ」

だが、ワインが注がれてグラスを触れ合わせたとき、私は急に悪事を働いているような後ろめたさに襲われた。

「ずいぶん怖い本を読んでいるのね」

母の言葉が浮かんだ。この推理小説でやりとりしたときの母は、少しも恨みや憎しみについて語らず、人の弱さと優しさを見ようとしていた。今、峰子に復讐をけしかけている私を、母は恐ろしい人間だと思うだろうか?ワインを一口飲んで鼻で笑うと、何を今さら、と打ち消した。目的のためであれば行動に走る私を、母ならよく知っている。それで母を抑えつけ、母は抑えつけられてきたのだ。峰子の好みに合わせた赤ワインの、苦手な渋味が口に残った。

七章　桜の写真立て

梅雨どきは木立の緑もくすんで見える。その緑に目を凝らしていると、雨が風に煽られて移動して行く。いや、風の移動を雨が見せていると言った方が適切なのか、と考えながら、そんなことを考える自分が珍しかった。三階の高さとこの屋根のあるベランダが、私の日常に眺めるという時間を与えてくれた。四月の初めには桜が家並みや木の間隠れに薄紅を覗かせ、五月には新緑が本当に萌える色だった。遠くの夜景も、季節や天候によって灯り方の違いを見せた。

シャツの長袖に湿り気を感じて、腕を乗せていた手摺りから離れた。ここ一週間は雨の日が多く、週末休みも連日の雨に降り籠められていた。サンダルを脱いでダイニングへ一段下りると、和室からアイロンを置く音が聞こえた。母は木箱のふたに金具の付いた年代物のアイロンを買い換えることなく使っていた。仕事に出るときは曇り空でも洗濯物を室内に吊して、翌日アイロンで仕上げるのが母のやり方だった。

和室の襖は片側に寄せられて、母は畳に置いた白い台の上に私のワイシャツを広げていた。

「入っていい？」

顔を見た母はうなずくと、膝を回して押入を開け、取り出した座布団を真向かいに据えた。

「袖口を、汚さなくなったわね」

ワイシャツの片袖にアイロンをすべらせる母の前に、溜息をつきながら胡座《あぐら》で坐った。

「机に落ち着いていられないからだよ。新人の教育係を仰せつかって動き回っている、僕なんかより年長で適任がいるのに」

母は何も言わず、頬笑んでいた。

「芳子から何か言ってきた？」

「いいえ」

「あいつ、結婚式の写真ぐらい見せにこいよ。相変わらずマイペースで、真也君とはうまくやっているのかな」

頬笑みながら、やはり母は無言だった。姉のことには触れなかった。結婚式の帰りがけに二人目の妊娠を知らせたきり、母も話さなくなっていた。

「あれっ」

仏壇の中に目を留めて、私は立ち上がった。見慣れた父の遺影の後ろに、モノクロの写真が立て掛けてあった。

「お祖父《じい》さんとお祖母《ばあ》さんだね」

「ええ」

母は見上げることもなく、広げた袖口にアイロンの先を押しつけていた。

「後ろに人が集まって、神主もいるけど、なんの写真？」

「植樹式に呼ばれて、出たときでしょう」

変色しているが、背後の式場をしっかりと捉えて前方の人物を生き生きと写した、上手な写真だった。

「父さんが撮ったんじゃない？」

「分かる？」

「だっていい写真だもん。表情に動きを感じるし、母さんはお祖母さんに生え際が似てるね」

「そうかしら」

「これも写真立てに入れておけば？買ってくるよ」

「いいわ、またしまうから」

「それじゃ可哀相だろう、飾っておいてあげなよ」

私は写真を置いて、座布団に戻った。

「お兄さんの写真は、ないの？」

「ええ」

「写真がないというのも、淋しいね」

「お家《うち》を引き上げるときに、お祖父さんがみんな焼いたから」

母は畳んだワイシャツを脇へ置くと、私のポロシャツを広げて、また顔を伏せた。

「お兄さんのこと、憶えてる？母さんはとても可愛がられたと、聞いたけど」

「そうねえ」

母は頬笑みながら、首をかしげた。

「戦死したときに、わたしは五歳だったでしょう。だからどれだけ可愛がられたか、はっきりと憶えてないの」

母はアイロンを置いて、一度スイッチを切った。旧式のアイロンのため、温度調節の装置がなかった。

「ただ、出征のその日だったか前の日だったか、一人で遊んでいると兄が来て、きつく抱かれたことはよく憶えているわ。声まで」

母はアイロンを手に取ると、指で熱さの加減を見て、また動かしながらその兄の声を辿るように言った。

「病気なんかするんじゃないぞ、元気で大人になるんだぞ、綺麗になるんだぞ、って。子供だったのねえ、何を言われてもうなずくだけで、泣きもしなかった」

うつむいている母の白い顔を、小さくて形のいい鼻が引き立てていた。昔のことを話したがらない母が、両親の写真を出し、兄の言葉を頬笑みながら聞かせた。転居が母に気持の整理をつけさせたのか、その頬笑みに切り離した過去が納まって見えた。

「バス通りから入ってくる道があるでしょう?」

アイロンのプラグを抜きながら、思い出したように母が言った。

「先まで行くと、大きな欅《けやき》の木が道の真ん中にあるの、淳平さん知ってた?」

「ああ、教会の手前だろう? ここを見にきたとき業者の人が言ってたけど、近衛《このえ》邸の入口があった場所で、車をターンさせるのに使った木だってさ」

「まあ」

珍しい話でも聞いたような母の驚きに、顔を見た。

「いえね。この間、道を間違えた訳じゃないんだけど、足がそっちに向いて、通せん坊をしている欅を見たとき、低い声で呼ばれていたような気がしてね」

「怖くなかった?」

「いいえ。植物の霊は優しいのよ」

「母さんは対話ができるんだ」

「そうなのかも知れませんね」

母は笑いながら立ち上がると、私の洗濯物を洋間のベッドの上に置きに行った。


会社の昼休みに峰子から電話が掛かった。復讐をけしかけて以来、本務より雑務に追われて、私の方からは一と月も連絡できなかった。

「是非ご馳走したいの。理由は会ったときに話すわ」

「ご機嫌だね。そばに誰もいないんじゃないの?」

「そうよ、もう注意する必要がなくなったの」

「どうして?」

「だから、話はそのときにゆっくり」

二日後に峰子が連れて行ってくれた店は、池袋のビルの中に構えた割烹だった。

「豪勢だね」

案内された個室を見回して私は言った。エレベーターで上がってきて、一歩踏み込んだ玄関にも高級感が漂っていた。和装の仲居さんが飲み物の注文を聞いて下がって行くと、峰子がテーブルに包装を置いた。

「フォトフレームよ。見立てを任されたけど、気に入るかしら」

電話で待ち合わせの場所を決めたとき、買い物の代行を頼んでおいた。

「ありがとう。いくら？」

「いいわよ、それもお礼のつもり。どなたの写真を置くのかなんて、尋問はしませんから」

満面に笑みを浮かべる峰子を見るのは、再会以来初めてだった。

「話したじゃないか、母が祖父母の写真を入れるんだって。母から貰うから、きちんと払うよ。レシート見せて」

渡されたレシートを見て、その金額をテーブルへ置くと、峰子が口元を歪めた。

「お母さまが払うのなら、高かったかしら」

「そんなことないさ」

私は首を振ったが、写真立ての相場がどの程度なのか知らなかった。

「で？ 嬉しそうなところを見ると、解決の方向に向かっているのかな」

ビールで乾杯すると、私は訊いた。

「解決したのよ」

峰子が得意そうに顎を上げて見せた。

「淳平さんの素人の推理、的中」

「ということは、やっぱり彼女の仕業《しわざ》？」

　峰子は大きくうなずいた。

「五月で退職した人がいてね、ほら、ロッカーの施錠のチェックに、一緒に更衣室へ行ってくれていた人よ。その人が四日前にあたしを呼び出したの。局の近くの喫茶店からで、内緒で来て欲しいというから、変な気がしてね。行ったら途端に泣いて謝るのよ、落ち着かせて聞いた話が、淳平さんの推理通りだったという訳」

「動機も？」

「そう。何から何まで一致していて、気持悪かったわ」

「僕だって気持悪いよ」

　順を追って確かめたくなるほどだったが、暴露した当人のことが気に掛かった。

「その人、最初はグルだったとしたら、疚《やま》しさからだね、君とチェックに同行したのも。裏切者扱いされて、いられなくなったのかな」

「退職の理由は、父親の介護と言っているけど、なんだか可哀相だったわ」

　懐石料理が一つひとつ運ばれて来て、箸を運ばせながら話す峰子に恨み言はなく、憑《つ》き物が落ちたように爽やかな口調だった。

「それで、首謀者の彼女は君が真相を知っていることを、まだ知らないんだろう？」

「やめたわ。淳平さんに電話を掛けた日に分かったの」

「ばれた訳？」

「そういうこと。あたしを呼び出した人が、その前に局で一部始終を暴露したのよ。喫茶店から帰ったら、席に彼女の姿はなくて、翌日も会わずじまい。そしておととい、局長からいっさいを知らされたの。彼女については盗みを働いた訳ではないから、解雇ではなく退職扱いにしたって。あたしのあとも、何人か呼ばれて行ったわ」

「グルの残りとは心情的に尾を引くかも知れないけど、君にとってはベストの結末だったね。君が訴えに出て局を混乱させた訳じゃないし、彼女とも会わなかったから罵《ののし》らずに済んだ。君は終始潔《いさぎよ》かったことになる、素晴らしいよ」

「淳平さんのおかげじゃない」

「僕は遠くの方から無責任に論じていただけだよ」

「でもあたしは、いつも一緒に行動しているつもりでいたから、心強かったわ」

「よし、もう一度乾杯だ。これで君がナレーションに専念できることを祝して」

峰子のグラスにビールを注ぎ足し、自分にも注いでグラスを高く上げた。

「淳平さんのお母さまって、どんな方《かた》かなって、時々想像したりするの」

一口ビールを飲んで、峰子が言った。

「平凡な普通の主婦だよ」

「あら、お仕事してるんでしょう?」

「そうだけど」

「何なさっているの?」

「おい、国勢調査かよ。そういう話題って、退屈じゃないか。だから僕も、君の家庭のことは何も訊かないだろう」

「そうね、ごめんなさい」

二時間余りの会食中、出された料理はどれも上等だった。感謝を込めた奢《おご》りだという峰子に会計を任せた。


玄関へ入ると、浴室のドアが開け放たれていて、お湯をかき回す音が反響していた。

「お帰りなさい」

湯気と一緒に母が出てきた。私はダイニングのテーブルに包装を置いて母を呼んだ。

「写真立てだよ」

入浴剤の匂いをさせながら母がやって来て、嬉しそうに包装を見た。

「開けていい？」

母は訊きながら、すでにシールをはがしていた。

「まあ、素敵ね」

母の手の中の写真立ては、ところどころ筋の入った木材で縁取られていた。

「なんの木かな？」

「桜ですよ」

「へえっ、桜の木の表面て、そんなに特徴があったっけ」

「お金を取ってね」

「いいから」

「だって、高かったでしょう？」

「高いのか安いのか、分からないよ」

「他のと比べれば、分かるじゃない」

黙ってしまった私に、母は顔を見ると、まるで失言でもしたかのようにあたふたとした。

「実は、昼食で外出する課の女性グループに頼んだんだ。きちんと払ってあるから、僕に任せておけばいいんだよ」

「そう、じゃあ甘えますね」

母は頭を下げると、写真立てを手に和室へ入って行った。電話が鳴り、引き返してきた母を手で止めて、キッチンのドア近くに置いた電話台へ寄った。受話器を取って応答すると、相手は言葉を詰まらせたが、もう一度呼び掛けると、落ち着きを取り繕った様子で言った。

「お母さん、いるかしら」

姉の声だった。掛けてよこしながら一言の挨拶もない電話に機嫌を損ねながら、私も無言のまま母に受話器を向けると、母も誰からの電話だか察して、目を伏せながら受話器を取った。応対する母の声は明るさを装っているが、背後の私を気にして言葉は淀みがちで、私は母にタオルを見せて浴室へ向かった。

母が湯加減を見てくれたお湯は、ほろ酔いの体を沈めるには頃合の熱さで、写真立てや姉からの電話でわだかまっていた気持もほぐれて行った。浴槽の底に胡座《あぐら》をかいて、縁に頭を乗せた。天井の丸い照明は建てた当時から変えていないのか、よく見ると黄ばんだ縞が浮いていた。照明に照らされて、いかにも私の専用とばかりに真新しい石けんが置かれてあり、浴室のどこを見回しても母の物はない。母は入浴用の小物を自分の桶に入れて持ち運びしていた。それは練馬の家にいた頃から同じで、私はよく姉の高級なシャンプーをくすねて怒られたり、朝の髭剃りのあとについ芳子のタオルを使って悲鳴を上げられたりしたが、母の専用となると歯ブラシ一つでさえ見られなかった。なぜそこまで自分の存在感を否定するのか、と淋しく思うこともあったが、母には意識的な行為ではなく、やはり性格によるものなのだった。

「姉さん、なんだって?」

バジャマ姿で麦茶を飲みながら、母に訊いた。

「真浪ちゃんのお洋服を縫っていて、襟付けが分からないんですって。昔の雑誌が家にあるから、明日デパートで渡すことにしたわ」

電話での会話がそれだけではないことは、母の表情から分かった。一歳に満たない真浪を抱えて胎児の成長が進む姉には、何くれとなく母が頼りだろう。岡さんは次男で両親が揃っている実家には長男の家族が同居していて、母親の勝手には動けない事情もあるが、姉にすれば同じ手を借りるのなら母の方が気楽に決まっている。だが、それが私には問題だった。母が一度手を貸せば、姉のもとに居ついてしまう恐れがあった。だから私は何も口にせず、逆に、母が出向く必要がないことを態度で示していた。そもそもの原因が姉の計画性のなさにあることも腹立たしかった。

「母さんは明日は遅番なんだろう?わざわざ持って行かなくても、姉さんの方が一駅なんだから来ればいいのに。まだ一度もここを見にこないけど、嫌味だよな」

何も言えない母に、私は困らせている意地の悪さを感じて、声の調子を変えた。

「お風呂に入っちゃいなよ」

母はうなずいて、一度和室へ入って行くと、桶の上にバスタオルを乗せて浴室へ向かった。

八章　関西の友

新幹線のシートに凭《もた》れながら、通路を隔てた斜め前で週刊誌を読んでいる女性の髪を見ていた。私は三人席の右端に、女性は二人席の左端に腰掛けていた。後ろ姿しか見られないが、服装の感じからすると母と同年代で、前かがみの肩が不安定に揺れている。週刊誌を捲るたびに首筋が捩れて、私がさっきから見ているのは、そのときに背凭れの際から覗かせる髪に添えた小櫛だった。櫛は左の耳の後ろに挿してあり、食い込んだ歯の湾曲した付け根の部分がさりげなく髪を飾っている。髪にある飾り一つの違いが、見る目を変えさせるとは意外だった。櫛は女性の容貌を前から見る必要がないほど、その人を愛らしくしていた。と同時に、生え際で膨らみを持たせてウエーブをつけながら後ろへまとめている母の髪の方が、その小櫛は似合いそうな気がした。

関西方面へ向かう車窓には、すでに傾いている日が差していた。十月も中旬となれば沈む日の動きも早かった。今年の暑さは八月末から九月にかけての残暑の方が厳しく、藤堂は絶好の色になると十一月の紅葉に誘ったのだが、新人を抱えている私は暮にかけての見通しが立たないので、紅葉より一足早く会うことになった。土曜日曜と二日掛かりで京都を観光する予定だったが、今度は藤堂の方に抜けられない会社の用ができて、日曜日だけの観光となったため遅い出発に切り替えたのだった。

京都駅から藤堂の予約してくれたホテルに着いたのは七時過ぎで、近くの平安神宮も夜の闇に包まれていた。シングルベッドの部屋に入って、レースのカーテンを寄せたが、眼下にはやはり暗がりが多かった。タクシーでここへ来るまでにも感じていたのだが、京都の街には夜の照明が乏しく、住んでいた練馬のあの辺でも明るい夜道を歩いていた私を心細くさせた。窓の右手に迫っている東山は京都へ来たことを実感させたが、今の黒さには恐ろしさもあった。煙草を一服すると、急に空腹を感じた。藤堂がいなければ外へ出るのも不安で、ホテルのレストランで済ませることにして部屋を出た。日本料理の看板に足が向き、ビールの小瓶を一本と松花堂弁当を口にすると、早々に引き上げてきた。藤堂がどこにいるのかは分からなかったが、もう仕事には支障のない時間だと思い、机の電話機に寄った。藤堂は大阪のアパートに電話を引かず、峰子のように携帯電話を持ち歩いていた。番号を押すと、すぐに藤堂につながり、私が到着していることを告げると、藤堂は明日会う時刻の念だけを押して電話を切った。一分にも満たない会話だったが、藤堂の元気で嬉しそうな声が心細かった気持を一掃した。だが、それも束の間で、受話器を置いたときに見た傍らのメッセージに、別の不安が起きた。

貴重品はフロントまでお預け下さい

マンションの一階の住人が空巣の被害に遭って、管理人が戸締まりの注意に回ってきたのは一昨日だったが、それを母に言い忘れていた。すぐまた受話器を取って押した番号を、呼び出しの音が鳴らないうちに気づいて、慌てて切った。練馬の家の電話に掛けていた。鞄の中から手帳を取り出すと、記憶はしているが番号を確かめた。それだけ、母も仕事で空けているマンションへ電話をする機会はほとんどなかった。

番号を押し直しながら、物忘れがひどくなった母親を嘆いていた同僚の顔が浮かんだ。自宅の住所と電話番号が答えられないので、用心のために迷子札を下げさせていると言っていた。しかし、自宅にいて電話をする必要もなく手紙を書く機会もなければ、普通にあり得ることかも知れなかった。習慣を持たないことは記憶から薄れて行くもので、今、マンションの電話番号を確認した自信のなさがそれを物語っていた。まして老人であれば、体力の低下と同等に記憶の規準も落として見るべきなのに、若い人の常識では奇異と恐怖が先行してしまう。老化を若い感覚が病的で残酷なものにしている場合もあるのかと思うと、同僚の母親が一層気の毒になった。

呼び出しの音を鳴らして待ったが、電話はつながらなかった。受話器を戻して腕時計を見ると、八時二十分。今日は早番だと聞いていたから、母は六時には帰っている筈だし、入浴するには早い時間帯である。姉の住まいへでも寄ったのか、だが、私の留守をいいことにそれをする母ではなく、空巣の一件を思うと悪い連想ばかりが巡って、また受話器を取った。

「何してるんだよ」

電話に出た母は、声を荒げた私に絶句した。

「さっきはずいぶん鳴らして、これで二度目だよ」

「ごめんなさい、ちょっと遠くにいたから」

「無事でよかったよ」

「はい？」

「ドアに鍵は忘れてない？チェーンもきちんと掛けて。変わったことが起きたらすぐに電話を頂戴、ホテルだから夜中でも対応してくれる。電話番号を言うよ」

母を怖がらせないように空巣の話は控えたのだが、先を越した注意がかえって心配を与えた。

「そちらで、何かあったの？」

「いや、何もないよ。藤堂に電話して、明日の打ち合わせもできてる」

私は穏やかな声に変えて言うと、ゆっくりとホテルの電話番号を読み上げ、母にメモを取らせた。

「明日は六時過ぎの新幹線に乗るから、十時には帰れる。母さん、淋しくない？」

「子供じゃありませんよ」

母は笑い出したが、マンションに越してきて母を一人で一晩置くのは初めてだった。電話を切ると風呂に浸かったが、母との遠い距離に不安は解消できず、落ち着かない気持を抱えてベッドに入った。


約束の九時半に、待っていたロビーへ藤堂がやって来た。

「ようこそ。元気そうだな」

「もちろん、君は？」

「もちろん」

握手もなく、先へ歩き出しながらの挨拶だが、それでいてもう気持が通っている。藤堂とはいつもそうだった。

「君は観光に来たんだから、話は回りながらにしようや。どこかリクエストは？」

「それが、ガイドブックも見てこなかったんだ。任せるよ」

「じゃあ、俺の気に入っている場所へ案内するよ」

玄関の車寄せからタクシーに乗ると、

「バス停の南田町」と藤堂は馴れた口ぶりで行き先を言った。

「それが琵琶湖疏水を結んだインクライン、高低差があるため船を台車に乗せて運んだレールのあとだよ。ほら、左奥にあるのが南禅寺の三門。右に見えて来たのが吉田山だ」

藤堂のガイドに顔を左右に向けながら、東山に迫って左へ折れ、少し進んだ先でタクシーを降りた。

「これが哲学の道」

水路に添って人が行き交う道を横切りながら藤堂が教えた。坂にさしかかると、藤堂は先を見て舌打ちした。

「今日は人が多いや」

寺の佇まいの周囲には数人の人の動きがあった。背後の森の奥深さを見ると、もう東山の一部なのだろう。番人でも置きそうな黒門をくぐると、藤堂は足を早めた。石段を上がって行く藤堂に続きながら、近づいてきた光景に声を上げると、藤堂が振り返った。

「あの門、写真で見たことがある」

茅葺の屋根を直線で広げた簡素な門だったが、扉に覆いかぶさるように屋根が見る目を占めている。写真でもその形が独特であったから、すぐに重なった。だが、目をとめたのが雑誌のグラビアであったか、どこかのカレンダーであったかは思い出せず、カラーで見た憶えがあるからモノクロを好んで撮った父の写真でもなかった。

「この寺の山門代わりだと新撰名所図会には書いてあったが、この門が見たくて俺は来るんだよ。中へ入ろう、門が引き立つベストなスポットがある」

門をくぐって石段を下りる先の両側は、土を平たく盛って紋様がほどこされていた。

「ご覧の通り、砂盛さ」

藤堂は目も呉れず先へ歩いて、池の橋を渡ると、私の肩を両手で回した。池を裾に置く門は、人の動きをよそに、分かったか、とばかりに存在感を示していた。

「雅《みやび》、って、これを言うんだな」

私が嘆息すると、藤堂が笑った。

「出たな、昔の文学少年が」

「このお寺の名は？」

「法然院だよ」

「写真で見たときから行きたい場所になっていたけど、やっぱり京都だったんだな。ありがとう、連れてきてくれてよかったよ」

顔を見ると藤堂ははにかむように首を縮めて、私と肩を並べながらまた門を眺めた。

哲学の道の、二列に続く敷石を並んで歩きながら、会社の話題になっていた。

「教育係か、君は期待されているんだよ」

「そんな係なんてなかっただろう？便宜上そう言われているだけで、結局は尻拭いなんだよ」

「そんなふうに言うなって。ところで、今の若い人はどうだ？」

「色々いるけど、時々分からなくなる。我々が新人の頃は、まず自分の仕事が熟《こな》せなければ物も言えないような危機感があっただろう？それなのに、何を求められているのか、見えてないって言うか」

「大阪支社でも同じだよ。入社試験のレベルは上がっているんだから、俺達よりよほど優秀な人材なのに、肝心な物の道理が分からないんだ」

「ペーパー試験にだけ通用する優秀、という訳でもないだろうけど」

「いや、言えてるかも知れないぞ。つい先日、大学受験の予備校を取り上げた面白いコラムを読んだよ。国語の問いの答えに対して、こういう考えもあるんじゃないかと質問した受験生に、教師は、この問いが求めている正解は一つなんだからその考え方は捨てなさい、と言ったそうだ。人の心模様が一括《ひとくく》りにされそうで、情けなくなったよ」

「心模様か」

「歌にならあるけど辞書にはない言葉だと、昔の文学少年から言われるかな?」

「そんなことない。よく分かるよ」

話に夢中になり、気づかないうちに哲学の道から、今出川通、という標識のある通りへ出ていた。

「ここも俺の好きな場所で、日本画家の旧宅を公開してるんだ」

通りに構えた一見料亭ふうの造りの前で藤堂が言った。

「日本画家?」

「橋本関雪。見たことないかな、手長猿が木の枝につかまっている絵」

私はかぶりを振った。ことに絵画となると、洋の東西を問わず疎かった。藤堂に拝観券とパンフレットを渡されて、あとに続いた。見てきた法然院の門を模したのか、それにしてはか弱い茅葺の門をくぐり抜けて進むと、池が細長くどこまでも伸びて、建物が池に迫《せ》り出していたり、池の上に東屋が置かれたり、池を主体に建造されていることが分かった。池の水は緑色に淀んでいた。

「一生に一度、こんな家に住んでみたいな」

藤堂が歩いて行くあとさきに目を向けながら言ったが、私には夢も及ぶことのない鑑賞の範囲内だった。

「ところで、すぐそこが銀閣寺だけど、もう見てるかな？」

引き返して門を出たとき、藤堂が訊いた。

「高校の修学旅行で行っているけど、あまり記憶にないんだ」

「そんなものさ」

「もっとよく見ておけばよかったと思うほど、勿体ないことはないな。そうだ、僕はまだ金閣寺を見ていないんだよ」

「俺もそうだ。いつでも行けるような気がして、あと回しにしてあった」

「修学旅行のときに、班で行動する自由散策があってね」

「あったあった。計画表を提出して先生の印鑑を貰うんだよな」

「班の一人がすでに金閣寺を見ていて、キンキラキンのマッチ箱みたいだ、と言ったから、みんなで相談して外したんだ」

「よし、銀閣は飛ばして金閣にしよう。その前に昼食だな。遠回りになるけど四条へ行こう、うまい中華料理店を知ってるんだ」

タクシーを拾うと、東京の繁華街とはまた違う、と藤堂が得意げに教えた四条通へ向かった。

「日曜の昼どきだから、四条通は車が多いな。運転手さん八坂神社で止めて下さい」

その神社の石段の前で車を降りると、前に伸びる広い通りを藤堂は水を得た魚のように歩き出した。人の出はこれまでの場所どころではなく、はぐれないように後ろに続いていると、不意に藤堂が右に折れて細路地へ入った。家と家の隙間の道には洗濯機も見られるが、藤堂は構わずに先を行く。通り抜ける近道かと思ったが、突き当たって藤堂は足を止めた。

「こんなところに店があるのか」

呟いた私の脇腹を藤堂が肘で突いた。

「中華料理と言ったから、ビルの中にあるナントカ飯店を想像したんだろう? 粋な君を京都まで呼んで、俺がそんなことをすると思うか」

藤堂は顎をしゃくって中へ勧めたが、まるで他人の住居へ闖入《ちんにゅう》するようで、恐る恐る引戸を開けると、丸い中華鍋が火を誘って燃え上がった。カウンターで仕切られた狭い調理場の中で、男三人が忙しく動いて、取り囲む席は満席になっている。分け入って来た路地からは想像もつかない、まさに異空間だった。

「お座敷席、空《あ》いてる?」

女店員にうなずかれて、藤堂は奥へ誘った。畳敷きの部屋に座卓が置かれて、空いていた一つに向かい合って坐った。

「ラッキーもいいとこだ」

藤堂が嬉しそうに言って指差した。席の隣はガラス窓越しに坪庭になっていて、水を張った蹲《つくばい》の縁には切り花が添えてあった。

「思いも寄らない所に店があって、中華料理店なのに坪庭か、これが京都なんだね」

私が小声で言うと、藤堂はしみじみとした表情でうなずいた。藤堂が注文してくれた数品の皿に、また一緒の箸を運ばせた。どれも脂っこさのない、和風仕立ての味だった。食べ終えてすぐに藤堂が腕時計を見た。

「少し急ごう、金閣まで片道四十分は掛かる」

立ち上がった藤堂につられて腰を上げると、またあとに続いた。四条通で拾ったタクシーが鴨川を渡るとき、水の白い落下を目にしながら私は言った。

「いやあ、来てよかったよ。東京では絶対に味わえない時間だ。中心街にこうして水の流れがある、屋並みが低いからどこからでも山が見渡せる、その中に暮らしぶりを守っている今のような店がある」

「東京ならたとえ山に囲まれていても、あのビルの中で五山の送り火は見られないもんな」

言いながら、藤堂はまた腕時計を見た。私の帰る時間を気にしてくれている、藤堂の細やかさだった。

観光スポットにしては意外と金閣寺に人の出は少なく、藤堂は天候のせいだろうと呟いた。午前中には晴れ間も覗いていたが、雲行きが怪しくなり、タクシーを降りると強めの風が冷たく吹いていた。藤堂と私はレインコートを翻しながら、池を渡る風を受けて歩いた。やがて金閣が池の向こうに斜向きに納まると、申し合わせたように足を止めた。

「凄い」

藤堂が言った。私は目を見張るばかりで、何も言えなかった。曇天の下の金閣は金箔が黒光りの様相を見せて、物見高い観光客を見下すように居座っていた。

「キンキラキンのマッチ箱でなんか、あるものか」

私の言葉に藤堂がうなずいた。

「さすが豪奢《ごうしゃ》を好んだ足利義満だ。背後の山の形を計算して一等地を選んだんだ、そして金の持っている特質をよく分かっていた」

藤堂が顔を見たが、私は興奮が収まらずに続けた。

「谷崎潤一郎の『陰翳礼讃《いんえいらいさん》』に、暗がりで金屏風を見たときのことが書いてあるんだ。底光り、という言葉を使って、決してちらちらではなく、長い間を置いてきらり、と。本金の重々しい光り方が目に見えるようだった。この場所といい建て方といい、歴史の中で一度できるかできないかの贅沢を、義満はしたんだ」

「君も凄い」

突然、藤堂が肩を叩いた。

「いやあ、その説得力だよ。文学少年の昔に裏付けされているんだな。武田、また京都へ来てくれ。俺が案内するから、君はそれを膨らませてくれ。二人で、俺達にできる贅沢をしようや」

私は笑い声で応じた。そして、金閣が拒むように向けるさざ波越しに、犯しがたい姿をまた二人で見ていた。

曇天で風が立つと十月の京都は冷え冷えとして、藤堂も私もコートを着たままタクシーに揺られていた。西大路通、という標識から左へ折れて四条通を走っているとき、藤堂が運転手に言って車を止めさせた。

「待っていてくれ、買い物がある」

私は降りようとする藤堂から前方に目を移して、フロントガラス越しに見た看板に目が留まった。

「あれ、鼈甲店《べっこう》ですね」

運転手が顔を向けながらおぼつかない返事をして、藤堂も前方を覗き込んだ。

「僕も降りるよ、ちょっとあの店を見てみたい」

すぐ前の和菓子屋へ入って行く藤堂と別れて、私は先へ進んだ。上半分にガラスがはめ込んである引戸を開けると、奥から着物の帯を前掛けに隠した六十がらみの女性が現れた。他には誰も出て来ない様子から、店主だと察した。

「髪に飾るような小櫛もありますか?」

「へえ」

簪《かんざし》や帯留が並ぶケースの中から、二点取り出して上に置いた。私が小さい方を手に取ると、

「そのくらいが、よろしおすか」と言って、背後の引出しの中から同等の大きさの櫛をさらに三点並べた。形は新幹線の斜め前のシートで後ろ姿の女性が挿していた角形と、歯の付け根の部分が扇形に広がっているものと、もう一点は半月だった。鼈甲は薄色が多いほど価値があるのだと店主が教えた。確かに、糸で下がっている金額には差があり、抜けるような薄茶一色の扇形の櫛は私には手の出ない額だった。それでも、割と薄さの多い半月の櫛を手に取ると、私は女の店主に近づけて言った。

「ちょっと、髪に挿して貰えませんか」

「へっ…?」

店主は白い顔を起こすと、丸くした目で私の顔と手の中の櫛を交互に見た。

「奥さんの髪型が、母と似ているものですから」

口紅の浮く口元が綻んだ。

「お母はんにお土産《みや》どすか?」

尻上がりの言葉で訊かれて、照れ臭くうなずくと、

「ほな」と私の手から櫛を取って、右耳の後ろに食い込ませ、肩を回して私に向けた。

「わあっ、とても素敵だ」

母の髪に納まった光景を浮かべて言うと、向きを戻した店主が撲《ぶ》つ手つきで笑い出した。

「あんたはん、お上手どすなあ」

私がその櫛に決めると、店主は櫛の歯を布で丁寧に拭いて桐箱に入れた。会計のときも店主は上機嫌で、端数の三百円をまけてくれた。

包装の箱をコートのポケットに隠して店から出てくると、紙袋を手に提げて藤堂が待っていた。

「おい、お安くないな」

「何言ってんだ、母にお土産《みやげ》だよ」

本当のことを言って先に歩き出したが、私の頬はほてっていた。タクシーのシートに戻ると、藤堂が私の膝に紙袋を置いた。

「そのお母さんと食べてくれ、うまい菓子なんだ。東京の人に言わせれば、あんこ玉かな」

「悪いな」

「食通の君に渡せるお土産と言ったら、今のところそれくらいだ」

「ありがとう。でも驚きだよ、君は半年の間にすっかり京都通になったね」

「まだこれからさ」

藤堂がシートに深く凭れながら吐息を聞かせた。

「君はお母さん思いだな」

窓の外を見ている藤堂に私は黙っていた。

「親孝行か、いいなあ」

「そんなんじゃないよ」

四条大橋の手前でタクシーを降りると、藤堂は細い流れを高瀬川だと教えて、川沿いに並ぶ店の一軒を指差した。

「新幹線の時間まで二時間あるから、ここで仕上げをしよう。うまい魚が食べられるぞ。

主人夫婦が感じよくてね、東京人の君でもきっと気に入る」

店にまだ客はいなかった。奥のテーブルに私を落ち着かせると、藤堂は調理場の方へ歩いて声を掛けた。すっかり馴染みの様子だった。洋服に割烹着姿の小柄な女性が出てきて私に頭を下げた。藤堂が女将《おかみ》さんだと紹介して私達の間柄を告げた。女将さんは白髪の多い髪を左右に動かして、藤堂と私を交互に見ながら聞いていた。

「あれ、皮剥《かわはぎ》があるね」

壁に貼った品書を見て、藤堂が言った。

「親父さん、肝《きも》醤油で頼めるかな」

調理場に向けて声を張り上げると、威勢のいい返事が返って来た。

「君の人徳だね」

女将さんの姿が消えると、私は言った。

「ここのご夫婦の感じがいいのは、君がいいからだよ。僕にもそうだが、君はいつでも身構えないで自然体だ、それでいて蔭ではとても気を遣ってくれる。それが分かる人ならば、誰だって大事にしたいよ」

「おい、あまり買い被らないでくれよ。ねえ女将さん」

ビールを持って来た女将さんに藤堂は照れ臭がって言葉を向けた。

「この武田君は自分がどれほど高潔で人道的か、分かろうとしないやつなんだ。人のことがよく見えるのも、その証拠なのに」

「むつかしいこと言わはっても、うちにはなあ…」

女将さんは首をかしげながら退散して行った。京都の店の客あしらいは分からないが、藤堂はこの店の東京にもありそうな素人臭《しろうと》さに誘われて来るのではないかと思った。ビールを注ぎ合っていると、下駄の音を響かせながら親父さんが出て来て、大皿と、白い肝を混ぜ合わせた醤油の小皿を双方に据えた。大皿には薄造りの白身がさざ波を立てていた。藤堂は同じ言い回しでまた私を紹介した。一見無骨に見える親父さんは、太い首筋に手をあてがいながら応じていた。皮剥は、浸した肝醤油の味も、歯応えのある身の締まり具合も申し分なかった。藤堂は私の食欲を見て、煮魚と唐揚げも頼んでくれた。

「タクシー代を取ってくれないと。それから、ここは僕に払わせて」

「そんなことするなよ、だったらきちんと割勘だ、これまで通りで行こうよ」

藤堂は酔いが回って懐かしい顔になっていた。

ほろ酔いの足を運ぶ京都駅は、来たときと同じ宵闇の中だった。新幹線の改札へ入ると、「じゃあな」と藤堂が珍しく握手の手を出した。握り合った手を軽く揺すった。私が上り方面のエスカレターに乗るのを見届けて、藤堂は去って行った。

ホームで到着する新幹線を待ちながら、私は片手をコートのポケットに入れていた。包装した箱の固い感触に胸が躍った。母にではあるが、女の装身具を買ってそれを届けるときの、このときめきは初めてのものだった。そして、自分でも不思議に感ずるほど、峰子には土産がないことを何とも思わなかった。

「ゆうべは眠れたの？」

帰宅してテーブルの椅子に落ち着くと、母に訊いた。母はうなずくような首をかしげるような、どっちつかずの仕ぐさを見せた。やはり掛けた電話が不安にさせてしまったようで、私は空巣が起きて管理人が戸締まりの注意に回って来たことを告げた。母は合点が行った目をしながら新たな不安に顔色を変えたが、私はもう手の届くところに母がいるだけで安堵していた。

「まあ、おいしい」

藤堂が持たせてくれた菓子を一口含むなり、母は言った。藤堂が譬《たと》えたあんこ玉の形に葛を着た小ぶりの玉が箱に並んでいる。私も手を伸ばすと、一つを丸ごと口に入れた。餡の中には黒糖の甘さがあり、母の淹《い》れてくれた熱い焙じ茶に、私には一つがちょうどよかった。

菓子の箱を取り出すとき、一緒に小櫛の包装も出しかけたが、急に照れ臭くなって袋の中に残したまま、出す潮時を逸していた。もじもじしている様子に母が気づいて顔を見た。

「母さんは髪に何か付けるの、嫌いかい？」

母が目で訊き返した。

「四条通りの鼈甲屋で似合いそうな櫛を見つけて、買って来たんだけど」

母は息を止めて、目が合うと一つ瞬《まばた》きした。藤堂に冷やかされたときのように私の頬はほてっていた。

「見てみる？」

テーブルの上に箱を置くと、私は自分で包装を解き、桐箱のふたを開けて母の前に寄せた。

「まあ綺麗」

母は手に取って顔を近づけた。

「いい色で、可愛い形ね」

「ちょっと挿してみてよ」

箱の中から取り出した小櫛を、母は裏返して左手に持つと、顔を低めに傾けながら左の耳の上に挿した。私は椅子から立ち上がって、母の側面へ回った。

「母さん、よく似合うよ。ほら」

肩を両手で抱いて母を立たせると、壁に掛けてある鏡に寄った。鏡に頬笑んで見る母の顔が映り、肩を抱いている自分の指の強さを見て手を離した。椅子に戻りながら、温もりのある柔らかい感触があとを引き、含み笑いの顔を母に見られて、慌ててかぶりを振った。まさか、早く手を離し過ぎたとは言えなかった。母は鏡の前で抜いた櫛を、椅子に戻って箱に納めた。

「明日から挿して行くといいよ」

「それが、決まりで髪飾りはいけないの」

包装を包み直しながら母が言った。

「デパートって、結構うるさいんだ」

「特に食品売場はね。髪を隠さなければならないから、わたしは三角巾を被っているのよ」

「そのための櫛だったのに、職場ではお洒落《しゃれ》できないってことか」

残念がる私に母は迫って言った。

「そうですよ。こんな大事なもの、落としでもしたら大変でしょう」

顔を覗き込む母の手に、おどけて手を重ねた。

「よそ行きにしますからね」

母は擦り抜けるように手を膝の上に移して、頭を下げた。

九章　夏のあとさき

峰子とは一と月に一度は会うようにしながら、再会から一年が過ぎていた。私がお互いの仕事を尊重したいと言い続けてきたので、自然に一と月に一度となり、付かず離れずの状態でいたい私には最適だった。連絡は決まって会社の方へ峰子からで、会ったときに次の約束を決める訳ではなかったから、忘れかけていた頃に電話が掛かってくる。母の出勤日に当たっていても土曜と日曜は自分の時間が欲しかったので、ほとんどを金曜日の会社帰りに指定した。一度だけ映画を見に行ったことがあったが、いつも会食と雑談に終わり、ビール好きの私につられて峰子も以前より飲むようになっていた。

母は仕事が早番でも遅番でも私の夕食を用意してくれていたので、峰子と会う日は前もって断った。他に同僚や後輩との付き合いもあり、私はいちいち理由を話さなかったから、峰子との交際を母は知らなかった。私の帰宅が遅い日が自分の非番に当たっていると、姉の住居を訪れたい母にも都合はよかった。姉が一月に次女の多織《たおり》を出産した直後、長女の真浪が痲疹《はしか》に罹《かか》り、母は仕事を休んで手助けに通った。それ以来姉との接触が多くなり、非番の日は頻繁に出向いて、私に予定がなければ夕食の支度に間に合うように帰ってくる。

「享子のところへ行ってきても、いいかしら？」

今朝も言い難そうに母が訊いた。生後五か月の多織より二歳に近い真浪の方に手が掛かると姉から零《こぼ》されれば、手を貸したい母の気持も立場も分かりはするが、私の方から言い出すことはなく、訊かれればうなずくだけだった。母の方も、私より前に帰宅するのなら、黙っていれば知られずに済むのだが、母はそれができる人ではなかった。

「忙しく帰ってくるんなら、夕食は外でしてくるよ」

玄関で靴を履きながら言うと、母は靴ベラを渡してかぶりを振った。

「享子だって、岡さんが戻ってくる前に帰したいでしょうから」

うつむき加減の顔に、出て行こうとする足を止めた。なぜか哀れに見えた。母が気づいて顔を上げた。

「だったら、今日は一緒に外で食べよう。支度の時間を考えなければ、少しはゆっくりできるだろう？目白駅で待ち合わせだ、七時でいいね」

突然のことで、母は返答を渋ったが、例によって私はすぐに背を向けてドアを開けていた。

会社に峰子から電話が掛かった。珍しく午前中だった。

「評判のあの映画の指定席券を二枚譲られたの。今日なんだけど」

「今日はだめだ、先約がある」

「なんだ、金曜日だからいいと思ったのに」

「済まないけど、同僚と行ってよ」

「女同士で見る映画じゃないんだけどな」

「だったらディレクターは？あの事件のときにいつも一緒にいてくれたじゃないか」

「淳平さんて、意地悪ね」

来週の金曜日に会う約束をして、電話を切った。

午後の仕事に追われているとき、同僚の一人から部屋の外へ呼び出された。新人の教育係に今年から加わった同僚で、私の補佐をしてくれていた。入社の年は同じでも、年齢は私の方が二歳上だった。役割分担ができて私も本務を取り戻せたのはよかったが、その同僚は新人との間で面倒が多かった。

「やつが会社をやめたいようなこと、ほざき始めているらしいんですよ」

給湯室で同僚は腹立たしそうに言った。同僚が手を焼いている、そのやつの神経質な顔と縁なしの眼鏡が目に浮かんだ。

「五月病でさんざん迷惑を掛けられて、それでやめられちゃ立場ないですよ。私のやり方が悪かったように取られちゃう」

「そのやめたいと言うのも、五月病の後遺症なんだよ」

同僚は舌打ちして、腕を組んだ。尖らせていた口を歪めて、困り果てた顔に変わっている。

「そんなに思い詰めないで、彼からは少し距離を置くといい。僕が様子を見てるから」

「トラブルばかりで、すいません」

「こっちこそ、彼に関しては任せっきりで、悪いと思っている」

「しかし、男が入社してすぐにやめたいなんて、考えられます？女の仕事じゃあるまいし」

「おいおい、問題発言だぞ。男女雇用機会均等法から今年で八年なんだってさ、女性社員に聞かれたら、セクハラで訴えられるところだ」

私が笑いながら言うと、同僚は手で口を抑えた。

「とにかく、彼からは一歩離れて、無視してもいけないよ。自然な態度でいた方がいい」

「何もかも、怖い怖い」

溜息をつきながら去っていく同僚を、笑い声で送った。

目白駅の改札口に、母は先に着いて待っていた。駅前から横に伸びる大通りを並んで歩いた。

「この先のホテルで、ステーキの看板を見たんだけど、そのお店でいい？」

「ええ」

母は探すような目を通りの先に向けた。店と店の間に割り込むように建ててあるホテルへ入ると、エレベーターで二階に上がって、一軒しかないその店のドアを開けた。狭い店のテーブル席は先客で占められて、誰もいないカウンター席へ案内された。内側には同じ高さで鉄板が敷かれてある。

「母さん、ステーキ懐石、なんていうのがあるよ。お刺身も付くんだ、これがいいね」

メニューを指差して見せると、母はおしぼりで手を拭きながらうなずいた。

「今日はわたしに払わせてね」

メニューを閉じた私に、母が言った。

「何言ってるんだよ」

「わたしだって、お給料取りなのよ」

私はいたずらっぽく笑いながら母に身を寄せた。

「ある国ではね、男が一人前になったら、たとえ母親でもコーヒー代は息子が払うんだってさ」

読んだか聞かされたかの話を口にしたが、男の女への労《いたわ》りを息子と母親に置き換えたのは私の脚色だった。

「理由はね、失恋するたびに女は小さくなって行くけど、男は大きくならなければいけないからだそうだ」

母は顔半分を私に向けて、内部に照明を入れたステンドグラスを見ていたが、目をおしぼりに移してうつむいた。

「失恋しなくても、女はだんだん小さくなるような気がするわ」

「だったら、なおさら払わせられないじゃないか」

私が失笑すると、母も肩を揺すって笑った。注文したビールが来て、母にはお茶を頼んだ。母が手に取ったビールの小瓶は、優しい手によく似合ったが、私のグラスに注ぎかけて瓶を起こした。

「ビールを注ぐのって、むずかしいのよね」

拍子抜けしたように片方の肩を落として見せて、母の手からビール瓶を取ると、手酌で注いだ。泡がグラスの口から少し膨れて納まるのを見届けると、母は言った。

「お父さんにビールを注いだとき、泡が流れ出てコップの下がびしょ濡れになっちゃったの。そのとき嫌な顔をされたから、もう注ぐのはやめちゃった」

私はグラスのビールを呷ると、注ぎ足しながら追加の一本を頼んだ。

「初めて注いだんだから、新婚時代の話だね」

「いいえ、結婚前だったわ」

「嫌な顔を見せられても結婚したんだから、父さんのいいところが好きだったんだね」

母ははにかみながら首をかしげた。

「そういうことだよ。誰にだっていいところと悪いところがあるんだ。肝心なことは、いいところが悪いところをどれだけ凌いでいるかじゃないの？」

間を置いて、母は深くうなずいた。

「ただ、父さんの一番の難点は酒好きで命を縮めたこと。その酒好きが似ちゃったんだよな」

「だから、心配しているんですよ」

「僕なら大丈夫だよ。週に二日は休肝日を作っているし、煙草ももうやめようと思ってる」

そう言いながら、私は煙草に火をつけていた。

刺身と煮物を食べ終えて、最後のステーキを私はミディアムで、母はウエルダンで頼んだ。

「いいなあ。母さんとこんなの、初めてだね」

焼けた肉に垂らしたブランデーが燃え上がるのを見ながら、満面の笑顔でいる自分が分かった。

「また来ようよ」

母は鉄板の上の肉を抵抗もなく切って皿に移すシェフの手元を目で追っていた。

「熱海でも同じことを言ったの、憶えてる？」

母はうなずいた。

「母さんを確保したから、その必要もなくなったけど」

母の顔から急に頬笑みが消えて、私は取り成すようにシェフの置いた皿を母に近づけた。

「多織ちゃんは、大きくなった？」

フォークに刺した肉を含みながら訊くと、母は笑顔を戻した。

「岡さんが、お家《うち》を探しているらしいの」

姉の家庭の話題には遠慮を見せてきた母だったが、私の問いにつられて聞かせた。

「社宅を出たいんだ」

「あそこは間数も多くて、お家賃だって安いのに」

母は首をかしげた。

「多織ちゃんが生まれて、子供はこれでよしと決めたから、住まいのことを考えるようになったんじゃないの？父さんだって、芳子が生まれた年に練馬のあの家を買っただろう、男って決めどきがあるんだよ」

母が顔を見た。

「淳平さんはお嫁さんも子供も持たないうちから、よくそうして分かるのね」

「だって、境遇は違っても、男の気持に変わりはないじゃないか」

「男の人って、やっぱり凄いわね」

母は皿の上の人参《にんじん》をナイフで切って口に入れた。

「凄いと言うか、女は子供を産んでくれるから、その家庭を守るのは当たり前だし、それに、女は子供を産むことによって、自分の運命にしばられちゃうんじゃないかな。だから男が励まさないでどうするの」

母がまた顔を見て、目を合わせようとすると、そっと避けた。母の伏せた目には翳りがあった。そこにふと心配の色を見た私は、同じような母の目を以前に見たような気がしたが、気に留めていなかったのか記憶に探せなかった。

「今晩は」

不意に声を掛けられて振り返ると、ポラロイドカメラを手にした中年の男が立っていた。

「素敵な夜で、お母さまとご一緒ですか?」

「違うでしょう、彼女に見えない?」

笑いながら母を見ると、首筋を縮めている。

「ではその彼女と、一枚いかがですか？」

「いいですね、お願いしましょう」

困っている母を横向きにさせて、私は母を背にカウンターへ片肘をつく姿勢でカメラに向かった。フラッシュが焚かれて、出て来た写真をカメラマンは母と私の間に据えた。

「うまく撮りました。いいショットですねえ」

カメラマンが臆面もなく言った。ふんぞり返った私の背後から、母が遠慮げに覗かせた顔を斜めに傾けてポーズを取っている、本当にいいショットだった。硬貨を受け取ってカメラマンが去って行くと、母に写真を渡し、残りの肉にフォークを運ばせた。母はしばらく写真を見ていたが、脇の椅子に置いたハンドバッグに納めると、食べ終えた私の皿を見て急ぐようにフォークを取った。

「でもよかったよ」

食後の紅茶を飲んでいるとき、私は声を高くして言った。

「孫のところへ通っているうちに、おバアちゃんおバアちゃんしちゃうのかと思っていたけど、心配なかったね」

「真浪ちゃんには、ババたん、て呼ばれているのよ」

「祖母と老婆とは違うからね」

「わたしもう五四よ、どちらにしてもおバアちゃんですよ」

「そんなに老けることを急ぎなさんなって」

カップを傾けている母の横顔を目尻に捉えながら、私は母が自分以外の目にどう見えるかなど問題ではないと思っていた。だから、年齢より若く見られようが見られまいが、そんなことはどうでもよかった。ただ、私を密かにときめかせてくれる母で、いつまでもいて欲しかった。

大通りから折れて進む夜の住宅地は、喧噪を遠ざけて深閑としている。靴音に乗せて弱く口笛を吹いていると、一歩遅れて歩いていた母が言った。

「その曲、素敵よねえ」

無意識に吹いていたのは、『真珠採り』だった。店での話に結婚前の父が登場して、コマ送りに父の傍らで私を眠らせる母の姿を連想したのかも知れなかった。私は母に向けて顔で拍子を取りながら最初から吹き直すと、身を翻して並んで歩いた。母の肩が左右に揺れて触れた。

待ち合わせた地下の改札口に、夏姿に変身した峰子が手を振りながらやって来た。

「大胆に更衣《ころもがえ》したね」

峰子はノースリーブのワンピースにレースのカーディガンをまとっていて、目の粗いレースから白い腕が剥き出しに見えた。

「どんなお店に連れて行ってくれるのかな」

歩き出しながら峰子が言った。行く店を選ぶ役は交代と決めて、今日は私の番だった。

「会社の新人に勧められたけど、下見する暇もなかったから、質の程度は分からないぞ」

その店へ踏み込んだ途端、私は照明の暗さに尻込みした。予約して貰ったから出る訳にも行かず、案内されるまま板敷きの個室に入り、散乱状態のクッションに腰を置いた。

「やだな、ここ」

廊下を歩いてきながら、若い男女が抱き合っている一室を峰子も驚いて見ていたので、私は口を歪めて言った。

「いいじゃない。たまには面白いわよ」

「適当に切り上げて他へ行こう。こんな所じゃおいしいものは食べられないよ」

私はわざと不機嫌を表情に出した。個室とこの暗さを承知して連れてきたとは思われたくなかった。

「ねえ、自動車産業が不況なんですってね」

私を落ち着かせようと思ったのか、峰子が固い話で切り出した。

「昨日の録音のとき、ナレーションに少し挟んだのよ。淳平さんの会社には影響ないでしょうけど」

「そんなことないさ。経済は連動するから、そのうち波は押し寄せてくるよ」

注文した生ビールがすぐに来て、乾杯して一口飲んだが、店の雰囲気のせいかビールの味が悪いのか、滞りながら喉に落ちた。

「昭和五六年に、乱脈投資がもとで大阪の証券会社と、相次いで札幌の自動車会社が倒産してるけど、十二年前にすでに不景気は兆していたんだ」

評論家のような口ぶりに、峰子が目を丸くした。

「いやいや、父が亡くなった年のことだから、印象深くてね。高度経済成長のツケが回ってきたような気がした」

「ちょっと、その年にあたし達はいくつだったの？」

「十七歳の高校二年生。そうだな、そんなこと考える年齢じゃないから、今から思えば…、となるのかな」

峰子が舌打ちして笑った。

「だけど、感覚的には分かっていたのかも知れないんだ。限度を超えてできたものは壊れて行くって。ほら、バベルの塔だよ」

「朗読でも読まされたわね。でも、あれは神が怒って人間の言葉を混乱させたから、でき上がらなかったんじゃなかった？」

「どっちにしても、あの塔は人間が図に乗ったことの象徴だろう？それが今も同じで、神の代わりに見捨てたものと失ったものに報復されているとは思わないか？」

「怖い表現だけど、経済効果を狙って開発を急いだことで、何かをなくしてきたという点では分かるわ」

「無駄なものを省いて、確かに便利になったけど、無駄なものの中に美しさがあったとしたら、それも見捨てちゃったんだ」

「淳平さんらしい考え方ね」

注文した料理も電子レンジで温めているだけの味だったが、空腹が収まって酔いが回るうち、店の雰囲気にも慣らされて行った。

「また、知恵を貸して欲しいんだけど」

出し抜けに峰子が言った。

「よせよ。あの事件の推理はまぐれ当たりで、知恵なんてもんじゃないよ」

「じゃあ、聞くだけでも聞いて」

話には興味があったのでうなずくと、

「どっちからにしようかな」と峰子は二本の指を曲げて見せた。

「二つもあるのか?よし、こっちだな」

私は峰子の中指に触れた。

「ラジオ局の仕事を、親がやめろと言うの。親といっても、父の意見で、母が代弁してるのは分かってる。理由は、帰宅時間が不定期なこと。番組の録音でＮＧが続けば、終電に間に合わないこともあるんだけど、でも、タクシー代も出てるし、せいぜい週に一度あるかないかなのよ」

「嫁入り前の娘が深夜帰宅とはなんだ、ということだね。ご両親は別の仕事を探せと言うの?」

「いいえ。もう仕事には出るなって」

「花嫁修業をさせたいんだ」

「そうは言わないけど、うちにいさせたいらしいの。だけどあたし、仕事が面白くなってきているのよ。火曜日のあの音楽番組、割と評判がよくて、次年度も連続に決まったの。あたしのナレーションも続投という線が出てるんだけど」

「結構じゃないか。その話をご両親は知ってる?」

「そんなことで納得する親じゃないのよ、特に父はね」

「それがだめなんだよ、君の方がすでに諦めてる。まず頼んで、一時からの放送を聴いて貰いなよ。たまにしか聴けないけど、僕は好感を持ってるな。そのあとで、君の気持を伝えるんだよ。僕の知恵はそれが限度だ。で、もう一つは？」

峰子は下を向くと、両手で左右の髪を耳の後ろに寄せた。暑くなったのか、話の途中でレースのカーディガンを脱いでいた。ノースリーブから露出した細い腕は、抜けるように白かった。

「お見合いを勧められてるの」

私は峰子の顔を見て、目を逸らせながら、さも当たり前のことのようにうなずいた。

「だろうな。お互い来年は三十で、君はお嬢さまだからいい話があるうちにと、ご両親は焦っていると思うよ。仕事をやめさせたいのも、お見合いから結婚までスムーズに進めたいからだよ。それで、僕の浅知恵が必要なのは？」

「あたし、やなのよ」

峰子が迫って言った。

「仕事を続けたいから？」

峰子と目が合って、一瞬黙った。

「それも前の件と同じだな。いやならいやと君の気持を言って、分かって貰うしかない」

私は吸わないでおこうと思っていた煙草を鞄から取り出すと、箱を振って飛び出た一本をくわえた。火をつけながら自分の気持を整理しようとしたが、疑問が先に立って吐いた煙を目で追っていた。峰子とは距離を置いて付き合いたいと望みながら、見合いの話を聞かされて面白くないこの気持は何なのだろう？そして峰子との距離をやはり縮めたくないこの気持も何なのだろう？

「ごめんなさい」

話を切り上げるように、峰子が言った。

「しないでもいい相談だったわね」

「だから言っただろう。僕の知恵なんてろくなもんじゃないから、あまり買い被るなよ」

私は生暖かくなったビールを呷った。

「Jリーグがいよいよ開幕したわね。淳平さんはどこのファン？」

話題を変えて峰子は訊いたが、スポーツは野球でさえテレビの選局の合間にしか見ない私に、始まったばかりの日本サッカーにはまだ知識もなかった。そのあと、いつも通りの雑談になって、結局は一軒目のその店で終わった。

酔っている目の下に麦茶を入れたグラスが置かれたとき、母のブラウスも半袖になっていたことに気づいた。テーブルに置かれているケースの中からスティックのシュガーを一本取った。母が煎《い》り麦を煮出して冷やした麦茶に、子供の私達は砂糖をかき混ぜ、さらに氷を浮かせて飲むのが好きだった。大人になると、姉や芳子からは気持悪がられたが、私には砂糖の甘さのない麦茶は麦茶らしくなかった。もっと贅沢を言えば、スティックのシュガーではなく昔の白砂糖の甘さで飲みたかった。

向かいに腰掛けて麦茶を付き合う母は、かなり酔っている私に何も話しかけなかった。私も黙ったまま、母がグラスをテーブルに戻すたび、半袖から伸びる中肉の腕をぼんやりと見ていた。母の肌は白いと思っていたが、峰子の白さとは違っている。峰子の抜けるような白さが目に浮かんで、母の黄色みを帯びた、いわゆる肌色の白さと重なった。峰子のさらさらとした白さより、母のしっとりとした白さに寄り添ったときの落ち着きを感じていると、

「もうおやすみなさい」と母が私の見ていた腕をさすりながら言った。

岡さんが家を購入したと知らされたのは、東京が立て続けに台風に見舞われている九月の初旬だった。その日、母は仕事が非番で姉のもとを訪ねていたが、台風の接近に慌てて帰宅した。八月末の十一号のときは山手線が不通となり、私は地下鉄からうまくバスに乗

り継いだが、一と駅を歩くことに決めた母は知らない道に迷いながらスカートをぐしょ濡れにして帰ってきた。

「岡さんも大変になりますね」

風は強くなっていたが雨の降り出しは遅く、台風前の特有な蒸し暑さに冷房を入れに立って行くと、私の姿を追いながら母が心配そうに言った。

「ローンは会社から借りたのかな？住宅面積によっては公庫も適用されるんだけど」

「さあ、お金のことは何も…」

母は首を振ると、詳細に話した。場所は社宅より不便になって平林寺の付近だというから、地価はさほどではないとしても、新築の二階建てで庭も駐車場も備えていると聞けば安くはない筈だが、借り入れのことばかりか家の価格さえ、告げない姉に母は訊けなかった。

「お祝いを、どうしようかしら」

母が呟いた。

「お金にするより、洋服箪笥か何かを贈った方がいいんですかね？」

「僕はお金にしとくよ。ここへ越して来たとき、岡さんにそうされたから」

聞かせていなかった話に、母は驚いた。

「母さんのいないところでそっと渡されたんだ、岡さんの一存だったんだろう。でも、お礼を内祝として郵送したから、姉さんにも知られた筈だな。だからは同じように、引っ越しのときに岡さんにそっと渡す」

男同士のやりとりを、母は見直したような、だがまた、姉を隅に置いていることが淋しいような、複雑な表情をした。

「あの、淳平さん。お引っ越しを手伝ってくれるの？」

顔を見ると、母は頬笑んでいた。

「ここのときは、岡さんに二往復もさせちゃったんだよ。日取りを聞いておいてよ、用事は入れないから。芳子にも言って真也君に早めに知らせた方がいい」

「すみませんね」

「母さんがなんで頭を下げるの？ 姉さんの家庭のことじゃないか。もっとも、母さんはいつでも誰にでもそうだけどね。引っ越しのあとに目白の中華料理屋で食事をしただろう、別れるとき岡さんや真也君には深々と、おまけに芳子にまで頭を下げていた。母さんが頭を下げ過ぎなのは事実だけど、でも、その姿を綺麗だと思って見ている人もいるかも知れないよ。こうするのを」

私が膝に片手を置いて頭を下げて見せると、

「いやねえ」と母は頬を赤くした。

十章　母の子守歌

岡家の引っ越しが十月末日の日曜日に決まっていた。お祝に贈った応接セットが、引っ越しの日に間に合うように届けられると母が告げたのは、六日前の月曜日だった。ねだった姉は家具の量販店で安く買おうとしたが、社員割引の価格になるのでデパートの家具売場で選ばせたことを聞かせながら、母は思い出したように夕食の席を立った。

「郵便が来ていましたよ」

私は箸を止めて、母がテーブルに置いた二通を手に取った。一通は保険会社からの控除証明の葉書で、もう一通は粗く漉《す》いた和紙の封筒だった。私に届く封書にしては珍しく洒《しゃ》落《れ》ていて、明らかに女性の筆跡の宛名を見て裏返した。住所の左の名は、田所峰子、だった。読むのはあとでも構わないとも、それほど大事な手紙でもないとも取れるように、封筒を脇へ寄せた。母を見ると、何か言いたそうに頬笑んでいる。当然、母も裏返して差出人を見ただろう。女名前だったので、気遣うように宛名の方を上にして置いたのも母らしかった。私が声を掛けようとしたとき、母の口が開いた。

「多織ちゃんが、つかまり立ちができるようになったんですって」

そのことを話したくて頬笑んでいたのは、母の自然な態度から分かった。

「つかまり立ちって、這い這いから一歩進んだこと?」

「ええ。女の児は早いというけど、まだ九か月でしょう。享子や芳子だって十か月は過ぎていましたよ」

「僕は男だから、それより遅かった訳だ」

「お誕生日の少し前だったわ」

「その二た月の差は、あとあとも影響するのかな。母さんなら親だから分かるだろう?」

「何が?」

「僕は姉さんや芳子と比べて、いつまでも幼かったとか」

「まさか…」

「だって六年生のときだったかな。芳子が簞笥《たんす》に顔をぶつけて鼻血を出したとき、僕は引出しから姉さんの生理用品を持って来て鼻を抑えようとしてたんだよ。みんな慌てたじゃないか。いくら晩熟《おくて》でも六年生になっていたら、男の児が触ってはいけない物ぐらい、感覚的に分かりそうなものだろう?」

母を見ると、ご飯茶碗を手にしたまま下を向いて、肩を揺すって笑っている。

「でも母さんは僕を叱らずに、もっと別のところにしまいなさいと姉さんを怒っていた。

姉さんに凄い目で睨みつけられたっけ」

　笑いの止んだ母に、私は顔を寄せた。

「ねえ。あのとき、逆のことも考えなかった？」

「どういうこと？」

　母が顔を見た。

「やだこの子、おませで早熟なんじゃないかしら、って」

　母は箸の先を上に向けて、また笑い転げた。

「でもね、自分のことって分からないもんだよ。来年三十になろうというのに、幼児性が捨て切れていないような気がするし、逆に、考え方が年齢より老化してるんじゃないかと思ったり。母さんにはどう見える？」

「淳平さんは、男らしいとしか見えないけど」

「ええっ」

　目が合うと、母は真顔でうなずいた。

「わあっ。母親から男らしいなんて言われた息子は、もう死んでもいいという気持になるかも知れないよ」

「まあ、大げさねえ」

　母が空になった私の茶碗を見て手を出し、受け取ると椅子から立って背を向けた。炊飯器を開けて手を動かす母の後ろ姿から、テーブルの脇の封筒に目を移した。和紙に風情を感じたのは母も同じだろうが、気になりながら何も問わないのは、この封書を特別に思っているからかも知れなかった。そう考えると、封を切らないうちからこんな手紙をよこした峰子に腹が立った。

　翌日、会社の昼休みを待って峰子の携帯に電話を入れた。封書は前の晩に自分の部屋で読んだ。両親にラジオ局の仕事を続けたい気持と、だから見合いを伸ばしたい気持が分かって貰えた報告で、淳平さんのおかげだと言葉を飾って書いてあった。

「手紙、読んでくれた？」

　峰子の陽気な声が受話器に響いた。

「あれは、どういうつもりだよ」

　私の不機嫌な声に、笑顔を強張《こわば》らせる峰子の様子が伝わった。

「なんで怒ってるの？」

「封書なんか届いたから、何事があったのかと心配したよ。読んでみれば、電話で話せば済む内容だし、今度会ったときでもいいことだ」

「嬉しかったから、書きたかったのよ」

「今月会ったとき、その話にはまるで触れなかったじゃないか」

「それは、まだ結論が出ていなかったからよ」

私は溜息をつき、それを聞く峰子が困惑するのが分かった。

「今後は電話でいいからね。女子高生のような真似《まね》は、僕の好みじゃない」

「分かったわ、ごめんなさい」

私が電話を切ろうとすると、慌てて峰子は名を呼んだ。

「今度の日曜日、会ってくれない？」

「その日は予定があってだめだ」

「嘘でしょう？」

峰子の意外な言葉に、私は驚いた。

「嘘って、姉の家族の引っ越しの日なんだよ。僕の引っ越しのときに義兄に世話になったから、抜ける訳にはいかない」

「変なこと言ってごめんなさい。だめねえ、どうかしてるわ」

峰子の声は潤んでいた。

「いや、気にするな。来週にしよう、週明けに電話を入れるから」

鼻を啜りながら応じる峰子の声を耳にしながら、電話を切った。

前日の雨も上がって、晴天に恵まれた引っ越しだった。「一年ノ好景君《きみ》記取セヨ」と永井荷風が『濹東綺譚《ぼくとうきだん》』の巻末に宋の詩人の言葉を引用して讃えた「小春の好時節」には少し早いが、乾いた空気の中に秋の爽やかさを感ずると、私はいつも暗記しているほど好きなその一節を口に出した。

「今まで、どうかすると、一筋二筋と糸のように残って聞えた虫の音も全く絶えてしまった。耳にひびく物音はことごとく昨日《きのう》のものとは変って、今年の秋は名残りもなく過ぎ去ってしまったのだと思うと、寝苦しかった残暑の夜の夢も涼しい月の夜に眺めた景色も、何やら遠いむかしのことであったような気がしてくる…」

「何独《ひと》り言《ごと》を言ってるの？」

玄関で待っていると、母がカーディガンに腕を通しながらやって来た。引っ越しとあって、珍しくズボンをはいていた。靴に足を押し込む母の姿を見ながら私は続けた。

「晴れわたった今日《きょう》の天気に、わたくしはかの人々の墓を掃いに行こう。落葉はわたくしの庭と同じように、かの人々の墓をも埋めつくしているのであろう」

母は割烹着やタオルを詰めた袋を手に提げると、朝から上機嫌な顔を私に向けた。

「ねえ母さん。せっかく近くにいるんだから、いつか雑司ヶ谷の墓地へ一緒に行こうよ。

これを書いた人のお墓があるんだ」

私を見上げながら母はうなずくと、急き立てるようにドアを開けた。

社宅にはすでに荷積みを始めた引っ越しセンターのコンテナ車が駐車していた。母に先導されて八階へ上がると、開け放たれたドアからセンターの二人が段ボール箱を抱えて出てきた。

「せっかくのお休みなのに、すいません」

岡さんが私と母に頭を下げて、姉と子供達を先に新居へ行かせていることを告げた。初めて見る社宅の内部は、家具が運び出されたせいもあり、間取りにも広さにも私のマンションより余裕を感じた。岡さんと二人で段ボール箱をエレベーターの下まで運んでいると、芳子と真也君が現れた。姉が子供二人を抱えているのと、搬入前の掃除も考えて、私は母と芳子が先に行って待ち受けるように指示した。岡さんの運転で二人は新居へ向かい、私と真也君が残ったが、がたいの大きい真也君は引っ越しには頼もしかった。岡さんはすぐに戻ってきて、午前中には荷積みが終わり、コンテナ車と一緒に社宅をあとにした。

平林寺一帯は武蔵野の面影をなお色濃く残している、と何かで読んでいたが、実際に来たのは初めてだった。

「一帯というより、もとはみんな平林寺の境内《けいだい》なんですよ。松だの雑木林で鬱蒼《うっそう》としていて、玉川上水から引いた野火止《のびどめ》用水が流れています。我が家の住所も野火止になりましたけど」

岡さんがハンドルを握りながら解説した。新居は平林寺の北側に位置して、川越街道から逸れたバス通りが貫く住宅地の一角に、目を引く新しさで建っていた。

真浪の手を引いて出てきた姉が私と真也君に短く礼を言った。姉と顔を合わせるのは芳子の結婚式以来だった。

「多織ちゃんは？」

真浪の前にしゃがんで訊くと、恥ずかしがって姉の後ろに隠れながら、

「タオたん…、ねんね」と片言で教えてくれた。二歳と三か月とはこんなものか、と背丈や動作をしげしげと見ていると、庭の方から芳子がやって来て私と真也君の手が必要なことを告げた。庭には枇杷《びわ》の古木が家屋に迫っているため、吊り上げることのできないベッドを階段で二階へ運ぶ、男総掛かりの仕事だった。引っ越しセンターの人の慣れた指示に従って寝室へ難なく納めた。上がったついでに岡さんが二階の各部屋を見せてくれた。十畳間の寝室の他に、六畳間と四畳半が一室ずつ、どれも洋間で、四畳半には小さな蒲団の中で九か月の多織が眠っていた。頬笑みながら見ている岡さんのズボンのポケットにお祝

を入れると、岡さんが察して頭を下げた。階段の上がり端に設けた洗面所とトイレを最後に見て階下へ下りた。真也君が庭のテラスに積まれた段ボール箱のピストン輸送に奮闘していた。

「二階へ上げるものの指示をして下さい」

私に言われて岡さんは姉と芳子の手を借りながら階段の下にまとめ、私が二階へ運んで周到な岡さんのマジック書きに従って各部屋へ納めていった。母は段ボール箱がなくなった場所を絞った雑巾で拭いていた。

「お寿司が届きますから、お昼にしませんか?」

引っ越しセンターのコンテナ車が引き上げると、岡さんが言った。私も空腹を感じていたが、まだ先が見えてない状態だった。

「あらまし納まるまで、やっちゃいましょうよ。一食遅れても、多織ちゃんのように泣く人なんていないでしょう。真也君、大丈夫だよな?終わってからの方がビールはおいしいぞ」

私のからかいに笑いが沸き上がり、特に母は嬉しそうだった。

階下のダイニングキッチンから伸びる廊下の右側は、広く取ってある浴室とトイレが並び、その先が玄関になっていた。左側の手前の洋間には、母が贈った応接セットがすでに据えられていた。その先は六畳の和室だった。真新しい畳の匂いに誘われて中へ入った。サッシに照らす日を受けて、押入の襖紙に浮かぶ雲の縁取りが金色に輝いている。近づいて開けた隙間からそっと覗くと、棚の上にも下にもまだ物はなく、木の香がかぐわしく匂った。

「ここを、お母さんの部屋にしてもいいと思っているの」

振り返ると、姉が立っていた。

「それはあり得ない」

私は取り合わない態度で、姉を躱《かわ》して部屋を出た。

大きな寿司の飯台と電子レンジで暖めた焼売《しゅーまい》や春巻を囲んで、ビールも進んでいた。つかまり立ちの得意な多織が注目を集め、グラスを置いた私が両手を引いて歩かせていると、私と真也君には近づこうとしなかった真浪が後ろから尻を押した。

「よし、今度は真浪ちゃんか」

多織を岡さんに預けて、真浪を抱き上げた。

「素敵な胸当てズボンだなあ。叔父《おじ》ちゃん貰って行こうかな」

真浪は私のからかいなどまるで聞く気がないように、しゃぶっていた親指を私の口に近づけた。

「おっぱいなんだから、飲んであげなきぁ」

母に言われて、指をくわえる真似《まね》で口を動かすと、真浪がはしゃいで反り返り、私は慌てて抱き戻した。床に落としそうで抱いているのが怖くなり、

「真浪ちゃん重たくて叔父ちゃん疲れちゃったな。抱っこ、誰にする？」と振り向かせると、

「ババたん」と両手を広げて母の首にしがみ付いて行った。

缶ビールがなくなりかけて、スーパーマーケットまで買い物に行く芳子が誘いかけると、真浪は母の膝から芳子の腕に移った。慣れない抱き方で靴を履かせに行く芳子が玄関の方へ消えると、私は真也君の膝を叩いた。

「愛おしそうに抱いてるぞ、そろそろ考えさせてもいいんじゃない？」

子供は当分作れない、と言っているのが芳子の方なのは知っていた。

「そうですよ。経済的なことなら、なんとかなるもんだ」

岡さんにも言われて、話題の中心に置かれた真也君は大きな体を縮めて畏まった。岡さんは生まじめに、私は冗談を交えながら真也君の気持を訊いていると、急に多織がむずかり始めた。姉は抱き上げると、小刻みに上下に揺すった。

「お引っ越しで、疲れたんでしょう」

言いながら立ち上がった母に、姉はテーブルの片付けを口にして多織を預けた。母は飲んでいる私達に多織の泣き声がうるさいと思ったのか、テラスのサンダルで外へ出ると、後ろ手でサッシを閉めた。静まった中で、男達はまたビールを注ぎ合った。私はグラスを傾けながら、庭へ下りて多織を揺する母の後ろ姿を見ていた。性急な姉とは動きにも違いがあった。上体を左右に回して、腕の漂いの中の多織は気持よさそうにもう目を閉じていた。母の歌声がかすかに聞こえる。

「真也君、サッシを少し開けて」

サッシを背に腰掛けていた真也君が立って行って、言われた通りに少し開けると、母のハミングが流れて来た。歌っていたのは、『真珠採り』だった。歌に合わせてゆっくりと揺れる撫肩に、枇杷の葉の影が映っては消えた。同じメロディーを繰り返しながら、出だしの一節から上がって伸びる、その哀感を訴えるような音の運びに母の力がこもる。

「なんだか、僕達まで眠くなりましたね」

聴き入っていた私に、岡さんが言った。

帰って行く私鉄が違うため、芳子達とは別れて通りを挟んだバス停で向かい合った。母と私が乗るバスが先に近づいてきて、母は芳子と真也君に向けて大きく手を振った。

母を一人席に坐らせて、私は後方の中年女性の隣に腰を置いた。

「よっこらしょ」

威勢のいい声に目を向けると、次に停車したバス停からリュックサックを背負ったお婆ちゃんが杖を手に上がって来た。お婆ちゃんは車内を見回したが、あいにく空席はなく、立ち上がった母に、

「母さん」と私は座席から離れると、私のいた席に移るように顔で勧めて、お婆ちゃんを母の席に坐らせた。

「ありがとさんです」

お婆ちゃんは私を見上げると、何を思ったのか後方に坐った母の方へ体をねじ向けて、そのまま目を据えた。

「へえっ。綺麗なおっ母《か》さまだなあ」

お婆ちゃんの大声に、車内の顔が母に向けられた。見ると、視線を集めた母はうつむけた顔を真っ赤にして肩をすぼめている。私は吹き出しそうになって目を逸らしたが、込み上げて来る笑いがどうしようもなく、手で口を隠しながら吊革につかまっていた。バスが駅に着くと、母は先に降りたお婆ちゃんから遠ざかりながら私に追いついてきた。

「びっくりした？」

「びっくりしたより、恥ずかしかったわよ。皆さん見てたじゃありませんか」

母はまた頬を赤らめた。

「だけど、お婆ちゃんは褒《ほ》めたかったんだよ」

からかいではなく言ったが、母は溜息を聞かせた。

行楽帰りとは逆に上り方面へ向かう電車は空いていた。座席に落ち着くと、私はお婆ちゃんの口調を真似て言った。

「へえっ。綺麗なおっ母さまだなあ…、か」

隣の母はまたからかわれているとでも思ったのか、私から顔をそむけた。

「あのお婆ちゃんの言葉で思い出したんだけど、『おんかかみどころ』の落語、知ってる？」

顔を戻した母がかぶりを振った。私が体を寄せると、母は耳を傾けた。

「田舎の人が上方見物で大阪へ行った話でね、鏡屋の看板の『おんかがみどころ』の平仮名を『おんかかみどころ』と読み違えるんだ。嬶《かか》とは主人の女房のことでしょう…」

電車が駅に停車して、母の向こう隣に坐っていた人が降りて行ったので、私は少し声を大きくして続きを話した。

「おん嬶《かか》を見せるなんて、大阪には凄い店があるもんだ！、と中を覗くと、帳場格子の中で本当に別嬪《べっぴん》な女房が坐っている。母さんのような」

母が周囲を気遣いながら私の膝を撲《ぶ》った。

「見てみぃ、なるほど、なんと美しいおん嬶さまじゃ、見せるだけのことはあらぁな？ほんに、えらい別嬪の嬶さまじゃな、大阪は結構なところじゃ」

面白がる母の表情は先を期待していた。

「田舎へ帰った二人が、土産《みやげ》話にそれを聞かせると、是非行ってみたいということになって、村中の人が大挙して大阪へ行く。ところが、店は代替わりして鏡屋から三味線屋になってしまい、帳場格子の中にはおん婆《ばば》さまが坐っていた」

母が小声で笑った。

「連れて来た二人が責め立てられて、ふと看板を見ると、お琴も売っているから『ことしゃみせん』と書いてある。そこで一人が、だめだこれは、今年ゃ見せんのじゃ」

母は口元を手で隠すと、肩を揺すって笑い出した。

「どこで聞いたの？」

笑いが収まると、母は訊いた。

「テレビだったか、ラジオだか、忘れたけど」

「一度だけだったんでしょう？よく憶えているのね」

「憶えやすい話だし、きっと印象深かったんだと思うよ。どこか品があって、好きだなこの落語」

うなずいた母に、揺られながらまた体を寄せていた。

十一章　当然の別れ

「藤堂さんからお電話ですよ」

洋間にいた私に顔を覗かせて母が告げた。岡さんが木に登って捥《も》いだという枇杷《びわ》の実が、ガラスの皿に一つ残っていた。六月だったが蒸し暑い夜で、ドアを開け放してあったから電話の鳴る音は聞こえていたが、本から目が離せなかった。放送作家としてテレビ草創期のバラエティー番組を手掛け、ヒット曲の作詞者でもある著者が、老いや死についての巷《ちまた》の言葉をメモに取って私見を添えた一冊だった。電話に出た私は挨拶もそこそこに、読んでいた本の面白さを藤堂に語った。

「老いと死がテーマか」

「少し早いけどな」

「いや、そんなことないさ。深刻な年齢になって読むよりも、今読んでおく方が人生の展望が見えて来ていいかも知れないぞ」

「君らしいな、相変わらず考えが大らかで」

「大阪ではそれで失敗ばかりしてるよ」

「何かあったのか？」

私が心配して訊くと、藤堂は笑い声に乗せて否定した。

「金曜日に出張で東京へ行くんだ。会いたいけど、都合はどうかと思って」

「何言ってる、優先するさ。嬉しいよ」

金曜日には峰子と会う約束をしていたが、事情を話して延ばせば済むことだった。

「そうか。よし、どこかに一泊するとしてゆっくり会おう。俺も嬉しい。このままでは年賀状だけの付き合いになってしまいそうで、少し淋しい気がしていたところだ」

「泊まる場所、どうする？家《うち》へ泊められればいいんだけど、あいにく客間もお客蒲団もなくてね。任せてくれるんなら、目白のホテルを予約するよ。そうだ藤堂、夕食だけでも家へ来ないか？母の手料理で飲もうよ。ちょっと待って」

私は送話口を手で覆うと、和室にいる母を呼んだ。

「次の金曜日は、早番になる？」

電話で話す声が大きかったので母には内容が分かっていて、出て来ながらうなずいた。

「前もって言えば、変わって貰えますから」

私が受話器に戻ると、藤堂はすぐに断りの返事を聞かせた。

「君のお母さんには一度会いたいけど、内々《ないない》の話もあるんだ。別の機会にしたいな」

「そうか、分かった。ホテルの件は、また連絡するよ」

電話を切ると、立っている母に手を交差して見せた。

「母さんが仕事に出ているのを知っているから、遠慮したんだろう。大らかだけど、他人《ひと》には細やかで、そういうやつなんだ」

「せっかく東京へいらっしゃるのに」

済まなそうに言う母の肩を両手で回して、和室へ戻した。

峰子には翌日電話を入れた。

「そうなんだ…」

峰子は残念そうに声を曇らせて、電話を切りたくない様子だったが、会えない理由も翌週に会うことも嘘ではないので、すぐに受話器を置いた。封書の一件で気まずくなりかけても定期的に会ってはいたが、峰子が女の感情を押し殺しているのが目に見えてきて、約束を負担に思うときもある私に、

「大学の頃はよく分かっていたつもりだったけど、今の淳平さんのことを、あたしは何も知らないみたい」と峰子が言ったのは、先月のことだった。

会社帰りの駅を出ると、母と夕食を共にしたホテルへ寄った。フロントでシングルベッドの部屋を予約して、招待のつもりで事前に宿泊料を支払った。京都では気がつかないと

ころで散財させていたし、土産《みやげ》まで持たせてくれていた。支払いを済ませたことを知っても、京都を思い出している私の気持を買って快く甘えてくれるだろうと、そして、悪かったな、の電話一本で爽やかに事が済むだろうと、藤堂なら疑わせなかった。

マンションへ帰ると、早番だった筈の母がまだ夕食の準備に追われていた。

「ごめんなさい。京都から社長さんが売場の様子を見にいらしたから、時間通りには出られなくてね」

大根の桂剥《かつらむ》きに包丁を急がせながら、母は流し台の方へ向きを戻しかけて、また振り返った。

「田所峰子さんから、お電話がありましたよ」

洋間へ行こうとしていた私は動きを奪われて、包丁を止めている母と目を合わせた。

「お約束を来週の金曜日に延ばしたそうだけど、あとから予定が入っていたのを思い出したんですって。会社の方へ電話をしたら、淳平さんが出たあとだったので、こちらへ掛けたことを謝っていたわ。何か遠慮なさっているみたいで、わたしから伝えればいいように言われたんだけど、電話番号を聞いておいたから、あとで掛けてあげて下さいね」

告げている途中から、無言の私に母の頬笑みも消えて、剥いた大根を俎板《まないた》に置くと、向けた背を丸くして言った。

「淳平さんの予定を心配して、早く知らせたかったんでしょう。素直な感じの、いいお嬢さんね」

余計な電話に腹を立てていると見たのか、母の口調は峰子を庇っていたが、黙ったまま着替えに向かった。

夕食のテーブルに着いても、私は峰子のことには一言も触れず、上京する藤堂の話題に終始して、母も楽しそうに聞いていた。

電話台のメモ用紙には、すでに暗記している携帯電話の番号が、急いだ数字で書かれてあった。母が入浴する水音を確認して、受話器を取った。

「家の電話番号、どこで知ったの？」

電話に出た峰子に、まず口を衝いて出たのがその問いだった。

「ＮＴＴの番号案内よ。どうしようかと迷ったんだけど、でも電話してよかったわ。お母さまって丁寧で優しくて、あたしの思い通りの方《かた》だったの」

「君は興味本位で、母に電話をしたのか？」

「違うわ。お母さまから聞いてくれたんでしょう？ 来週の金曜日に予定が入っていたのをすっかり忘れていたのよ。だから、約束をたがえないうちにと思って」

「たぶん、母は気を回したぞ。君との仲」

「そんなことないでしょう」

「あったら、どうするんだ」

「なんで怒鳴るのよ。だったら、淳平さんがはっきり言えばいいことじゃない。大学時代の朗読のサークル仲間で、旧友としての付き合いだと」

峰子がいつになく声を尖らせて刃向かってきた。

「淳平さん、少しひどいわよ」

「何が?」

「手紙を出して怒られたり、電話をして怒られたり、あたしそんなに悪いことしているかしら」

峰子の言うことはもっともで、返す言葉がなく黙っていた。

「お母さまが誤解されたのなら、ごめんなさい。だけど興味本位だとか、取り入りたかったとか、そんなつもりで掛けた電話じゃないことは分かって」

私の返答も待たずに、電話は切れた。


藤堂とは目白駅で待ち合わせて、先にホテルのチェックインを済ませてから、心当たりの店へ向かった。大通りをまっすぐに先へ進んで、商店街を横に折れると、何度か見ていた秋田料理の看板に照明が灯っていた。杉の引戸を開けると、客は鉤《かぎ》形のカウンター席に集まって、上がり座敷もあったが、案内されるまま出入口に近いカウンターの端に並んで坐った。冷房は利いていたが、脱いだ上着を似た動作で椅子の背凭れに掛けた。藤堂も私も秋田料理は初めてなのできりたんぽやしょっつる鍋を期待したが、それは冬場の献立でこの時期は山菜ものが店の看板料理であると、七十がらみの女将《おかみ》さんが告げた。山菜を食べつけない私は白板にマジック書きされた平目の薄造りに救われ、何事にも寛容な藤堂は女将さんの勧めるお浸しを注文した。ビールで乾杯すると、すぐにお浸しの器が置かれた。何種かの山菜の上に糸削りにした鰹節がふんだんに盛ってあった。食べながら声を上げた藤堂に誘われて箸を運ぶと、蕨《わらび》のねっとりした食感も、みずと聞かされた蕗に似たような茎の歯応えも美味を引き立て、瓶詰でしか知らなかった山菜の味を一掃させた。

「なんでも先入観に囚われずに、食べてみるもんだな」

藤堂が、だろう、という顔でうなずいた。

「ところで、また違う党の委員長が首相になったな。それこそ先入観は持ってないけど、何か変えられるかな？」

藤堂がみずを含んで、小気味よく音を立てながら訊いた。

「元の体制に手を借りながらだから、どうかな」

「平成もう六年になるから、新しい歴史が見えてきてもよさそうなものだが、政治の体質は変わりそうになく、と言ったところだな」

尋ねた藤堂が自分の側から結論を出していた。

「歴史と言えば、京都に都を造ってから今年で一二〇〇年になるんだな。ブームになっているよと、テレビで見たよ」

「そこなんだよ武田。明治維新から今年を数えても、まだその十分の一だし、終戦後で言っちゃえばわずか五十年足らずだぞ。既成の現状にこだわるほどの年数じゃないとは思わないか?」

「既存のことを変えるには、勇気が要るからな」

「どこかの国に骨抜きにされて、この国の指導者達は勇気をなくしたという訳か」

「あの大戦は、それだけ圧倒的だったんだろうな。よその家の玄関で凄んでいた子供が、やって来たガキ大将に出て行けと言われて唾を吐いた、結果、立ち上がれないほどボコボコにされて、もう痛い目を見たくないと思ったら、そいつの配下になるもんな」

「面白い例えだ、納得しちゃうよ」

ビールで気持が寛いだのか、藤堂は高い声で笑った。

「だけど藤堂、それは暴力による上下関係だろう。配下になりながら、情けない気持だってあるんじゃないか?歴史ある国の、まだわずか五十年足らずのことなんだから」

「武力で破壊されたうえ権力で抑えつけられてるとしたら、同盟なんかじゃないもんな」

「あの国はそうして、歴史を作っていったのかな?」

「武力によって勢力を広げていったということか?でも武田、そもそもは武器の開発が科学を進歩させ、文明を発達させていったような気もしないか?歴史が戦争に後押しされているようで、嫌だけどな」

「なんだか、きな臭い話題になっちゃったな。楽しく行こうよ」

私は客達の耳が気になって切りをつけ、食べていた平目の皿を藤堂の方に寄せた。

「せっかくのお勧めなんだから、山菜の天麩羅《てんぷら》でも頼まないか?」

私が同意すると、藤堂はカウンターの向こう端で酌をしている女将さんに大声で注文した。

「ところで、新人の教育係は、どうした?」

「試練の二年間だったけど、ようやく放免されたよ」

「君のことだから、慕われていただろう」

「必要以上に親密になるのは、避けていた」

「分かるよ。君も俺もべたべたした関係は好きじゃないからな。だから、これまで続いて来たのかも知れないし」

　私はうなずいた。だが、藤堂とは出合ったときから気が置けずに付き合っていた。お互いの間で警戒というものがまるでなく、話題が会社の批判とか上司や先輩の陰口に及んでも、当初から「ここだけの話」や「君限り」などの前置きを挟まずに放言してきた。藤堂にはいつもしっかりとした意見があったが、私の考えを、分からない、とは撥ね除けたことは一度もない。分からないことを決して分かるとは言わなかったが、分かろうとしてくれているのは、その飾らない表情や態度からよく分かった。ふと、二年を過ぎた峰子との交際のあれこれが浮かんだ。峰子の気持が少しは分かりながら、分かりたくない自分をその中に見ていた。

「ところで…」

　藤堂に声を掛けられて、顔を起こした。藤堂との会話には「ところで」が多く、相変わらず飛躍しながら、その弾み方に合わせられるのも長い腐れ縁ならではだった。

「うちのお偉いさん達も危機感を強めて、海外での市場拡張に乗り出すらしいな」

「こっちでも噂になって、みんな喜んでいた。不況でも会社がなんとかしてくれると思っているらしい」

「寄らば大樹の陰、か。でもよう武田、仕事って、なんなのかな?」

「おや。また凄いことを訊くね」

「君は仕事が好きらしいが、俺はときどきビジネスマンが分からなくなる、これで人生を消耗していくのかと思うとね」

「ああ。それは同じだ」

「ほおっ」

藤堂は驚く、と言うより、呆れたような顔を向けた。

「だいぶ前にね、何かのコラムで読んだんだけど、ある銀行の行員が寝たきりの奥さんを抱えて、定刻に帰宅しなければならない。銀行は残業が当たり前だから、他の行員達からは白い目で見られる。次々と入ってくる後輩はどんどん昇格して行くのに、自分は平《ひら》のまま最後は窓際に押しやられて、でも定年まで勤め上げた。コラムは仕事の意味について書きたかったんだろうけど、僕はこういう人生もあるんだと感動したよ。自分の最小限の権利を主張しながら、その人は一番大切なものを守り抜いたんだ」

藤堂が拳《こぶし》で軽く脇腹を打った。

「君はいい話を聞かせてくれるよな」

私は藤堂の拳を片手で外すと、応戦の拳を顔面に押しつけた。

「ノックアウト、参ったか」

藤堂が目を閉じて反り返ると、揚げ立ての天麩羅を置きにきた女将さんに腕白をたしなめられ、慌てて体勢を戻した藤堂と笑い転げた。二人で箸を運びながら、今度は私の方が、「ところで」を出した。

「電話で言っていた内々の話って、聞いてもいいかな」

藤堂は熱い天麩羅に咽《む》せながらうなずいた。

「実は、宇和島のお袋が三月に小火《ぼや》を出しかけたんだ。鍋を火に乗せたまま忘れて、鍋には菜箸《さいばし》が入れてあった」

思わず顔を見た私に、藤堂は恥じ入るように苦笑した。

「姉貴は肝を冷やして、もう台所には立たせないようにした。それからなんだ、ほら、なんて言ったっけ、今は痴呆とは言わないんだろう?」

「認知症?」

「ああそれ。女から台所の火を奪うと、いっぺんに老化するものなんだな。五月の連休で帰ったとき、症状を見てきたよ。帰った日は喜んでな、やれ早く着替えろ、風呂に入れ、食べたいものを届けさせる、とうるさいのなんの。ところが翌日、俺が帰ってこないから心配でならない、大阪へ電話を掛けてみてくれ、と俺に頼むんだよ」

「兄弟は、お姉さんだけだったよな?」

「そう。そんな状態だから、姉貴もできるだけ通っていてな、四月頃からおかしなことを言い出して、時間の認識がないときは夜中でも電話を掛けてくる、と参ってた」

「確か、うちの母より十歳上だと聞いたけど」

「六五さ。まだ先のことだろうと高を括っていたけど、認知症は年齢に関係なく体質や環境が影響する、と言われたそうだ」

「医者には診《み》せているんだ」

「隣り町の小さな病院へな。もっとも大病院でも的確な治療法はないと聞くし、気休めに連れて行っているようなものだ、と姉貴は諦めてるよ」

　私は天麩羅をつゆの中に残して箸を止めていた。

「問題は、この先症状が進んだ場合にあるんだ。姉は嫁いでいる身だから、一日に数本しか出ないバスで往復するにはやがて限界が来る。隣近所の手を借りる訳にも行かなくてね。藤堂の家は昔から特別な扱いをされてきて、とくに姉貴はプライドが高いのさ。ヘルパーを雇う金なら俺が送金すると言っても、施設に入れた方が経済的だし安心だと姉貴は同《どう》じないんだよ」

　聞きながら、手の届かない場所から母親を案ずる藤堂の気持を思うと、食事に誘っても拒んだ理由が跳ね返って分かった。藤堂にすれば、母と同居している私のマンションでしていい話ではなかった。

「それで訊いてみたかったんだ、君ならどうするか」

やはりの問いだと思ったが、藤堂の心配が痛く伝わるだけで、答えようもなく黙っていると、藤堂が口を開いた。

「とても申し訳ない譬《たと》えなんだが、仮に君のお母さんがそうなったら、施設に入れることなんて、君はしないよな」

「だって状況が違うだろう？僕なら毎日帰って行かれるから、留守の時間だけヘルパーに頼むこともできる。経済的に会社をやめる訳にはいかないから、そう、さっき話した銀行の人のようになるかも、いや、そうすると思う。でも…」

「俺は会社をやめることも考えているんだ」

私の言葉を遮って、藤堂が言った。

「君も兄弟は女だけだったね。お姉さんや妹さんならどう言うだろうか？姉貴は感情を持ち込んで考えている場合じゃないと、それればかりなんだ。退職のことに触れたら叱られたよ、それでお前の人生はどうなるんだと」

「お母さんのことも含めて、君の人生じゃないのか？」

藤堂が顔を見た。視線の強さが分かった。

「さっき聞かせてくれたじゃないか。君を間違えてまで、お母さんは君のことを心配している」

突然、私の目から涙が滴った。見た藤堂が顔を前へ向けた。私は指で目の縁を拭いながら言った。

「ごめん。他人事《ひと》だと思って、勝手なことを言って」

藤堂がかぶりを振った。

「君の言葉、大事に聞いておくよ。人一倍感じ入る君に、湿っぽい話をしてしまって悪かった。済まない」

「やだな。君のお母さんのことなのに、済まないも糸瓜《へちま》もあるかよ」

「そうだな」

藤堂は目を細めた。

上がり座敷の照明が消されて、気がつくと、客は私達だけになっていた。藤堂につられて腕時計を見たが、まだ九時を回ったところだった。

「不況は女将さんの店にも影響しますか？」

カウンターの中へ戻ってきた女将さんに、藤堂が訊いた。

「そりゃもう。お金回りが悪くなれば、贅沢や無駄なものから抑えていくでしょう？飲むんなら、家の方が安上がりだしね」

私はうなずきながら、いつの間にか母の慰安旅行もなくなっていたことに気づいた。藤堂が追加で抜かせたビールを向けると、女将さんは頭を下げてグラスに受けた。

「世間の水物に左右されるから、水商売と言うナンス。まあスッカタネースナー」

「女将さんは、秋田美人かな?」

笑いながら藤堂が訊いた。

「生まれは秋田でヤンスが、美人かどうか、オラワカンネー」

女将さんは剽軽《ひょうきん》に顔を上へ向けたが、顔立ちは確かに美人で、ワンピースの半袖から伸びている腕や襟の中の肌は涼しげに白かった。

「女将さんも色白だけど、女性の肌の白さには、どれくらい種類があるものかな」

「はあっ?」

私の問いかけに女将さんが口元を歪めると、藤堂が私の肩を横に押して笑った。

「抜けるような白さと、肌色がかった白さと、女将さんのように雪のような白さと、まだありそうだけど」

「へえっ。あんた、そんなこと研究してるスカ」

女将さんの呆れ顔に、また藤堂が吹き出して笑った。

「子供が女将さんのその腕に抱かれたら、きっと安心して眠るだろうな。僕のマンションはこの奥の駅寄りで、三階のベランダから下の家の庭が見えるんです。子供を寝かせているママとお祖母《ばあ》ちゃんとでは、揺らし方が違うんだ。お祖母ちゃんのローリングはいかにも手慣れていて、子供はいつも気持よさそうに眠りについている」

引っ越しの日の姉と母の姿を語るには少し抵抗があり、作り話に置き換えていた。

「女将さん、ちょっとやってみて」

私は椅子から立ち上がって、女将さんに抱く手つきで要求した。女将さんは両手を上げると、抱いた手を胸元に引き寄せた。

「揺らして」

女将さんの手の動きに合わせて、私はハミングで『真珠採り』を口ずさんだ。女将さんは部分的に唱和しながら、上体を左右に回して母と同じ動きを見せた。繰り返し口ずさむ私に合わせてくれながら、女将さんは目を閉じていた。ハミングが途切れて、女将さんが手を止めると、藤堂が大きな拍手を聞かせた。

「君は純粋だなあ」

椅子に戻った私に、藤堂がビールを注ぎ足しながら言った。

「おっと。純粋なんて言葉、言われたやつが死語にしてるよ」

笑いながら顔を見ると、藤堂の目に涙が滲んでいた。

女将さんに秋田のうどんを勧められ、藤堂と二人でうなずいた。茹で上げて冷やしたうどんが、酔いの回った頭には時間も置かず出てきて、無言で箸を運ばせながら啜る音を交互に立てた。

「出張は疲れるだろう?そろそろ帰るか」

藤堂は腰を上げると、会計の計算に行く女将さんに声を張り上げた。

「半分ずつ徴収して下さいね、俺達はずっとそうしてきたんです」

私は鞄から財布を取り出そうとして、本の背表紙に目が留まった。

「そうだ。これ持って行かないか?」

手の中の本を藤堂が見た。

「電話で話しただろう?」

「この本なのか。でも、君はまだ途中じゃないのか?」

「そうだけど、離れて心配している君の気持が少しでも変わればいいから」

藤堂が顔を見た。

「そもそもはね、課の同僚が物忘れのひどくなった母親に手を焼いている話を聞いていたから、それで読む気になったんだ。老化を病的で残酷なものにしているのは若い我々じゃないのか、と考えていたんだが、なるほど、と思わせることが書いてある。お母さんを別の角度から見られるかも知れないよ」

「そうか。ありがとう」

　渡した本を藤堂は持ち替えると、握手の手を出し、強く握り合った。


　峰子と会う場所を、いつか行った照明の暗い居酒屋に決めたのは私だった。じめじめとして清潔感がまるでなく、二度と行くつもりはなかったが、峰子と諍《いさか》いに発展する恐れもあれば個室の方がよく、妹の指摘によれば私は感情を顔に出しやすいので、適度な暗さを考えればその店しか浮かばなかった。

　個室に案内されると、先に来ていた峰子が顔も向けず正座に直った。

「先週のこと、ごめんなさい」

　峰子の言葉を手で遮って店員を呼ぶと、生ビールのピッチャーと料理の数品を注文した。すぐに運ばれて来たビールを飲みながら、約束を延ばしてまで歓迎したかった藤堂との仲を、双方の失敗談も聞かせながらさも楽しげに話し続けた。

「謝らせてくれないの？」

　峰子が声を上げたのは、話題を変えようとする峰子を繰り返し無視したときだった。

「謝らせて貰えないほど、あたしは嫌われてしまったんだ」

峰子は顔にまとい付く長い髪もそのままで、目を伏せていた。

「あのときの電話を感情的に切った失礼を、最初に謝ります。でも本当に謝りたいのは、そのあとで落ち着いてから分かったことなの。淳平さんからの連絡を待つように言われたのは、初めからの約束だったのよね。それなのに手紙を出したり電話を掛けたり、自分の方から行動してしまった。それが間違いだったことに、やっと気がついたの。バカだったわ。淳平さんは男の呼び掛けを待てないような我の強い女は、好きではないのよね。ひたすら待っているような女だったら、どんなに大事にされたか知れないのに。でも、もう遅いんでしょう?」

峰子が泣き出して、私は慌てて傍らへ寄った。隣へ坐ると、峰子の進まないジョッキにピッチャーのビールを注ぎ足した。なだめるつもりでそっと肩に手を乗せると、峰子が泣きながら凭《もた》れ掛かり、私は押された弾みで背中を抱き締めていた。泣き声が止んで、峰子は抱かれている腕から抜け出るように顔を寄せて来た。閉じている目とねだるような唇を見て、咄嗟《とっさ》に身を離した。腕の中には峰子の感触が残っていた。柔らかさも温かみも感じられかった私には、ただ冷淡なだけだった。気がつくと、自分の席に戻っていた。

夏期休暇の希望を八月の中旬として提出したが、同僚の家族旅行や後輩の海外旅行のような予定はなかった。母を一泊ぐらい涼しい場所へ連れて行きたいと思うのは毎年のことだが、昨年も一昨年も母に連休が取れず、結局はマンションで読書三昧の日々を送っていた。

「武田さん」

呼ばれて振り返ると、後輩の一人が持っている受話器を指差していた。近くの電話機に寄ると、告げられたボタンを押した。

「あたしです」

聞こえてきたのは、久し振りに明るい峰子の声だった。

「毎日暑いけど、元気そうだね」

「ええなんとか、淳平さんは？」

「せめて元気じゃなきゃ、この不況に太刀打ちできないだろう」

峰子は声を上げて笑った。こだわりが落ちたような峰子の爽やかさに、私は安堵すると同時に気持を踊らせた。

「今し方、夏休みの希望日を会社に出したんだ。八月の中旬に取ったんだけど、君は？」

峰子は黙った。

「そうか、ラジオ局には夏休みなんて、なかったっけ」

「淳平さん…」

峰子の声の変化は敏感に感知できた。

「どうかしたの？」

「電話したのは、あたし達もう会わない方がいいと思って」

いきなりの言葉だったが、私の脳裏には揉め事に及ばせた自分の勝手や、最後に会った夜の無様な行為が閃いて浮かんだ。

「淳平さんとのギャップがよく分かったの、あたしはまるで子供だったわ。してきたことや言ってきたことを思い返すと、年がいもなくて恥ずかしかった。だからこの二年間のことは、淳平さんの頭から消去して欲しいんです。さんざんお世話になりながら、一方的で勝手だとは承知しているけど、最後まで子供だったということにして、許してくれないかしら？」

峰子は黙って私の返答を待った。

「君がそう決めたのなら、尊重するしかないよね」

峰子はほっとしたような声を聞かせた。

「どうもありがとう。淳平さんはそうして、いつもあたしのためばかり思ってくれたのね。

最後まで清潔で、だからお付き合いしたこと、あたしにとっては誇りです。本当にお世話になりました、お元気でね」

「ありがとう、君も元気で」

先に電話を切ったのは私だったが、起きたことが錯覚のようで、動揺がいつまでも残った。

帰宅して踏み込んだ玄関の蒸し暑さに耐えかねて、各部屋の冷房を一斉に点けて回った。一階の住人が空巣の被害に遭って以来、外出する母は小窓でさえ厳重にロックしていた。汗まみれの首からネクタイを外すと、ワイシャツも脱いで肌着になったが、椅子に坐るのも不快なほどの温気《うんき》だった。テーブルの上には食器だけが並べてある。ガスコンロに片手鍋も見られず、味噌汁まで冷蔵庫に隠した母の用心に納得した。夕食の時間には遅れていたが、食欲が湧かないまま、最後に冷房を入れた母の居室へ珍しく足を戻していた。和室には母がいなければ用もなく、留守には忍び込むようで気が引けた。エアコンからの噴出で足元に冷気が漂っていた。無駄なものが置かれていない畳の部屋に、扉が開けてある仏壇がやはり目を引く。誘われるように近づいて、桜の写真立ての中の祖父母を見た。

「これも写真立てに入れておけば?買ってくるよ」

「いいわ、またしまうから」

「それじゃ可哀相だろう、飾っておいてあげなよ」

私の言葉にそうしたかった気持を押されて、母は両親の因《よすが》をここに納めた。見立てて買ったのが峰子とは、母も知らないまま今日別れた。鶴の首に似た一輪挿しには紫の花が凛《りん》と咲いて、なぜなのか、父の写真の方がお鈴《りん》の左側に移されている。粗末なプラスチックの枠に囲われた父は、それでも祖父母の写真より私の見る目を圧した。パナマ帽を粋にかぶり、開襟シャツの首からカメラを提げて、眼鏡の中の目ははにかんでレンズを見ていない。撮影仲間にでもカメラを向けられたのか、父の仕事でも写真のことには疎かった母に撮らせたものでないことは分かる。

「父さんよ」

小声で呼ぶと、哀しみと怒りが入り混じったような、おかしな気持が込み上げてきた。当然の結果だという諦めと、失ってみて尾を引くように残った恋しさと、これでよかったのだという踏ん切りの、そのどこにも落ち着きどころのない気持が、まるで父のせいででもあるかのように遺影を責めていた。損ねた健康や早めた寿命は運命としても、あのおとなしい母を置き去りにした事実を無性に責めたかった。あなたは、自分が愛していることだけでよかったのか。愛されていたことに、責任はなかったのか…。

ドアの開く音に、噛んでいた唇を戻した。仏壇から離れると、足音のする玄関へ向かった。

「お帰りなさい。暑かっただろう？母さんの部屋にもクーラーを入れておいたよ」

「涼しいわ。生き返るみたい」

生え際をハンカチで拭いながら和室へ行こうとした母が、テーブルの上の食器を見た。

「まだ食べていなかったの？」

「仕事が長引いて、今帰ったところなんだ。どうせなら、一緒に食べようと思って」

「そうだったの、すぐ支度しますからね」

母は着替えを後回しにしてエプロンを手にした。


記録的な猛暑と言われた夏だったが、過ぎてみれば異常とされた七月の最高気温も真夏日の日数もよそ事だったような気がする。どんなに耐え難い暑さでも、耐えていれば清涼な季節は巡ってきた。それは心身の苦痛にも言えて、同じ状態がいつまでも続く訳ではないことを私に分からせた。

十月に入って、課内では早くも来年の転勤が話題にされていた。各課からの転勤は三年ごとのローテーションで回ってきたが、前回は大阪支社の事情が別の課の藤堂に及んで、課内からの転勤はなかった。だから来年は複数の異動も考えられる、と後輩達はまるで自分に決まるかのように暗い声で囁き合った。東京で生まれ育った者には、地方への転勤はそれほど恐怖だった。

「東京を離れることにも、東京生まれの君とは気持が違うんだ」

藤堂はそう言った。確かに、愛媛県の宇和島で成長期を過ごし、大学と就職を考えて東京へ出てきた藤堂には、東京しか知らない者がよそ土地へ行く心理的な負担は理解できないかも知れない。前回の転勤を半ば覚悟していた私に、その負担は体験済みだった。マンションを購入した先走りへの心配や母から離れる淋しさとは、また別の怯えがあった。だが、なぜか今は悠然と構えていた。家庭を持つ人の単身赴任を考えれば母の扶養ぐらいで配慮される訳もなく、残ることを必要とされるほどの実績もないのだが、おそらく本社は私を手放さないだろうと、そんな不遜とも言える自信が密かにあった。

「淳平さん、ちょっといいかしら」

母が開けたドアの隙間から声を掛けたのは、後輩達の囁きを他人事に聞き流して帰ってきた夜だった。

「いいよ」

ドアが大きく開くと、風呂上がりの母はまだ普段着のままだった。寝しなの時間を使って入浴する母が、寝間着姿でそっと洋間の前を通り抜けるのは知っている。母の普段着は、あらかじめ話したいことがあっての行動を意味していた。

「なあに？」

カーペットの上に正座で坐った母に、私は敷いていた椅子のクッションを渡そうとしたが、押し戻されて私も胡座《あぐら》で坐った。

「どうかしたの？」

真向かいに接近されて、母は話し難そうに逸らせた目を瞬《まばた》かせていたが、頬笑みながら口を開いた。

「あの…、お付き合いしていた田所峰子さんのことなんですけど、お別れでもしたの？」

私の驚きの表情に、母は目を伏せ、私は一呼吸置くと、人差指を母に向けた。

「お別れは当たり、さすが母さんだ。でも、お付き合いは外れ、母さんの思っているような付き合いではなく、友達同士だったから」

母が顔を起こした。

「お友達だったら、どうしてお別れしなければいけないの？」

「友達とだって、喧嘩別れはするじゃないか」

「わたしのせいなのかしら」

はっきりと言った一言が、私を慌てさせた。

「何言ってんだ、母さんに関係ある訳ないじゃないか」

一笑に付したつもりの言葉は、表情を変えない母の中を突き抜けていった。私の顔をうかがった母の目は落胆したように沈んでいた。何度も見せてきた目の翳りを、このときほどはっきりと感じたことはなかった。

「あの、淳平さん」

母が身じろいで、作り笑いを浮かべた。

「芳子の結婚式のとき、留袖を買ってくれようとしたでしょう？」

「憶えているよ。だけど母さんは僕の結婚式のときまで延ばした」

母はうなずいた。

「あれはね、実は言い訳で、そのときになったらまた断るつもりでいたの。だけど…」

母が声を掠れさせて、しわぶきを聞かせた。

「今はね、本当に買って欲しいと、そう思っているわ」

言葉をなくしている私から、母はそっと目を逸らして居ずまいを正した。

「だから、お願いしますね」

両手をついて頭を下げると、母は立ち上がった。後ろ姿を目で追いながら、峰子との交際を見抜き結婚を期待していた母に裏切られたような淋しさを感じ、破局を知って自分に向けた疑問が先々を不安にさせた。密かに憧れていたかった母の像が消えて、現実の煩わしさを背負った母がそこにいた。ドアが閉まると、立ちこめる乳液の匂いが波紋を予感させるように私の胸を騒がせた。そして、胸の奥底には、これまでにもたびたび感じてきた訳の分からない哀しみに通ずるものがあった。

十二章　波瀾の年

パジャマ姿で洗面所へ行きかけると、ダイニングに立った母が、朝食の準備も中途でテレビに目を凝らしていた。

「何かあったの？」

言葉の出せない母に指差されて、画面の方へ回った。

「どうしたの、これ」

目に飛び込んできたのは、ジグザグに折れて横倒しになった高速道路を上空から撮っている映像だった。カメラが裂け口をアップして見せると、遠くに上がっている煙と重なって画面の上部に文字が移動していた。

　午前五時四五分頃、震源地を兵庫県南部とする地震が発生。マグニチュード七・二、神戸では震度七の激震を観測。負傷者は多数と予測され、関西地区の交通はマヒしている状態。

画面が乱れて、静止画像に変わった。

「空襲のときと同じだわ」

母が呟いた。倒壊した家屋や瓦礫の山を至近距離から映していた。左上の時刻表示を見ると、七時一五分。地震発生から一時間半が過ぎていれば、大阪支社の被害状況も本社に届いているだろう。と同時に、藤堂の安全が心配になって、洋間へ入って鞄の中から手帳を持ってくると、番号を追いながら携帯電話に掛けてみたが、二回とも通じなかった。体が冷えてきて、パジャマでいたことに気づいた。思い出したように準備を急ぐ母に朝食を断って、着替えに向かった。

山手線の車内でも、着膨《きぶく》れた乗客達の表情は深刻で、連休明けの腫《は》れぼったい目を外の風景に向けていた。普段より一時間早く出社したが、課にはすでに先輩の二人が駆けつけていて、緊急重役会議の噂を告げた。大阪支社の様子を尋ねると、自分達も情報の確保にきたが、電話がつながらなければそれまでだ、と欠伸《あくび》混じりに言われた。私は近くの電話から藤堂に再度掛けてみたが、携帯電話の反応は同じだった。課長は普段通りの出勤で、定刻には課の面々が顔を揃えたが、朝礼では一言の報告もなく、社員達もまた支社の安否はさて置くように自分の業務に就く光景は、それぞれが部品としての役割をこなす大企業の構造を見せつけていた。

午後になって、どこから入った情報なのか、大阪支社は社内の備品等に多少の混乱はあったものの業務に支障はない、と伝わった。藤堂には繰り返し電話を入れたが、つながる様子はなかった。

退勤の身支度でロッカールームを出たが、テレビを見る人影に誘われて談話室へ立ち寄った。地震当日の時点で死者は四千人を超え、被災者は推定三十万人以上にのぼるとテレビは報じていた。次々と映し出される映像は、朝に見た高速道路の倒壊、ビルの崩落、瓦礫と化した家屋、亀裂の入った道路に倒れる電柱、と数秒にして壊滅した街の有様だった。

「空襲のときと同じだわ」と漏らした母の呟きが甦った。

マンションのドアを開けると、母が小走りに玄関へ出てきた。

「今、藤堂さんのお知り合いという方《かた》からお電話がありましたよ。藤堂さんと別れたのは今朝で、大阪からは電話がつながらないので、帰ったら代わりに電話をするように頼まれたそうだけど、静岡のお宅へ着いたのが今になってしまったんですって。伝言のメモを聞かされたわ。無事だから安心してくれ、つながるようになったら必ず電話を入れる…、って」

私は聞きながら、目頭を熱くしていた。大阪支社の様子が分かっていたので、最悪の事態は想定していなかったが、それでも藤堂が無事だったことと、私の心配の解消を急いで最速の手段を取ってくれた心意気が嬉しかった。涙を怺える私に、伝えた母も涙ぐんでいた。

「今度いらしたら、ご馳走しましょうね」

母はエプロンの裾で目を拭いながら、ダイニングへ戻っていった。私はテーブルに置かれた夕刊の大見出しと一面を占める写真に、立ったままページを捲った。

藤堂がマンションに電話をよこしたのは、地震発生から一週間が過ぎた火曜日の夜で、一人で夕食を食べようとした矢先だった。

「この時間なら帰っていると思って」

「携帯からか？」

「いや、携帯はまだ使えない。会社の電話だ」

「まだ仕事なのか？」

「野暮《やぼ》用を済ませて、今戻ったところだ。部屋に誰もいないから、ちょうどいいと思ってね」

「そうか。しかし大変なことだったな、会社にこれという被害はなかったと聞いたけど」

「アパートの部屋の散乱ぶりには参ったよ。帰ったら、食器類は床に割れているし、本箱が倒れて棚から落ちた物と一緒に散らばって、足の踏み場もなかったよ」

「帰ったら？」

地震発生が午前五時四六分だったので、私は訝《いぶか》るのと勘ぐるのと意味深《いみしん》に訊き返したが、藤堂は気づかずに話し続けた。

「アパートにいたら、確実に怪我をしてたな、あの時間では寝床の中だった。眠ったまま死んでいた人も多いそうじゃないか。複雑な気持になったけど、それをまた羨《うらや》ましがる人間がいてな、定年前の歳のいった連中だけど、死んでいった人達にまるで心がなかったかのような勝手なことを言うんだ。俺だったら、知らないうち死ぬ訳にいかない」

「自分の死期ぐらい、はっきり認識しておきたいもんな」

「アパートの散乱ぶりを五体満足で見られたときは、感謝の気持が湧いたけど、でも武田、自分は無事でよかったなんて、炊き出しに行くと、そんな考えはなくすぞ」

「神戸へ行ったのか?」

「行かされたようなものだ、当番を決めて、会社の腕章を付けてな。参集したボランティアと一緒に、俺も同情と激励の言葉を連発するうちに、なんだか恥ずかしくなったよ。被災者の気持もお構いなしに、これでナンボかと思ってやしないかと。だって負の意識で声を掛けられていて、被災者が本当に奮起できると思うか?同等の立場になって、初めてほっとするものだろうよ。あの人達の気持が本当に求めているものは、もっと別なものなんじゃないのかと、後味悪く帰ってきたよ」

「そうだったのか、僕にはできない体験をしてきたんだな。でも、君のその疑問、聞いていてよく分かるよ」

「君ならな。ところで、あの日の俺からの伝言は、会社でキャッチしたのか？」

「いや、マンションに帰って聞かされた。母が、今度君が上京するときはご馳走を作るって、泣きながら言ってたよ」

「そうか、ありがとう。お礼を言っといてくれよ、悪運強く生きてます、って」

「無事を誰かに感謝したんだもんな、朝帰ったときは」

「そうなんだよ。帰るまでは無我夢中だったけど、現場を見てここにいたらと思ったら、血の気が失せたよ。俺が神仏に感謝するなんて、初めてじゃないかな。なあ？」

私が黙っていると、藤堂は念を押すように返答を確かめて、そのずれ具合がおかしくなって笑い出した。

「どうしたんだよ」

私は笑いを抑えて、声を正した。

「ところで、になるけど、あの電話の件で母に大事なことを確認するのを忘れていたんだ」

「おお、なんだ？」

「君に頼まれて電話をくれた人が、女性だったのか、そうじゃないのか」

藤堂が絶句した。私が聞いていると思い込んで話していた慌てようが受話器に伝わった。

「まあな、そんな気がしていたんだけど、朝帰りまで今知らされて、僕の勘も満更ではないことが分かったよ。おめでとうございます」

「よせ、まだそこまでの話にはなってないよ」

「大阪と静岡では遠距離恋愛だけど、どんなエニシだったのか、そのうち詳しく聞かせておくれヤス」

「違う、それは京都弁だ。とにかく、今のところこれ以上の進展は考えられない。お袋のこともあるしな」

藤堂が声を曇らせた。

「お母さん、どんな様子だ？」

「変わりなしだよ。でも、改善は望めないらしいから、悪くならないだけ良しとしなければな」

「そうだな。さっき言ったことがよく分かるよ、だから知らないうち死ぬ訳にいかないんだよな」

「ああ、本当だ。しかし君はさすがだな、俺には分からないけど、何か大切なものをきちんと持っている…」

送話口を覆ったらしく、急に音声が途絶えた。そのまま待っていると、藤堂がせかれるように言った。

「守衛さんが電気を消しにきたから、これでな」

正月明けから大震災に見舞われた年となり、自分にも異変が及びそうで杞憂《きゆう》していたが、三月の中旬まで課内に転勤の話は持ち上がらなかった。不況の影響で人事異動も沈滞化しているのか、と朝の混雑に揉まれながらほくそ笑んでいると、突然、車内に臨時のアナウンスが流れた。

「営団地下鉄の日比谷線、千代田線は爆発事故により運転を見合わせています。また、丸ノ内線にも影響が出ているもようです。お乗り換えのお客さまは別の線をご利用下さい」

乗客達が顔を見合った。爆発事故という聞き慣れない言葉に、誰もが怪訝《けげん》な目をしていた。電車は御徒町、秋葉原間を走行中で、秋葉原で日比谷線の地下鉄に乗り換えようとする乗客からは不平が漏れていた。私は鞄から手帳を取り出すと、地下鉄の路線図のページを開いた。アナウンスされた三つの線は霞ケ関で交差している。その付近で起きて各線に影響しているとすれば、爆発はかなりの規模だった。と同時に、省庁の集まる土地柄からテロリストによる犯行ではないのか、という疑いがよぎった。電車が神田駅に停車すると、別の地下鉄に振り替える乗客も加わってホームは人であふれた。電車はそのまま停車を続け、私は腕時計を見た。月曜日には定例の朝礼が控えているため、普段より余裕を持って出てきたが、この先も電車が停車したり徐行するのであれば、今降りて次の東京駅まで歩いた方が確実だった。思案するうちに発車を知らせるチャイムが鳴り、ドアが閉まった。乗客の減った車内で、ドアの窓ガラスに顔を寄せてのろのろと過ぎるビル街を見下ろしていると、霞ヶ関とは反対の日本橋方面へ一台の救急車が過ぎていき、間を置かず、続く二台が追って過ぎた。事故が犯行だとすれば新たな爆発も考えられ、計画は広範囲に及んでいる気がして胸が騒いだ。東京駅へは遅れずに降りられたが、地下鉄の駅に通じる地下道は封鎖状態で、駅員が人波を押し返して地上へ出るように指示していた。

「倒れている人達は凄いんだ。全身を硬直させて、半端じゃなかったよ」

階段を上がりながら地下鉄で来たらしい人の話を背後に聞いた。ターミナルには複数の警官が立ち、乗用車やタクシーを霞ヶ関方面には向かわせないように赤い誘導灯を振り上げていた。ホイッスルの音と誘導灯の無機質な動きが、見えない事態への恐怖を煽り立て、ともかく先へ足を急がせた。

「毒ガスが撒かれたらしいぞ」

会社へ着くと、課の同僚が紅潮した顔をねじ向けて言った。一月の阪神・淡路大震災を機に各課にもテレビが置かれ、社員達は朝の報道番組に見入っていた。映像は日比谷線の築地駅からの中継で、地上に出てかがみ込む人達の手前を消防士が横切った。同じ被害が小伝馬町や千代田線の霞ヶ関で起きて丸ノ内線にも及び始めた、と音声は伝えている。スタジオからの放送に変わると、アナウンサーが臨時ニュースを告げて、これまでの経過を報告した。

「本日、午前八時頃、東京の営団地下鉄日比谷線、千代田線、丸ノ内線の各線で、車内の乗客が相次いで倒れるという事故が起きました。負傷者が多数出ているもようで、東京消防庁と警視庁では救出を急いでいます。今のところ、正式な発表はされていませんが、負傷者の証言に異臭やめまいが挙げられていることから、化学物質が原因である可能性が極めて高く、背景には災害を意図した無差別テロも考えられるようです」

アナウンサーにメモ用紙が渡された。

「只今入った情報によりますと、この事故で死者が出ています。三十代の女性と、高齢の男性の二名という報告です」

テレビの前に緊張が走ったそのとき、女性社員の一人が声を上げて課長の机へ駈け寄った。

「虎ノ門の病院から連絡がありました。井上さんが担ぎ込まれたそうです」

唖然とする社員達から抜け出て、私は女性社員に詰め寄っていた。

「状態は、どんなだって？」

「分かりません。向こうも混乱している様子で、受け入れの報告だけで電話を切りました」

私は壁の時計を見ると、身を翻して課内の顔ぶれを確認した。朝礼の九時十五分になろうとする時点で、他にも二人の出社が遅れていた。利用している交通を親しい者に尋ねると、被害に遭っている二路線だった。

何の説明もないまま朝礼は立ち消えとなって、営団地下鉄の全路線の運休を知らせる画面上に九時三〇分の時刻を見ると、社員達はそれぞれの業務に散っていった。

「あの教団の仕業《しわざ》に決まっているさ」

コートのまま部屋に入ってきて隣の後輩に言ったのは、別の課の若手だった。顔を見上げる私に会釈すると、

「だと思いませんか？」と若手は返答を求めてきた。あの教団、とは弁護士一家の殺害や公証役場事務長の失踪で容疑を掛けられているカルト新興宗教団体のことで、電車の中で事故が犯行と重なったときから私の頭にもあった。

「じゃあ、行ってくるよ」

外出姿で部屋を出て行こうとする若手を、私は立ち上がって呼び止めた。

「どこへ行くんだ」

振り返った若手は訊いた私を訝《いぶか》って見た。

「取引先との打合せですが」

「場所は?」

「築地です」

「ちょっと待て」

私は大声で呼びながら課長の机に歩み寄った。

「各課の課長と相談して、外出の業務は制限して貰えませんか?課長方の一存ではまずければ、上にお伺いを立てて下さい。地下鉄は止まっていますし、事故の原因はまだ解明されていませんから、無差別テロだとすれば今後JRも狙いかねません。我が社はアクセスからすれば事件の真っ只中にいるようなもので、現に被害者が出ています。取引ももちろん大事ですが、無防備な行動でさらに被害者が増えたとなれば、逆に会社の信頼を損なうことにならないでしょうか?」

課長は睨むように私を見上げていたが、やがて目を閉じてうなずくと、椅子を後ろに退けて立ち上がった。気がつくと、手を止めている社員達の視線を一斉に浴びていた。部屋から出て行こうとする課長を追いかけて言った。

「それから、私を虎ノ門の病院へ行かせて下さい。歩いても三、四十分で行かれる距離ですから、井上君の状態を知るには出向く方が早いし確実です。課長がいらっしゃるのは、様子を把握してからの方がいいと思いますが」

向き直った課長の目は、すでに落ち着きを取り戻していた。

「それは私の一存で許可しよう。こんな事態だから気をつけて行ってくれたまえ」

「はい。ありがとうございます」

私は深々と頭を下げた。僭越《せんえつ》な進言を詫びるつもりもあった。

コートのボタンをはめながらエレベーターで一階へ下りると、受付の横にある緑の電話に立ち寄った。遅番の母はまだマンションにいる時間だった。テレホンカードを差し込んで番号を押すと、待っていたように電話を取った母がこちらの状況を聞きたがるのを遮って、早口で告げた。

「犯人はまだ特定されていないから、今日は電車に乗らない方がいい。デパートへの往復はタクシーを使って、いいね、約束だよ」

会社のビルを出ると、堀端に足を進めた。内堀に沿って桜田門へ向かい、前に伸びる通りから入るのが虎ノ門への近道だった。だが、霞ヶ関一帯は想像以上に緊迫した状態で、警察官や消防士に立ち入りを阻止されたため、大きく迂回して病院まで一時間を費やしていた。

一階のロビーには異様な物々しさがあり、報道陣の姿も見られた。外来受付のカウンターで名刺を見せ、昵懇《じっこん》な同僚であることを再三告げて、事故の被害者が集められているフロアを聞き出した。人垣が取り囲むエレベーターが待ちきれず、階段を探してその階へ上がると、立ち入りを禁止した標示板の前に人が群がり、奥の病室を移動する医師や看護婦の迅速な動きが覗かれた。通りかかった看護婦の一人を呼び止めて、井上の入院を確認していると、背後から声が掛かった。

「会社の方《かた》ですね？井上の家内です」

連絡を家庭優先にしたのは当然で、廊下に詰めていたのは着の身着のままで駆けつけた被害者の家族達だった。

「同じ課の武田です。このたびは大変なことで、連絡を受けてきたんですが」

井上は私より四歳下で会社でも二年違いの後輩であったが、入社の年に結婚して、本人の言う、できちゃった結婚、であった余談まで聞かされていたので、奥さんに手を引かれている女の児に目が行った。

「それで、ご主人には会えたんですか？」

奥さんはかぶりを振ると、廊下の奥に顔を向けた。

「あの二番目の病室に入れられていますけど、重傷に近い人の部屋だそうで、当分は面会謝絶らしいんです」

「容態は分からない訳ですか?」

「意識はあるということです。でも、視神経に障害が起きているのと、体が動かせないそうで…」

言葉が詰まると、奥さんは両手で顔を覆い、見上げていた女の児が泣き出した。縮れた茶色の髪を後ろで二つに結んでいる。岡家の引っ越しのときの、長女の真浪と似た年格好だった。

「ごめんなさい」

顔を起こした奥さんを、人混みから離れた場所へ誘った。女の児が床に擦れる靴音を小刻みに鳴らした。

「十一時半になると、医師から家族達に説明があるというので、待っているところなんです」

女の児に手を揺すられて、奥さんは顔を見ると、ハンカチで小さな鼻を拭った。

「パパ、ダイリョウブ?」

私は女の児の前にしゃがむと、セーターの袖口を軽く握った。

「パパ、大丈夫だよ。きっと直るから」

私のうなずきにつられて、女の児も顔を見据えながらうなずいた。澄んだ瞳が、大人の目を合わせていることに抵抗を感じさせた。突然の音に立ち上がると、ドアの大きく開いた病室から、点滴の揺れるストレッチャーが医師と看護婦に押されながら出てきた。

「あなた」

叫び声が上がって、廊下にいた中年の女性が駈け寄った。三人に伴われたストレッチャーが急速に近づいてきて、女の児は母親の背後に隠れた。一刻も争うような医師と看護婦の動きを追いながら、廊下の家族達の目は血走っていた。女の児は母親のスラックスの腰に顔を埋めている。事情が少しは分かりはしても、今ここでの張りつめた空気と大人達の厳しい顔つきは、子供にとって恐怖でしかないだろう。私は女の児の頭を撫でると、振り向いた顔に頰笑みを寄せて言った。

「ママはお医者さんと大事なお話があるから、オジさんとどこかで待っていよう。そうだ、下の売店にお買い物に行こうか？」

女の児の怯えのない様子を見て、脇の下に手を入れると、気合いと一緒に高く抱き上げた。

「ママに、行ってきてもいい、って訊いて」

私の腕の中で女の児は言われた通りに、

「いいイ?」と訊き、奥さんはうなずくと、

「すいません」と頭を下げた。エレベーターで一階へ下りると、見当をつけて奥へ進み、コンビニになっている方の売店で抱いていた女の児を下ろした。店内の棚の間を小股で歩いていた女の児が、動物にも怪物にも見える愛嬌のあるキーホルダーに手を伸ばした。

「それが欲しい?」

うなずいた女の児にキーホルダーを握らせると、お菓子の棚から選ばせたクッキーと一緒に会計を済ませ、袋を持った手でまた抱き上げた。店内の時計を見ると、十一時半を過ぎたところで、近くの椅子に女の児を座らせると、箱から出して開封したクッキーの袋を膝に乗せた。ハンカチで指先を拭うのを、待ちきれずに女の児は袋の中に手を入れた。会社に電話を入れるため、店の外に置かれた緑の電話に足を運んだ。内線につながるのを待ちながら女の児を見ると、足をばたつかせてクッキーを頬張っていた。電話に出た課長に、奥さんが語った井上の状態と、説明の内容を聞いてから帰社する報告をした。

立ち入り禁止の表示板の前に人の姿はなく、腕から下ろした女の児の手を引いて廊下を行き来していると、家族の集められた一室から奥さんが見つけて出てきた。

「解毒剤が届いて、投与を始めたそうです。有機リン系中毒ということで、一部の農薬にしか使われていない薬品に冒されていると説明がありました。PAMという解毒剤によっ

て、最悪の事態は避けられたということなんですが、主人の場合は視力障害と脳神経にも軽い障害が見られるので、後遺症は免れないだろうと言われました」

話し終えた奥さんがかすかに笑みを浮かべた。訳を問うように顔を覗くと、奥さんの両目から涙が溢れ出た。

「よかったわ、命に別状ないと言われて。生きてさえいてくれれば、あとのことはどうにでもなりますから」

病院のこの廊下で何時間を過ごしたかは知らないが、心配と怯えを繰り返していた人の、考え抜いた末の最後の望みであり、そして、一番恐ろしい現実から逃れられた安堵の笑みだったのだろう。私も目頭を熱くして、女の児の前にまたしゃがんだ。

「パパ、大丈夫だったよ。よかったね。パパは頑張って、きっと元通りになるから」

立ち上がった私の顔を、奥さんと女の児が見つめていた。

「僕は会社に戻ります。井上君に会えたら、武田がまた来ると仰《おっしゃ》って下さい。お大事にどうぞ」

帰って行く私を奥さんはエレベーターまで送ってくれた。ドアが閉まるとき、頭を下げる奥さんの横で、女の児は他愛なく手を振っていた。

会社へ戻ったのは、昼休みが終わろうとする時刻だった。

「撒かれたのは、サリンだと発表されたよ」

井上の容態を聞き終えて、課長が言った。

「サリン…」

私は鸚鵡《おうむ》返しに呟いていた。昨年の六月に長野県の松本市でそれによる殺害事件が発生して、第一通報者に容疑が掛けられたままだったが、七人が死亡し、重度の後遺症に苦しむ被害者達を報道で見聞きしていた。

「あれにやられたら、後遺症が抜けないそうじゃないか、井上君も厄介な事件に巻き込まれたもんだ。時間が作れたら、明日にでも行ってみるよ」

家族と会ってきた私には叫びたい衝動が起きたが、顔を背けることで呑み込んでいた。自分の机へ行こうとすると、社員の頭越しに手が上がった。

「なんだ、来てたのか」

顔を見て言うと、離れた席からまた手が上がった。

「君もいたのか」

私が外出するまで出社していなかった二人だったが、井上の被害に気を取られて頭から抜けていた。

「来てたのか、はひどいぜ。俺達のことは心配してくれなかったんだ」

周囲の社員からどっと笑いが上がった。二人は大声で、被害には遭わなかったが地下鉄が止まったので遅刻した次第を聞かせた。椅子に坐ると、机の上のメモが十時に掛かってきた藤堂からの電話を知らせていた。近くの電話機から携帯に掛けたが、留守録に切り替わったので、夜に掛け直す伝言を収録させた。

午前中にやるべき仕事を午後に送って、一人残った課内で予定の枠を消化しようとしたが、どうにも能率が上がらずに諦めた。ロッカールームを出てエレベーターに向かって行くと、誰もいない談話室にテレビがつけてあり、九時のニュースの画面を見て中へ入った。ニュースは途中からだったので、警視庁が有毒神経ガスのサリンによる犯行と断定しているのは分かったが、加害者の特定については発表がないのか触れていなかった。画面に流れる字幕が、運休していた営団地下鉄の運転再開を伝えていた。私はタクシーで帰宅する予定でいたが、事態の沈静を感じて普段通りのコースを取ることにした。

「朝方はどうも」

声の方を見ると、私に外出を止められた別の課の若手が立っていた。

「君か。まだ仕事だったの？」

若手は飲みかけの缶コーヒーを手にしながら私の前に腰掛けた。

「取引先との打合せが夕方に延びてしまいましてね。でもよかったですよ、あのあと課長の方から外出の業務には慎重に臨むようにと指令が出て、取引先に電話をしたら担当者が被害を受けて病院に運ばれていたんですよ。先方が代役を立てるのに手間取って、夕方になった打ち合わせから今帰ってきたところです」

「そうだったのか、お疲れさま」

若手はうなずきで応じて缶コーヒーを口にした。

「君の課で被害に遭った人は？」

「幸いなことに、いませんでしたが、四階の課には何人か出たらしいですよ。みんな軽傷だと聞きましたけどね」

テレビにはまた朝の惨状が写し出されていた。

「それはそうと先輩、朝は格好よかったですね」

顔を見ると、目を輝かせている。

「よせよ。あんなときに格好かよ」

「正論で、すかっとしましたよ」

私は笑い声を聞かせて立ち上がった。

「実はあのとき不意にダブってね。いつだったか食べている蕎麦屋に救急隊の人が入ってきて、出前に出た従業員の事故を知らせにきたんだ。客が立て込んでいる昼どきで、店の主人は迷惑がるように救急隊の人を追い出して、平然と注文を取っていた。そのあと主人がどういう行動を取ったかは知らないが、商魂というものにそれはそれで凄みを感じたけど、旨かった蕎麦の味が変わってしまったのは確かだった。だから君が取引に行くと聞いたとき、君の安全と同時に別の心配も湧いたんだ。ああした非常事態のときに、会社の格が判断されてしまうと、思わないか？」

若手はまだコーヒーを飲んでいたので、離れるときテレビを消すように頼んで談話室を出た。

山手線の電車に揺られながら、長いと感じた一日の、人の運命を振り分けた一時《いっとき》が重くのしかかっていた。井上の奥さんの気持が身につまされて、事故に遭うことの重大さを実感にした。「自分は無事でよかったなんて、そんな考えはなくすぞ」と阪神・淡路大震災の惨状を目《ま》の当たりにした藤堂の言葉が甦り、被災地のその後の報道さえ遠い感覚で見ていた自分に気づいた。地震は天災で事件は人為によるものであるが、被害を受けた人達には同じに事故だった。そう考えると、課程のある病気より予期できない一瞬の事故の方が今の私には恐ろしかった。「俺は知らないうち死ぬ訳にいかない」と言った藤堂に「自分の死期ぐらい、はっきり認識しておきたいもんな」と返したあのときの言葉も、事故の恐怖を一瞬という時間に感じたからかも知れなかった。事故に遭うのが時間の弾みだとすれば、時間で生活している限り事故の危険からは免れられない。しかし、それは物理的な問題で、私が率直に恐れたのは、一瞬にして人の生活を一変させ、いる人をいなくさせてしまう現実だった。

「遅いから、心配してたのよ」

玄関で出迎えて、母が言った。

「仕事の関係だよ」

母が気を重くするだけだと思って、同じ課の後輩が事件に巻き込まれたことには触れなかった。

「行き帰りは、タクシーにした？」

「ええ」

遅い夕食の箸を運ばせながら訊いたが、母が私の言うなりにするのは分かっていた。

早く横になりたいほど疲れていたが、母が入浴する時間を見計らって藤堂に電話を入れ、彼とも馴染みのあった井上の被害を伝えた。

事件から二日後、退社を早めて虎ノ門の病院へ行くと、井上は脳神経外科の病室に移されていた。この日、警視庁は教団への強制捜査に踏み切り、山梨の施設からサリン製造に使われる薬品を発見したと公表した。それにより、松本のサリン事件も教団の犯行とする疑惑が強まった。だが、病室では敢えて伏せた。看護婦から患者を興奮させる会話は避けるように注意されていたのと、事件に関することは井上の気持を荒《すさ》ませるだけだと考えていた。

「視力が落ちてしまって、右はかすんでいる程度ですが、左は闇の中で物を見ているみたいです。だから、武田さんの顔もよく見られなくてすいません」

起き上がろうとする井上の肩を抑えてベッドに戻した。

「左手の痺れが治らなくて、指が動かせないんです」

井上は右手で左腕を掴んで持ち上げると、何度か力をこめたが、左手の指は曲がらずに震えた。

「焦るなよ、まだリハビリもしてないんだから」

私は手を離させて両脇へ戻した。

「回復はリハビリの努力次第だなんて、医者も希望を持たせるようなこと言いますよね」

「本当にそうだからだろう？医者まで疑っちゃだめだぞ」

私ははっとなって口を噤み、ごまかしに会社の話を持ち出した。

「みんな心配してるけど、見舞いは僕が待たせているんだ。君がよければ、明日からでもよこすよ。仕事のことは気にしないで療養してくれと、出てきたらその分扱《こ》き使うから安心しろと、それが今日の伝言だ。それから、通勤中の事故は労災に該当するから、申請しておいたよ。なるべく有利になるように、掛け合うつもりだ」

井上は枕の上で頭を下げた。

「会社に戻れるんですかね」

井上が小声で言ったが、私は聞いていなかった素振りでベッドの脇のサイドテーブルに手を伸ばした。置かれてある一枚の写真に、井上と話しながら目が行っていた。一目で分かる鎌倉大仏の前で、奥さんと女の児がVサインでポーズを取り、女の児に顔を寄せて中腰になった井上が頬笑んでいる。手に取って間近に見ると、日付は三月一九日、事件の前日の日曜日に写したものだった。写真を見ている様子が分かったのか、井上が顔を上に向けたまま言った。

「女房が持ってきたんですよ。視力回復のリハビリには見ようとする意欲が一番だと言われたそうで」

「そうか」

聞かせた返事が感慨深い声になってしまった。

「君がここへ来た日、お嬢ちゃんを抱っこさせて貰ったよ」

言いながら、サイドテーブルに写真を戻した。

「ああそうだ。お世話になったそうで、女房に言われていたんですが、忘れててすいません」

「そんなことより、あの日お嬢ちゃんに言ったんだ、パパは頑張ってきっと元通りになるからと。僕には姪もいるけど、お嬢ちゃんに見つめられて、子供の瞳があんなに澄んでいたことを初めて知った。嘘をついてはいけないと思った。だから、頑張ってくれよ」

「武田さん…」

井上の涙声を押しのけて、私は声を強めた。

「それからもう一つ。あの日奥さんがなんて言ったか、そのうち必ず聞かせるから」

「何を言ったんですか？」

井上の声は関心に変わっていた。

「だめだ、それはまだ聞かせてやらない。君がリハビリに努力していることを認めるまで、お預けだ」

言いながら私は立ち上がった。丸めて持っていたコートを腕に掛けると、サイドテーブルの写真を取って井上の胸元に乗せた。

「視力回復、頑張れよ」

井上の顔を見ないようにして、病室を出た。

四月に入り、井上の治療はリハビリの強化に切り替わっていた。年度初めの多用な時期ではあったが、井上の精神状態に波があると奥さんから聞かされていたので、週に一度は早めに退社したり出張の時間をくすねながら見舞いを欠かさないようにしていた。

警察の強制捜査は教団の全施設に及び、逮捕した幹部の自供から事件は教団の組織的犯行と断定され、目的が疑惑を向けていた警察の行動計画を攪乱《かくらん》するためであったことも含めて発表した。

「武田さん。いよいよ教祖逮捕の歴史的瞬間ですよ」

後輩の一人が大げさに言って私を談話室に招き入れたのは、五月の連休の翌週だった。居合わせた社員達が見つめるテレビには、山梨県の施設を離れていく乗用車や護送車が映し出されていた。アナウンスは乗用車の一台を指摘したが、連行されていく教祖の姿を探せないうちに画面から去った。ヘリコプターからの映像に変わると、左端に、現時点までに逮捕された容疑者の氏名が発表された。氏名の下に示される年齢は、ほとんどが私と同年代だった。この者達によって惨劇は起きた。教団の組織を守ろうとしてこの者達が起こした行為は、人為の及ぼす最悪の災いが戦争だと考える私にとって、もっと悪辣《あくらつ》だった。天災により生活を破壊された人達を直前に見ておきながら、自分達の手で当たり前に生きたいと願う大勢の人の生活を破壊した。

「こいつらだけは、絶対に許せない」

画面の氏名に射貫くような視線を向けながら、胸の底で叫んでいた。


六月の末に季節通り梅雨は訪れた。

一年の半分が終わろうとするとき、誰かしら時間の早さを口にする。年越しには一年を過ごした満足感がどこかにあっても、半年には過ぎてしまった喪失感が先に立つのかも知れないが、この半年は失うより奪われた時間に思えて、今日もまた疲れていると感じていた。駅から出てアーケードに雨を凌ぎながら、空腹も手伝って足は重かった。疾走する車が跳ね上げる光の粒が大きく見えるほど、夜になって雨量は増していた。雨脚の中に、決まって目を向ける店舗が点描の絵を見るように霞んでいる。大通りの向こうに老舗《しにせ》のケーキ屋があり、一際明るい照明に映える店内の様子は、帰って行く私の目をいつも和ませた。腕時計を見て、歩みを止めた。今日の帰宅も遅くなっていたが、寄り道に費やしても母を心配させるほどの時刻ではなかった。信号が青になっているのを見ると、傘を開いて大通りを横切った。ほのかにブランデーが浸るケーキを、アルコール類の苦手な母がなぜか好物にしているのを知っていた。店へ入ると、二つだけ買うことに気が引けてシュークリームも二つ頼んだ。ケーキが箱に納まって行くのを見ながら、切り落としたように気持の重みは消えていた。

「お土産《みやげ》だよ」

玄関でケーキの箱を受け取った母は、軽く頭を下げただけで、箱をダイニングのテーブルへ置きに行くと、私の顔を見ながら引き返してきた。

「さっき、井上さんという方《かた》の奥さんから、お電話がありましたよ」

洋間へ入ろうとしていた私は、一瞬不吉な予感に襲われて振り返ったが、母は頬笑んでいた。

「退院が来週に決まって、九月から会社へ出られるそうよ」

「本当かよう」

私の大声に母はうなずいた。

「あの被害に遭われていたのね」

知らなかったことを詫びるような目で、母は私を見上げていた。

「言わなかったけど、そうなんだ」

「淳平さん」

洋間へ入ろうとする私を、母が呼び止めた。

「一番最初に病院へ駈けつけたのが、淳平さんだったんですってね」

「誰かが行かなければいけないと思って、課長に頼んだんだ」

「武田さんのおかげで、お給料もきちんと出ています、って」

「労災なんだから、誰が掛け合ってもそうなったよ」

洋間へ入った私を、珍しく母が追って来た。

「井上さんは何度も投げやりになって、会社をやめると言ったんですって。でも武田さんの励ましがあったから、武田さんが毎週欠かさずに病院へ来てくれたから、主人は立ち直ることができました、って。奥さんはね、何度も何度もお礼を、わたしに言うのよ」

言葉が涙声になって、母は手で口を抑えた。手の甲に涙が滴った。私は顔を見られないように背を向けると、ネクタイを解きながら言った。

「お腹空《なか》いたよ母さん、早くご飯にして」

「そうね」

母は鼻を啜りながら出ていった。

十三章　母の思い

母が体調を崩していたのは、波瀾の年の暮からだった。始めは膝の痛みを訴えて、近所の医院へ通いながら治療に努めていたが、年が改まると、喘息《ぜんそく》の発作を起こして受診を総合病院に切り替えた。どちらの医師からも冷えによるものだと診断された。勤め先のことは語らなかった母が言うには、早番の日は開店の一時間前に入って倉庫から台車で商品を運び出し、遅番の日は閉店後に売れ残りを倉庫に収める。倉庫は冷蔵と冷凍で保管できるようになっていて、そこへ体ごと入っての作業になり、出し入れに時間を取られると聞けば身体の冷えは相当なものだった。手にする商品は常に要冷蔵で、勤務中は立ち通しであったことにも気づいて、デパートで生鮮食品を扱う仕事の意外な過重を知った。

母は喘息を悪化させ、二日続けて仕事を休んでいた。

「おじやかお粥《かゆ》の作り方を、教えろよ」

電話に出た妹の芳子に、母が寝込んでいることを伝えて言った。

「おじやはお出しで煮込むから、手が掛かるわよ。お兄さんはお出しの取り方、知ってるの？」

「知らない」

芳子は、お粥の方が私の分と一緒に炊いたご飯を鍋に移して煮るだけだから簡単だと言ったが、おじやは具を入れると聞けば母にはその方が食べやすく滋養になりそうだった。

「沸騰したお鍋に袋ごと入れればお出しが取れるのを、スーパーで売っているから」

作り方をメモに取り、明日訪ねてくれるという報告を聞いて、電話を切った。

母から聞いていた大型のスーパーマーケットに出向いたのは初めてだった。土曜日のせいか中年の夫婦連れが多く、夫の方が先に立って食材を選ぶ光景は、母に味加減をうるさく言って食べていただけの私を驚かせた。芳子が私の惣菜にと教えた、電子レンジで簡単にできる冷凍食品の種類の多さにも驚いた。

「母さん、起きてる？」

そっと襖《ふすま》を開けて呼びかけると、母は寝乱れた髪を枕から浮かせて顔を向けた。

「おじやを作ったから、少しでも食べて」

起き上がる母に手を貸して、蒲団の横に畳んであった毛織物の羽織を背後から着せると、母は袖を通した手で髪を整えた。

「ごめんなさいね」

「具合が悪いときは、気を遣わないこと」

長手盆に乗せて用意しておいた鍋や食器を寝床の傍らに運んだ。ぬるめに淹《い》れた焙じ茶を飲んでいた母が、蓋を除いた鍋の匂いに熱の浮いた目を向けた。

「淳平さんが、これを？」

「芳子に電話して、作り方を聞いたんだ」

おじやには椎茸や剥き海老を細かく切って煮込んであった。

「大変だったんだから、たくさん食べて欲しいよ」

茶碗に半分ほどよそって、刻んでおいた浅葱《あさつき》を振りかけると、母の手に渡して箸を持たせた。椎茸と海老の薫りに食欲をそそられたのか、それとも手を煩わせた私に悪いと思ったのか、母は咳で荒れた喉にゆっくりと通しながら食べきった。

「お代わりは？」

かぶりを振って、ご馳走さまの頭を下げる母に茶碗と湯呑みを持ち替えさせた。

「熱がまだ退かないようだね」

母が焙じ茶を飲み干すと、今度は枕の脇に置かれた体温計を取って、湯呑みと持ち替えさせた。ケースから抜き取った母は、羽織の紐を解いてパジャマのボタンを二つ外し、開いた襟から手を押し込んで体温計を左の脇に挟んだ。手を戻したとき、引かれて襟が広がった。右手を添えて脇の下を抑えている母は、襟をはだけたままでいた。胸元が抵抗なく覗かれ、温もりを湛えた白さに、内緒の旅行で盗み見た裸の姿が甦った。隠れている膨らみを想像させる肌の張りは、あれから七年も過ごしていた年齢を感じさせなかった。顔を横に逸らして、無言でいる母に気が引けて話題を作った。

「明日、芳子がお見舞いに来るって」

「いいのに」

「仕事は、明日も行けそうにないしね」

母はうなずいた。

「本当は、もうやめて貰いたいと思っているんだ」

母が顔を見た。

「扶養家族になっているんだし、母さんが働かなくても僕の方に影響はないんだよ」

「どうもありがとう。でも、いずれはお世話になるんですから、動けるうちはお仕事をしていたいのよ」

発信音が鳴って、母はパジャマの中から体温計を取り出した。

「何度ある？」

「七度八分、しつこい熱ね」

「焦っちゃだめだよ。掛かってしまったんだから、じっくり治さなければ。慢性の喘息にしないようにと、医者からも注意されているんだろう？」

母が袋から薬を取り出したので、私は水の用意に立っていった。

翌日、芳子は正午前にやって来て、完熟トマトで調理したスープスパゲッティーを一緒に食べると、夕食の用意もしていってくれた。寝てばかりでは床上げが遅れるから、と母は洋服に着替えてキッチンで動く芳子と話していたが、体が大儀なのかたびたび和室へ引き返していた。

「子供のこと、まだ考えてないのかな？」

夕食のデザートに芳子の手土産の苺を食べながら話に出した。母はスプーンで苺を潰しながら口に運んでいた。

「そうは言ってないから、きっとできないんでしょう」

「芳子が仕事をしていることに、関係があるんじゃないの？ストレスが溜まるとか」

「それはないと思うけど、授かりものですから」

「なるほど」

子供を儲けるにも物理があるのだが、授かりものと言われてみると、何事も行為が成し得ていると思いがちな人間の痴《おこ》がましさを感ずる。

「授けられる命は、固有のものだろうか」

独り言《ひとごと》のように言うと、母が顔を上げた。

「発生によって宿る命は、その者に特定されているのかな」

母は訊き返す目で私を見た。

「例えばね、仮に父さんと母さんから僕ができなかったとしたら、この命は永遠に存在しなかったか？ということだよ。別人の体に命は宿って、やはり生まれてきたようにも思うんだけど」

「まあ失礼ねえ、お家《うち》の子供でない方がよかったみたい」

「そういう意味じゃないよ」

私は声を上げて笑うと、わざと難しい顔つきで言った。

「僕でも、命の謎を考えるときがあるんだよ。死ぬことにしてもそうだ、心臓と呼吸が停止して瞳孔《どうこう》が開けば死亡ということになっているけど、それは身体の状態を現代医学から見て言っているだけだろう？死は本当にその人からみんな無くさせるものだろうか。昔の人の言うように、魂は残っているとか空の上から見ているとか、信じられないことでもないと思うよ」

「そうだといいですね」

母がしみじみと言った。

「母さんもそう思うかい？」

「ええ。だって、わたしが死んでもそうなるんでしょう？」

母は救われたような目をして、何か言おうとした拍子に咳き込んだ。母の咳は出始めると止まらなかった。私は湯呑みに注いだポットのお湯に水道の水を足して母に渡した。頭を下げて受け取ると、母は咳が収まるのを待って口に含んだ。

「もう寝た方がいいよ」

母はうなずいて立ち上がると、まだ咳を残しながら和室へ入っていった。


四月に、課の先輩が福岡支社の課長となって栄転していった。立ち消えとなったかのように見えた転勤が一年遅れで実施された。私も転勤とは別に、もしや、と昨年のサリン事件で差し出がましい言動に及んで以来、課長が煙たがっている様子が分かっていたので、他の課への配置転換ぐらいは覚悟していたのだが、しぶとく残っていることで五月の新人歓迎会では同輩達からさんざん皮肉られた。見慣れた顔ぶれの和気藹々《わきあいあい》はやはりいいものだが、六月のボーナスと一緒に飛び込んで来た情報が課内の空気を一変させた。福岡支社で起きていた複数の退職が実は会社側の都合によるもので、課の先輩が転勤したのも人員整理の一環だった、と囁かれた。真相の如何《いかん》より、噂としても胸を撫で下ろせない社会情勢であることは確かだった。昨年の戦後最高となった円高も影響して、長引く不況はあらゆる企業に波及していた。流通が滞れば経済は立ち行かなくなるという当たり前の論理を、高度経済成長に酔いしれていた人達は実感にした。危機感は大手の企業にも浸透して、寄らば大樹の陰、が上昇期の幻影であったことを社員達は思い知った。私にしても意を決して就職した会社に当時の盤石《ばんじゃく》さはないと感じていた。危機感に脅かされなければならない例外ではない一人だった。それでいて、一方では暢気《のんき》に構えている自分に気づくと、狡《ずる》いのかどうか複雑な気持になったが、「俺はときどきビジネスマンが分からなくなる」と疑った藤堂の気持に同感したことや、「何か大切なものをきちんと持っている」と見てくれた洞察《どうさつ》に言い当てられるような何かが潜んでいるのかとも思ってみた。

例年は四日と決められていた夏期休暇が五日に増やされ、そのうちの三日間を八月のお盆期間に共通させるよう本社全体に通知された。効果的な業務と効果的でない時間の削減を意図してのことだろうが、年末年始以外の休業を出すのは創設以来初めてだと聞いた。会社の不況対策が、社内の慣習も変えつつあった。

課長の机に休暇届けを置いて退社しようとすると、遠くの席から井上が手を上げた。

「まだ終わらないのか?」

「もう少しです」

「無理するなよ」

「はい」

昨年九月に復職した井上は、薬の服用を続けながら業務に支障がないくらいまで回復していた。私の退社が先だとこうして手を振り、勤務中に目が合うと微笑んだ。その笑顔を見るたび、井上がたとえ細々とでも長く会社の恩恵に浴せるようにと願った。職場で家庭の話はしないし訊かない私であったから、奥さんや女の児の近況は愛想もなく尋ねなかったが、退社のときに顔を合わせると、誘われて思い出した。電車に揺られながら決まって目に浮かぶのは、鎌倉大仏の前で家族が撮った写真だった。笑っていた三人の顔は、翌日の惨劇につなげると明るさが切なかった。だからだろうが、井上が職場に復帰している今という時間が、他人事ではなく貴《とうと》く思えてくる。傷つけられながらも寄り添って生きる家族の像が、子供達には隔てなくいたかった母の気持に及んで、胸を塞がれたこともあった。兄弟のつながりでしか見られない子供達と、親である母の家族観は違っていた。それを知りながら、姉とは不仲になり妹も遠ざけて私だけを見させてきた傲慢さに、私の中の男を感じた。時には、拗《す》ねる子供のように無分別に、そして、横暴に等しいほど強引に自分の意見を認めさせてきた。だがやはり、今の自分に置き換えても、同じ結果でいたいという思いの方が強かった。人混みのホームにさしかかると、窓越しに母が勤務するデパートを見た。停車すれば向かい合わせになるデパートには、退勤のときはいつもネオンが輝いている。デパートが窓の少ない構造になっているのも、母が勤めてから気づいたことだった。ネオンの照明が届く白い壁面の内部が、母が遅番のときは動いて見えたが、早番であれば無縁の空間に思えた。

「今年こそ、どこかへ行こうよ」

休暇の日取りを母に告げて、旅行へ誘った。

「二日連休ぐらい、なんとかなるだろう?」

母は頬笑みながら首をかしげた。喘息も慢性には至らず、膝の痛みも和らいでいると母は言うが、暑い季節がそうさせているのではないかと私は疑っていた。

「そうだ。山梨県の増富温泉だったかな、喘息に効能があると何かで読んだ。エージェントに問い合わせてみるよ」

母は畳んだ洗濯物を渡しにきながら、気乗りのない様子だった。

「旅館代や交通費は僕持ちで、母さんの懐《ふところ》は痛まないようにするから」

「そんなことじゃありませんよ」

気を回したことを迷惑がるように母は言った。

「今年は体を悪くして、ずいぶんお休みを取ったし…」

「だけど、誰にだって夏休みの予定はあるだろう？二日だけなんだよ」

「ええ。でもやっぱり、旅行はやめときましょう」

頬笑みが消えている母の顔を見て、私は椅子に反り返った。

「ちぇっ。今年もここで変化なしか」

「せっかくの長いお休みなんだから、淳平さんは自由に遠出していらっしゃいよ」

「一人だけで寝るのを、怖がるくせに。僕だって、心配しながらの旅行なんてしたくないよ」

「大丈夫なのに」

「なんだなんだ、つまんねーの」

私は椅子を後ろへ倒して不安定に揺すった。

「いやねえ、駄々っ子みたい」

母は笑い声を聞かせた。

「さあさあ、早くお風呂へ入って下さい」

私は片手に持っていた洗濯物の下着を拳で打つと、椅子から立ち上がった。浴室へ向かう私の顔を母がうかがっていた。向き直って母に寄り、顔を近づけて舌を出すと、母も鼻に皺を寄せて応戦した。

またしてもマンションで過ごすだけの夏休みとなり、母の二連休も結局は取れなかった。

休みの最終日、早番だった母が帰るなり私を和室へ呼んだ。

「お昼休みに棚浚《たなざら》えで見つけたんだけど、どうかしらこれ」

膝の上には浴衣《ゆかた》生地が広げてあった。

「僕に？」

「決まっているじゃありませんか」

「武田菱だね、名前にこだわったの？」

「それもあるけど、好きだわこの柄。きりっとして男らしくて」

白地に藍で染め抜いた大小の柄は、なるほど、菱形を左右から袈裟《けさ》懸《が》けに斬って四つの菱にした潔《いさぎよ》さがあった。布地を撫でている母を見下ろしながら、棚浚えは口実で、旅行に反対した母が私の気を取りなそうと、わざわざ注文しておいたように思えた。

「母さんが縫ってくれるの？」

「ええ。今年は間に合わないから、来年の夏になるわね」

「そんなこと言わないで、早く縫ってよ。湯上がりに着るから」

母は難色を声に出しながら膝の上で畳み直した。

「ねえ、いいだろう?」

「はいはい。努力します」

浴衣生地を箪笥に納めると、母は夕食の準備に立っていった。

十四章　別居の冬

冬の先駆けのような冷たい雨が、一日中降り続いていた。

吐く息を白く濁らせながらエントランスへ入ると、郵便受けを鍵で開けたが、空になっている状態に母が非番であったことを思い出した。階段を上がってドアの前まで来ると、インターホンをゆっくりと一度押し、素早く二度押した。私であることを母に知らせる合図だった。チェーンを外す音が聞こえて、鍵が回されると同時にドアを引くと、一段高い廊下から出迎える母の体勢は、ドアのノブを取り損ねていつものめっている。

「あれっ、けんちん汁だね」

漂っている匂いに、すぐそれと知れた。里芋や牛蒡《ごぼう》などの根菜類を豆腐と煮込んで、醤油と日本酒で味付けしたさっぱり系のけんちん汁は、母が出しにこだわっているせいで匂いからして旨みがあった。

着替えてダイニングへ行くと、テーブルの上には平日の刺身と、軽く焦がした鱈《たら》の白子がポン酢に浸してあった。

「今日はずいぶん贅沢だね、青椒肉絲《チンジャオロースー》だって牛肉じゃない」

肉より魚を好む私に、母は魚介類を欠かさなかったが、栄養のバランスを考慮して必ず肉の入る料理を添えた。

「デパートまで行ったついでに地下へ寄ったら、魚屋さんに手招きされてね。初物だけど社員割引にしとくからと勧められて、つい」

「休みなのに行ったんだ」

「ええ。白い糸を切らしてしまって、この辺にはお店がないんですよ」

私の浴衣《ゆかた》を縫い始めたのだろう、と勝手に推測した。一と月ほど前に和室で生地を裁《た》っているのを通りすがりに見たきりだったが、母に時間が作れないのは分かっていたので催促はしなかった。

「なんだこりゃ」

テーブルに着いて、夕刊に隠れていた小さな縫いぐるみに驚くと、母が振り返った。

「二階のお嬢ちゃんが忘れて行ったの。あとで届けてあげるわ」

冷蔵庫から出した缶ビールを渡しながら母が話すには、三階へ上がりかけてドアの前にうずくまっている女の児に気づき、訊けば鍵を持たないので入れないと言うが、通路にいれば雨に濡れることもないと思い、急いでいたため置き去りにしたところ、しばらくしてインターホンが鳴った。

「人恋しくて跡を追って来たのね、ドアを開けてチェーン越しに見ると、べそをかいているのよ」

母は招き入れて、ダイニングの椅子に腰掛けさせると、沸かした牛乳とクッキーを与えた。

「お母さんが留守なのは分かっていたみたいで、お仕事らしいんだけど、他には誰もいないと言うから、二人暮らしなのね。事情があってのことなんでしょうけど」

預かっていることをメモ用紙に書いて新聞受けに入れに行くと、見慣れない苗字だったので、いつ越してきたのかしら、と母は私の顔を見た。

「気がつかなかったな。マンションてドアを境に外は無縁な世界で、中は密室だからね」

杓文字《しゃもじ》を手に母が立ったままなので、私はビールを注ぎ足した。

「お夕食の支度があるから、構ってあげられないのよ。退屈したらしくて、和室へ入ったりしてね、淳平さんのお部屋も開けようとするから、そこはだめよと言ったんだけど、変わりなかった？」

「ああ。入った様子はなかったよ」

うなずいてガスコンロに向かう母が、先刻から一度も頬笑みを見せず、疲れているせいなのかと気になった。

「小一時間はいたかしら。お母さんが迎えに来て、携帯電話の番号をがポケットに入れてあげたでしょう、と叱られていたわ」

グラスのビールを飲み干すと、母を待てずに箸を取った。

「その子、いくつなの？」

「歳は訊かなかったけど、真浪ちゃんと同じくらいね」

「だったら、まだ幼稚園か保育園だろう？無理だよ、ボックスの電話は手が届かないし、置いてある電話にしても、番号を見ながらプッシュするのは、その子には大変なことだよ」

「そうですよね」

母は湯気の立つ椀をテーブルに置くと、椅子に腰掛けながら溜息をついた。

「この縫いぐるみ、面白いね。猫にたくさん足があって、窓がバスを象《かたど》っているのかな」

「真浪ちゃんも持っていたわ。アニメーションに出てくる人気者なんですって」

膝に手を置いている母に、器を上げて見せた。

「白子がおいしいよ、平目も上等だ」

「そう、よかった」

母は箸を取りながら、まだ気に掛けている表情でいたが、口を開くと真浪の話だった。

「幼稚園へ行きたがらないらしいの。享子はこのままだと学校へ上がっても不登校になるんじゃないかと、電話で心配してるんだけど」

「そう言えば、あまり行かなくなったね」

「ええ。喘息《ぜんそく》に罹《かか》ってから足が遠退いたわ。小さな子供がいますからね」

「姉さんが来るなと言うの？」

「そうじゃありませんよ」

　母はかぶりを振って、ご飯茶碗から一口含むと、思い詰めた顔で口を動かしている。

「幼稚園へ行かないのは、気を引きたいためではないかと思って。享子はどうしても多織ちゃんに掛かりきりでしょう、だから駄々をこねて」

「そういうもの？」

「誰かが構ってあげないと、子供はね」

「僕もそうだった？」

　椀を傾けながら母は否定の声を聞かせた。

「男の子だったせいか、淳平さんにはなかったけど、享子は淳平さんが生まれてからしばらくそうだったわ。わざと散らかしてわたしを怒らせたり、見ていないと淳平さんを泣かそうとしたり」

「姉さんと僕の確執は、その頃から始まっていたんだ」

私は鼻で笑った。母が笑顔を見せないほど姉の家庭に気を取られていることが、すでに面白くなかった。はっとしたように、話を逸らそうとする母に皮肉な頬笑みで言った。

「姉さんの家の一階に和室があるだろう？あれ、母さんのために用意してあること、知ってる？」

母が驚いて顔を見た。

「へえっ、やっぱりそうだったんだ。当の母さんには黙っておいて、わざわざ僕に言うなんて、姉さんてほとほと嫌味だよな」

母は箸を止めていた。

「でも、姉さんが母さんのためを考えているとは思えないな。今時の女の考え方なんて、大抵は損得ずくじゃないか。母さんを利用して労力の得をするか、でなければ、精神衛生上の得をしたいんだよ」

母が顔を見た。

「これまでの仕返しで、僕を負かしたいということさ」

「淳平さん、ご飯にしましょう。けんちん汁を温め直すわ」

立ち上がった母に、私は声を荒げた。

「まだいいから、ビールを持ってきて」

「はい」

　母はうなずいて、冷蔵庫へ寄った。


　午後の仕事が一段落したとき、課長に呼ばれて部長室へ行くように言われた。階の違う課の奥に、部長の個室はあった。ノックして開けたドアの先に見たものは、同じ課の後輩がソファーに畏まっている姿だった。部長は手で示して私を後輩の隣に坐らせると、直ちに謝罪に出向くように命じて事のいきさつを説明した。鉄道会社との小口の取引を担当していた後輩は問題を起こしていた。内容を聞けば、明らかに当方の越度《おちど》だった。取引は小規模でも、相手が大手の会社となれば細心の対応が必要で、問題が明らかになった本日中にまず課が深謝の姿勢を表わすようにと、それが会社側からの指示だった。

「武田君は課長代理ということで名刺を作らせているから、でき次第二人で行ってくれ」

　部長の言葉は社命であり、私は課長がいながら自分が代行することに疑問を持ったが、問える立場ではなかった。

　課長に報告して会社のビルを出るまでの間、後輩は終始うなだれて入社二年目の身に応《こた》えている様子だった。晩秋の日が斜めに差す歩道で、私はわざと伸びをして見せると、後輩の肩を叩いた。

「塞ぎ込むなよ。もっともその顔は、向こうを出てくるまで必要かも知れないけどな」

向かう先は、池袋の高層ビル内に構えたその鉄道会社の重役室だった。見上げる高さのビルへ到着すると、恐れをなしている後輩を連れて私も緊張していた。謁見《えっけん》できるかどうかは分からないが、社長は実業界の著名人で、写真をビジネス関係の雑誌でたびたび見ていた。一階のインフォメーションで確認して、重役室のある階へ上がるエレベーターの中で、私は後輩の肩をまた一つ叩いた。

「君のミスはともかくとして、もし社長に会えるのなら、ご尊顔をよく拝しておこうぜ。君の後世の語りぐさにもなる」

秘書の女性に応接室へ通され、棒立ちで待っていた我々の前に現れた社長は、予定が詰まっていて立ったままの対応だったが、日を改めて重役が謝罪に出向く旨を告げる私に、責める様子も蔑《さげす》む態度もなかった。懐《ふところ》の深さなのか、それとも相手の格によっての線引きした行為なのか、判断の及ばないところだったが、名声とは別の威圧を感じたのは確かだった。

「君には悪いが、僕はあの人に会う機会が得られてよかった」

駅へ向かう繁華街を歩きながら、私は嘆息していた。

「そう悄気《しょげ》るなよ。我々の用は済んだんだから、その辺で一杯やっていくか？」

誘う私に下戸《げこ》だった後輩は首を振り、会社へ戻って部長にもう一度詫びを入れたいと腕時計を見た。

「そうか。この時間だから戻ってもいないかも知れないが、君の気が済むようにすればいい」

また肩を叩くと、後輩は離れていった。コートに身をすぼめて歩く後ろ姿には、誠実より小心の方が目立っていたが、入社当時でさえ私の持っていなかった懸命さが爽やかに見えた。

気がつくと、母が勤務するデパートの前まで来ていた。地下道へ向かう通路の時計を見ると、四時四十分。早番だった母が五時に退けることを思って、よし、と指を鳴らした。惣菜を揃えないうちの母を捕まえれば外で夕食ができる。それなら、ビールを飲みながら、穴子《あなご》の好きな母と上等の寿司でも食べたかった。そして、私が口に出した岡家の和室の一件で気まずくなっているお互いの気持を修復したかった。エスカレーターで地下へ下りた。母の職場であるため敬遠してきたデパートの、特に食品売場には用もなく、見当がつかずに案内所で尋ねると、生鮮食品のフロアはさらに一階下だった。エスカレーターの遅い動きとは逆に胸は弾んでいた。母にそっと近づいて背後から目隠しをするか、いきなり前に立ちはだかって驚かせてみるか、どちらにしても私と分かったときの母の笑顔が先に浮かんだ。野菜や魚介類を置く地下二階は、夕食どきを控えて活気に満ちていた。人混みに紛れて母の立つ売場を探したが、加工品を扱う店は特殊な部類になるのか、目立つ場所にはなかった。仕方なく、肉類のガラスケースの向こうで客を待っている女の店員にまた尋ねた。

「上りエスカレーターの脇の奥に、ほら、袢纏《はんてん》を着た人が見えるでしょう」

店員が手で示した先に、袢纏の裾からスカートを覗かせている後ろ姿は、一目で分かる母だった。人波に隠れながら近づいていくと、気配でも感じたようにこちら向きになり、真正面に見た私は、人違いだったのか、と足を止めていた。被った白い布から覗かせる前髪も、袢纏の中に着た見慣れたブラウスも、確かに母なのだが、別人のように感じたのは口紅のせいだった。普段とは違って濃く差した口紅は、母の面ざしを引き立て、私の知らなかった顔を見せている。横を向いた母は店頭を見ながら過ぎていく客に会釈を送った。濃紺の袢纏は実際に見ると品格を損なうものではなく、自分の売場に関係のない客の往来にも頬笑みながら頭を下げる動作は、私の目に他の店員を霞ませるほど存在感があった。それが自分の母なのだと思うと、今度は子供のように駆け寄りたくなり、一歩踏み出したとき客に先を越された。恰幅《かっぷく》のいい白髪混じりの紳士だった。馴染みの客なのか、母はしばらく言葉を交わしていたが、紳士が指差す品を手際よく種分けして包装すると、渡された紙幣を手に奥へ隠れた。袋を下げて出てきた母は、紳士に何か言われ、嬉しそうに笑った。人影が二人の姿を遮って過ぎて行くと、袋は紳士の手に渡り、もう一方の手が母の袢纏の肩に乗っていた。紳士の手が背後にずれて、肩を抱く格好になっても、見上げる母は頬笑みながら会話を続けている。去っていく紳士に頭を下げる母を見捨てて、私もその場から去った。

一週間後に、騒動は起きた。顔が合えば不機嫌な私を、母は気に掛けている様子だったが、私は口を閉ざして、もちろん、デパートに立ち寄ったことも告げなかった。その日、母は早番で、夕食のテーブルに置かれてあったリボン結びの包装が、燻《くすぶ》っていた私の憤懣《ふんまん》を煽《あお》った。

「お客さまからメロンを頂戴してね、食べ頃は今日明日だというから、デザートに頂きましょう」

私は包装を邪険に除《の》けて、冷蔵庫から自分でビールを取り出すと、母が置いたグラスを無視して缶から呷った。

「贈られる謂《い》われは、何なの？」

棘《とげ》のある私の言葉に、母はまた顔を曇らせた。

「謂われなんて、別にないけど」

「こういうこと、いいの？」

「本当は、困るんですよ」

母はエプロンのままで椅子に腰掛けた。

「退出するとき事務所に届け出るの、盗品だと疑われないように。自分の買い物ならレシートが証明するけど、頂いたものは詳しく説明しなければいけなくてね」

「それなのに、貰ってきちゃうんだ」

「だって、お断りしたら悪いでしょう？」

「自分が変に思われても、他人に遠慮する。損な性分だね」

母はうなだれた。

「僕が言ってもやめたがらないほど、母さんには大事な職場だとしたら、軽率過ぎない？」

「お返しした方が、いいのかしら」

「できるの？」

「いつ、いらっしゃるか分からないし。それに、角が立つようで…」

「できないこと、言うもんじゃないよ」

母はしおらしくうなずいた。

「最初から、決まりで頂けません、と言うべきだったんだよ」

「そうでしたね」

会話が途絶えて、私は惣菜に箸を運びながら頻りに缶ビールを飲んだ。

「お相手は、シルバーグレーの紳士かい？」

皮肉混じりに言うと、母は顔を上げて、かぶりを振った。

「でも、男の人なんだろう？」

「ええ」

「母さんは持てるんだ」

「いやねえ」

母の作り笑いに攻撃を浴びせた。

「がっかりだね。母さんが、そんなにだらしのない人だとは思わなかったよ」

「何言うんですか」

うつむく母に、なおも追い討ちを掛けた。

「そんないかがわしい物を、僕に食べさせるなよ。姉さんのところへでも持っていって、一緒に食べてくるといい」

私は立ち上がると、椅子を蹴ってテーブルから離れた。

洋間の机の上には、一輪挿しに白い水仙が咲いていた。仏壇に花を欠かさない母は、必ず私の机にも添えた。本当は、私の机には生気の漲る一輪を置いて、残りを仏壇に供えているのかも知れなかった。母であれば、そう考えられた。読む気もない本を机に開きながら、ダイニングの方が気掛かりだった。母も夕食を諦めたのか、食器を片づける音が聞こえた。音が静まって、ドアを開けた。ダイニングの照明は消されていた。光も漏らさないほど固く閉ざされた和室の襖《ふすま》が、切ないと同時に恐ろしくなった。近づいて、そっと襖を開けた。

「母さん」

呼び掛けると、母は泣いていた顔を隠して正座に直った。

「ごめん、ひどいことを言ってしまった」

私は脇へ身を寄せて坐ると、顔を覆ってうつむく母の肩にそっと手を置いた。

「なんでかな。会社ではどう言えばいいのか、言った先の反応までちゃんと計算できるのに、母さんには何を言っているのか、自分でも分からなくなるんだ」

母の肩が嗚咽《おえつ》で震え、私は乗せていた手を伸ばして腕に抱き込んだ。

「バカみたいだけど、きっと焼き餅なんだよ」

泣きながら、母がかぶりを振った。

「ごめんなさいね。淳平さんをそんな思いにさせるわたしがいけない」

母の上体が向こうへ傾《かし》いで、抱き寄せた。その行為が弾みではないような気がした。泣いている母の額《ひたい》に、左の頬が触れていた。頬をずらして額を合わせると、母が顔から手を離して泣き止んだ。鼓動が自分のものとは思えないほど高鳴っていた。意識と無意識の境で唇が移動して、母の唇に触れようとしたとき、胸に強い圧迫を感じて突き放された。母が鋭い視線を私に据えて首を横に振った。立ち上がりながら、母は私を見据えたまま、また首を振った。

「母さん」

呼び掛ける私に、母はもう一度激しく首を振り、襖にぶつかりながら玄関へ向かうと、ドアの音を響かせて出ていった。煌々と照らす照明の下で、私は胡座《あぐら》の膝を震わせていた。胸には母に押された重圧が残っていた。あれほど怖い母の目を見たことはなかった。だがそれが怒りではなく、驚きのあまりの目であったのだと思うと、母に見損なわれてしまう焦りが頭の中を真っ白にさせた。立ち上がったとき、ズボンの股に抵抗を感じた。やはり弾みではなかったのだと気づくと、慌てて玄関へ向かった。冗談でごまかしたかった。母にはどうしても弾みだと思って欲しかった。サンダル履きでドアを出ると、冷たい夜気が鼻を刺激した。各階の通路に母の姿はなく、エントランスから出ると、母の心理をなぞるように足は閑静な通りへと向いていた。間隔を空ける街路灯に足元の影を伸縮させながら奥へ進むと、道の中央に立ちはだかる欅《けやき》の下に、やはり母はいた。

「ここにいると思ったよ。なるほど…。母さんは、木に呼ばれるんだ。対話が、本当にできるのかも、知れないね」

たどたどしく言う私に、母はうつむいたまま背を向けた。暗がりの中に母の肩は厳しさを見せて、声を掛けた私を空しくさせた。冗談でごまかそうとした自分がバカみたいだった。

「寒いから帰ろう。今日の僕はおかしなことばかりだったね、でももう落ち着いたから」

先を行く背中越しに、ついてくる母の力ない足音を聞いていた。

翌朝、朝食の支度をする母の目は、眠れずに明かした夜を伝えていた。私も気まずい気持を抱えて出勤した。そして帰宅後、気詰まりなままで済ませた夕食のあと、母が私を和室へ呼んだ。

「享子のところへ、行かせて頂戴」

正座で母が言った。

「お願いします」

黙っている私に、母は両手をついた。

「淳平さん、承知して下さい」

黙ったまま、私はうなずいた。私の言いなりになってきた母の達ての願いだった。聞かない訳にはもういかなかった。

「ごめんなさいね」

最後は母らしい謝りの言葉だった。立ち上がった私に、母は涙声で言った。

「今度の日曜日に、運送屋さんを頼みますね」

金曜日に非番だった母はあらかたの荷作りを済ませ、土曜日が休みの私は運送屋の搬出を考えて玄関を片づけておいた。日曜日の朝、外出着のジャンパーを手に洋間から出てくると、母がいつものように朝食の支度を整えていた。

「予定があって、手伝えないけど」

椅子に腰掛けながら、私は短く言った。

「大丈夫ですよ。向こうで適当に納めてくれると言っているから、わたしはこちらの用を済ませて、夕方に行くようにします」

「夕食は要らないよ。僕の帰りは夜になるから、鍵は最後に新聞受けに入れておいて」

母は紅茶を入れる手を一瞬止めたが、何も言わずにうなずいた。

予定など何もなかった。母を送り出すのは、ここでの四年と八か月が失われるのを見届けるようなもので、それに抵抗しただけだった。

運送屋が到着する前にマンションを出て繁華街へ行くと、理容店で散髪し、温泉施設のお湯に漬かり、評判のラーメンで昼食を済ませて映画館へ入った。意味を感じないSF映画を見終わったのは夕方だった。看板に灯のついた季節料理店で魚とビールに時間を潰すと、酔いの回った足を歓楽街の奥に運んでいた。いつか、会社の仲間と酔った勢いで入ってはみたが、自分だけすぐに出てきた淫靡《いんび》な照明のその場所へ、今日はそのつもりで踏み込んだ。

水着姿のような女性も、案内された個室の狭い浴槽も、ベッド代わりの長椅子も、何もかもが初めてだった。

出てくると、露地伝いに赤提灯《ちょうちん》の揺れる酒場で、今し方の時間を打ち消すように今度は浴びるほど飲み、流しのギターに合わせて客達と昔の流行歌を歌った。朦朧《もうろう》とした意識の中で、気がつくと、歓楽街を迷いながら歩いていた。駅へ向かおうとしても足はもつれて、タクシーでどうにか帰宅したが、泥酔の頭の中にも母がいないことだけはしっかりと分かっていた。ドアを乱暴に開けた拍子に、新聞受けが音を立てた。私が言い置いたとおりに、母は鍵を入れていった。

「ここまで言いなりにするかよう」

ふらふらと立ち上がって、靴の踵《かかと》を交互に踏んで脱ぎ捨てたとき、鍵が手から転げ落ちた。玄関の暗さに探す気もなく、ダイニングの照明を点けると、流し台のコックを捻ってグラスに満たした水を立て続けに飲んだ。ジャンパーの袖で口を拭いながら、和室に近づいた。いつものように襖は閉ざされている。中の状態の察しはついたが、やはり開けていた。空間となった部屋に、ダイニングから差し込む照明が畳の組まれ方を隅々まで見せた。襖を開け放したまま、照明も消さずに洋間へ向かった。何をするのも面倒でこのまま眠りたかった。机のスタンドを点けてベッドに倒れかけたとき、邪魔な風呂敷包みに気づいた。床へ落とそうとしたが、意味ありげに置かれた状態に結び目を解いた。畳んであったのは、縫い上げた浴衣だった。デパートの包装をぎこちない手で開いて、正札が千切られている角帯を見た。浴衣を広げると、ジャンパーを脱いで羽織った。袖を通しながらダイニングへ引き返した。鏡の前で襟を合わせると、武田菱の大小が配置よく納まった。顔を見て、泣いている自分に気づいた。

「母さんのバカ」

泣きながら、鏡の自分に叫んだ。

帰りがけに買ってきた弁当を電子レンジで温めていると、電話が鳴った

「帰ってた?」

姉の声だった。

「今、お母さんが子供達をお風呂に入れてくれているの、だから掛けてみたんだけど」

姉の口調は明るく、笑いも漏れていた。

「一体何があったのよ。喧嘩でもしたの?と訊いたんだけど、お母さんはこっくりしただけ」

「こっくりしたんなら、それでいいじゃないか」

「あなた、鍵まで取り上げたんですってね。お母さん応えてたわよ」

「電話は、別居の真相を探るためかい?」

私の皮肉に、姉は憎らしがるような笑い声を聞かせた。

「確認しときたかったのよ。あなたの我がままじゃなくて、お母さんの意志でここへ来たのかどうか」

「そうだよ、母さんの決めたことだ」

「それなら、お母さんの意志を尊重して預かるわ。あなたの我がままに付き合うのは嫌ですから」

黙っていると、姉はそれだけだと言い捨てて電話を切った。

お湯を注いだカップの味噌汁で弁当を食べていたが、母の手料理に慣れてしまった口には空腹でも進まなかった。大半を残して脇へ寄せると、買い物の袋からウイスキーを取り出し、一緒に買って来たチーズとサーモンを皿に並べた。惣菜が並んでいれば断然ビールだが、酔うだけならウイスキーの方が手っ取り早かった。

師走に入って会社は年末の業務に追われていた。土曜日であったが、翌週には持ち越せない仕事が残っていて出社した。課には他にも数人来ていて、昼食に出前の丼物を一緒に食べた。私の仕事は三時には終わっていた。会社を出るときに急な俄雨に襲われ、置き傘を取りにロッカールームへ戻った。十二月の俄雨など珍しいと思ったが、雲が垂れ込めていたせいか朝から気温も高かった。電車の窓に打ち付ける雨は音を立てていたが、降りる頃には嘘のように上がっていた。駅前の通り沿いに各国の酒を揃える店があり、廉売していることもあって遠方からも客を集めた。目当てのスコッチが売り切れで、別の銘柄を物色した。ビール党でウイスキーには見向きもしなかった筈が、もう味にこだわっていた。肴にするパック類もケースから選ぶと、ビニール袋を提げて出てきた。その姿が日常のようになって自分でもおかしかった。

玄関へ入り、傘立に傘を入れようとして、新聞受けの中に目が行った。チラシの差し込みをマンションでは禁じているので、新聞以外の投入物を見ることはなく、訝《いぶか》りながら手に取った。ボール紙に見えたものは裏返すと一冊の便箋だった。表紙を捲るとレシートが舞い落ちた。だが、私の目は見憶えのある筆跡を追っていた。

せめてお洗濯と、お夕食の支度ぐらいさせてくれませんか。
私の顔を見たくないのなら、週末には来ないようにしますから。

淳平さんへ

母より

レシートを拾うと、駅前に建つショッピングセンターの文具店で買った便箋とボールペンの明細が記されていた。母は私の在宅を予期して来たが、インターホンを鳴らしても出ないので、駅前へ引き返して買ってきた便箋に、おそらく、このドアの外で走り書きしたのだ。レシートに打たれた一四時四〇分の時刻を見ると、私は手に持ったまま外へ飛び出た。コートを翻しながら暮れ残る道を懸命に走った。すでに五時に近かったが、母はまだ近くにいるような気がした。大通りへ出るとまっすぐに駅へ向かった。泣き出しそうな顔をしている自分が分かった。駅へ着くと、息を切らせながら人混みの中を探した。堪らない恋しさが、ふと幼い頃の記憶を甦らせた。母に否定されて夢だったと知った、迷子のときの光景だった。私に探せなくても、母は見つけてくれた。がむしゃらに縋りたい思いは同じでも、今は自分が見つけ出さなければ母は探せないだろうと、それが違っていた。定期券で改札から入ると、階段をホームへ下りた。両側からすれ違いに電車が出て行くところだった。降りた人波に逆らいながらホームの先へ歩いた。雨上がりの空気は一転して風を冷たくしていた。

「いる訳ないよな」

呟いたものの、握りしめていたレシートと同じように、書き置きの便箋も丸めて思い切る自信はなかった。

翌日の日曜日、また夜に姉から電話が掛かった。

「どういうことなのよ」

最初から険のある口調だった。

「昨日、お母さんが行ったでしょう」

黙っていると、姉は溜息を聞かせた。

「やっぱりそうだったのね」

「僕は会社へ出ていた」

姉は私の言葉など聞いていなかった。

「雨でずぶ濡れになって帰ってきたのよ。熱を出して寝込んでいるわ」

「なんだって」

「お母さん普通じゃないわ。誰も知らないうちに普段着のままでそっちへ行ったり、いつもぼんやりとして、食事のときなんか話に上の空だから主人も子供達も変に思っているくらいよ」

そこまで言うと、姉は急に声をひそめた。

「ねえ、あなたとお母さんは、どうなっていたのよ」

遠くから子供の呼ぶ声が聞こえ、姉は断って電話を切った。

週明けは翌年に向けた取引の準備が始まっていたが、勤務中も母の容体が気掛かりだった。今年始めに起こした喘息は、夜半の激しい咳が睡眠を奪って母を苦しめた。私は母の病状が喘息に及ぶことをひどく恐れながら、別居を決めた母への憎らしさがそれどころではない気持に変化していることに、別の執着《しゅうちゃく》を感じていた。他のことはもうどうでもよく、おそらく病気のことも別問題として、ただ母が可哀相でならなかった。

マンションへ帰るなり、夕食の弁当をテーブルへ投げて姉の家に電話を入れた。受話器を取ったのは岡さんで、珍しく自分の帰宅が早かったことを告げて姉に変わった。

「ちょっと待ってね」

姉が低い声で言って、しばらく待たされた。親子電話であることを母から聞いていたので、子機に切り替えに行ったのだと察した。

「母さん、どうだ？」

電話がつながると、いきなり尋ねた。

「昨日よりはいいわ」

「母さんは喘息で通院していたんだけど、そのときの薬はまだあるのかな。ないとしても、もうこっちの病院へ来るのは無理だろう？　だから姉さんが……」

「淳ちゃん」

私の言葉を遮って、姉が呼びかけた。怒号に近かった。

「お母さんのことは、もう心配しないでいいから」

訊き返す声が、自分にも空しく聞こえた。

「あなたとお母さんは、もう会わない方がいいの。理由は、あなたには分かるわね。お母さんにもそう言いました、電話をすることもだめだと、だからあなたも掛けてこないで。あたし主人には絶対に知られたくないの。家《うち》には小さな子供もいるんです。頼むわ」

私の沈黙に数秒が過ぎた。

「それと」

姉が声を変えた。

「お母さんにはお休みした機会に仕事をやめて貰ったわ。本人も納得ずくでね」

私は黙り続けていた。

「喧嘩だったのなら、ほとぼりが冷めるまで預かるつもりでいたけど、主人にも承知して貰って正式に同居させることを決めました。だから、家とは距離を置いて頂戴。お願いね。体に気をつけるのよ」

電話は切れた。私も受話器を置くと、コートのまま椅子に腰掛けていた。返す言葉が出なかったのは、姉の一方的な捲《まく》し立てのせいばかりではなかった。同じ状況は、おとなしい性格の母をもっと当惑させたに違いない。ダイニングの寒さにふらふらと立っていくと、エアコンのスイッチを入れ、暖房効果のために和室の襖を閉めた。母が去ってから室内はどこも冷え切っていた。私の帰宅が母より早ければ同じだったが、やがて帰ってくる母に心は温もっていた。一人で越す初めての年を思うと、この冬の寒さが思い遣られた。

十五章　異例の昇進

元日に、妹の芳子が紹介した削り節のバッグで出し汁を取った。小型の片手鍋に五袋も使い、お誂え向きに見つけた昆布まで入れてみた。味付けは塩と少量の日本酒と、最後に一回りの醤油。焼けた餅を落として、切ってあった蒲鉾《かまぼこ》を加え、煮立ったところで三つ葉を散らして椀に移すと、一口啜って思わず声を上げた。

「行けるじゃないか」

瓶詰めの黒豆と、奮発したイベリコ豚のロースハムはあったが、好物の数の子は調理の方法が分からずに諦めた。真空パックの餅は水っぽくてまずく、出しの旨みにつられて流し込みながら、何とか例年通りにお雑煮が祝えた。ビールは飲まなかった。朝酒は気怠くなる体質であるのと、届いている年賀状を種分けして必要な返信を書かなければならない用事もあった。

一階へ下りる途中で、二階の通路を歩いてきた女性と鉢合わせになった。

「おめでとうございます」

軽く会釈した女性に私は言い、連れられている女の児を見た。大きめのダウンコートに手は隠れて、毛の付いたフードを首の後ろに垂らしている。幼稚園に通っているくらいの年格好と見て、秋に母が女の児を招き入れた一件が閃《ひらめ》いた。母親と二人暮らしと言っていたから、たぶんこの子だったのだろう。郵便受けから年賀状を取り出す私の背後を母と子は通り抜けて行った。

「六時にお迎えに行くからね。知らないお姉さん達なんだから、困らせるんじゃないのよ」

遠ざかりながら子供の返事がかすかに聞こえた。母親が元日から仕事に出るため、民間の託児所へでも向かうのだろうか?エントランスを出る二人を振り返って見ると、日の照らす道に大小の影を引きながら消えていった。

洋間へ入って机に筆記の用意をすると、年賀状の束を上から捲った。すぐに目を引いたのが藤堂からの毛筆書きだった。書道の心得をつぶさに見せる筆跡は、鷹揚《おうよう》として品格も備え、書く字に自信のない私をいつも心地よく圧倒した。藤堂からの葉書を脇に重ねながら、母の写っている写真に目を奪われていた。岡さんからの年賀状は毎年家族の写真入りで、仕事柄レイアウトや印字のデザインにもこだわりを見せて、これまた常に私の目を引いた。今年の写真はあらかじめ平林寺あたりで撮ったものか、茅葺の山門を背景に、手をつないだ真浪と多織の脇に岡さんがしゃがみ、その後ろに姉と並んで立っている母は、あの年の初詣のときと同じ和服姿で頰笑んでいる。私は撮影した日を割り出そうとしていた。

母が熱を出して寝込んだのはマンションを去った週の週末であったから、一同が写真のために正装したのは暮としか考えられない。ということは、母は喘息《ぜんそく》を併発せずに全快していたのだ。

「母さん、よかったね」

写真の母に呼び掛けながら安堵したものの、和服に正装させられて今度は姉の言いなりになっている母を思うと、家族の写真に納まった姿がもはや遠い人に見えた。写真の葉書を目の前に立て掛けて、残りの束を捲りながら、次に手を止めたのは峰子からの和紙の一枚だった。峰子は年頭の挨拶は欠かさずによこし、私は毎年遅れ馳せに返信した。ラジオの放送局を退職していたことも昨年の正月の葉書で知った。前もって書かなかったのは、ばつが悪い気持をどこかに残しているせいで、だから音信がなければそれきりでもよかった。私的なことは一行もない文面を読んで、差し障りのない返礼をペン書きした。母宛の葉書が三通混ざっていた。姉の家へ転送するにしても、葉書を入れる大きさの封筒がないので、とりあえず別に重ねた。二時間掛けて返信の二十数枚を書き終えたとき、漏らした暗い溜息に気づいて気合の掛け声で打ち消した。

「元日から落ち込むなんて、いかんいかん」

立て掛けてある葉書の写真に顔を寄せて、

「ですよね」

と正装の母に言うと、今度はおかしくなり、笑い声を上げながら机から離れた。

休暇の日の悩みは食事をどうするかだった。昔から母が食を忽《ゆるが》せにしなかったために、私の胃袋は割とけじめがあり、決まった時間に然るべきものを入れなければ体力にも気力にも影響した。会社へ行く日なら朝食は駅近くにハンバーガーの店もあり、昼食は否応なく外食か出前物であったので、夕食の惣菜だけを思案すればよかったが、休みの日の三食を考えるとなると、味にこだわる分それだけ負担だった。

「あなたの残したものなら数知れない…」とテレビのコマーシャルに流れていた声を真似《まね》て歌いながら、お湯の沸騰する鍋にレトルトのカレーを入れた。夕方から飲んでいたビールとウイスキーで酔いが回っていた。電子レンジで温めたパックのご飯を、皿に移して形を整え、脇にカレーを流し込むと、どうにか見栄えよくできた。掬うスプーンから上がる湯気に、息を吹きかけては口へ運びながら、正月の二日から母が勤務に出ていたことを思い出して、明日はデパートで舌鼓を打つ算段をしていた。

餅のまずさから二日目の朝はお雑煮に見切りをつけて手軽なパン食に代えると、いちおうは身なりを整えて出てきた。人並みのことはしておこうと、まず坂を下りて突き当たりに建つ神社で初詣を済ませ、引き返す足で駅まで向かうと、一駅先の繁華街の人混みに合流した。デパートへ入りかけたが、目的のレストラン街へ行くほど空腹ではなく、外の晴天に誘われてデパートからまっすぐに伸びる大通りへ足を運んだ。十五分も歩けば右手に雑司ヶ谷の霊園があった。縁起を担げば新年早々に墓地はよろしくないかも知れないが、こんな折りでなければ時間が取れず、思い立ったが吉日の方を優先した。

先まで見通せる大通りには正午の直射が広がっていた。昨日も今日も暖かな正月だった。頭上の高速道路に沿って歩いていたが、見当をつけて右に折れて行くと、踏切の遮断機が下りて都電が横切った。その向こうに見えていた木立の影に導かれながら霊園の区域へ入った。角の花屋は店を閉めていたが、墓地を分ける道には墓参の人影があった。亡き親族に正月の挨拶に来たのだと思うと、根拠のない縁起など取るに足らぬ確かな思いを感じた。手桶を提げてやってくる二人連れを遠目にしながら、足をまごつかせていた。見たところ案内板はなく、著名人の墓には標識があるとしても探し回るのは不可能なほど霊園は広がっている。予備知識もなく踏み込んだのは無謀だった。

「管理事務所のようなものは、あるんですか?」

近づいてきた二人連れに歩み寄って尋ねた。

「この先ですけど、お三が日はお休みですよ」

和服の女性が来た道を振り返りながら教えた。母より上の年齢に見えた。傍らで空の手桶を提げている娘らしい人が同調してうなずいた。

「ここには、案内板もないんですね」

二人が顔を見合わせ、墓参に来たのではない私は気後れがして訳を告げた。

「永井荷風のお墓を探しているんです」

「うちの並びにあったのは…」

「あれは夏目漱石よ」

娘らしい人が横から言った。

「永井荷風なら、こっちだよ」

背後から男の声が聞こえて、振り返ると、一人の老人が横に入る道を指差していた。意外にも近くを通り過ぎていた。私は二人連れに頭を下げて、離れようとしてまた戻ると、夏目漱石の墓の場所も聞いておいた。

「垣根に囲われている、あれだよ」

近づいていった私に、老人はまた指差して教えた。

「ありがとうございます。助かりました」

中折れ帽にオーバーコートの老人は、手桶に柄杓の音を軽く立てながら離れていった。

生け垣を巡らした墓地に標識はなかった。三つ並んだ墓石の、反俗孤高、と言われている文豪の墓はそぐわずに真ん中で、白い木肌の百日紅《さるすべり》を背にした父親の墓と隣り合っていた。荷風にすれば、官僚や実業家への道を押しつけられて反発の人生の発端となった父だった。そして、感性に影響を受けるほど、おそらく憧れであった母とは、弟に身を寄せたことから絶縁して臨終の床にも顔を見せなかった。女性とも別れるために交際していたような伝記を読みながら、私には故意に哀しみを創造していった人のように思えた。だが、時代に拗《す》ね世相に拗ね、と大方の評論にはあるが、私が読んだ限りの小説では何も拗ねてはいない。むしろ、時代や世相に取り残されることを良しとしながら、そこから生み出す作品を享受する人達に愛情を向けて書いている。

「落葉はわたくしの庭と同じように、かの人々の墓をも埋めつくしているのであろう」

小声で暗唱しながら墓石に散っている落葉を手で払い落とした。『濹東綺譚』はまるで散文詩の連なりのような小説だった。闖入《ちんにゅう》を詫びるつもりで軽く頭を下げて生け垣から出た。手を合わせることには抵抗があった。愛読者を気取っても作品の鑑賞者に過ぎず、つながりを言える実際はなかった。だが、一度は来たかった場所に気持は満たされて、次の墓へ足を進めながら、夏目漱石には墓参で目撃した人物を探って謎解きをしていく短編があったことを思い出していた。前半の、日露戦争の戦闘の描写が、今でこそ見られる上空からの映像のような手法に圧倒された。

同じ道をデパートまで帰ってきたときにはお腹《なか》も熟《こな》れていたが、食事をするには中途半端な時間帯だった。無駄な時間と手間を省くために腹時計も狂わせたくなかった。暇に飽かして地下二階へ下りてみた。お節料理の補充なのか、予想外に客の入りは多く、母が二日から忙しがっていたことに合点《がてん》が行った。母のいた売場へ近づいた。眼鏡を掛けた人が一人、同じ袢纏《はんてん》を着て客に対応していた。旅行のスナップ写真では母の肩を抱き寄せていたり、姉と妹の結婚式に留袖を借りたのはこの人だったのか、と顔を見ながら脇を通り抜けた。エスカレーターで階上へ上がると、付近を一回りしてまた上へ向かった。どの階からも大入袋を提げた人が乗ってきた。七階のおもちゃ売場は親子連れであふれていた。敬遠して下りのエスカレーターで引き返していると、足下に箱の包装が転がってきた。拾って振り返ると、数人が続く後方で中学生らしい少年が後ろの母親に頭を叩かれている。手渡しで順に送って行くと、最後尾にいた父親が頭を下げた。降りたエスカレーターをジグザグに乗り継ぎながら、同じ正月と同じ包装の箱と、あの少年と同じ年頃の記憶が、遠退いていた脳裏に呼び戻された。

正月でも帰れなかった父の病院へ一人で行ったのには魂胆があった。宇宙を行く戦艦のアニメーションがテレビの枠を越えて映画にまでなったときで、そのプラモデルをねだるためだった。テレビを連続に見ていた訳でもなく、前後して放映されたアニメーションのロボット類には興味がなかったが、上体が鉛色で底が赤く、船首に貫禄を見せるその戦艦はどうしても欲しかった。母にはねだれなかった。なぜか母にはお金がないと思っていたのだが、病院にいる父の方にこそ持ち合わせはなかった。ねだられた父が母から調達したとも思わず、まんまとせしめたプラモデルをこっそり作っていたことが、今では笑える。でき上がったプラモデルを父があまりに褒めるので、母に言われて譲ってしまい、葬儀の出棺のときに母は父の足元に添えた。高校二年になっていたから、中学生のときに作ったプラモデルがよそ目に恥ずかしかった。

一階へ下りて、別館の書籍売場で時間は過ぎた。ビジネス関係の雑誌一冊と、新刊の小説二冊を買うと、いよいよレストラン街へ直行した。夕食は迷うことなく寿司に決めた。粋な内装の店でカウンターに落ち着くと、ハマチの鎌の焼物で生ビールを飲み、目的の握り寿司は好みで選んだ。明日の惣菜も揃えるつもりで出てきていたが、生ビールの追加を重ねるうち、明日のことはどうでもよくなっていた。

マンションへ帰ったときにはかなり酔いが回っていて、そのせいか煌々と照明の照らす和室にぽつんと坐っていた。母が去ってからまだ一と月と過ぎていなかったが、見回しても整理箪笥の上に仏壇があった以外、置かれていた物の配置がうまく思い出せないのが不思議だった。顔を上げて、仏壇のあった位置にぼんやりと目を遣《や》っていたが、よし、と思い立ってダイニングへ行くと、冷蔵庫から出した缶ビールにグラスを二つ鷲摑《わしづか》みにして引き返して来た。

「さあ父さん」

畳にグラスを置きながら、父の写真だけでも残していって欲しかったと、初めてそう思った。

「お正月なんだから、起きて一緒に飲もうよ」

寝ている父の肩に手を回して、起こすときの重みを想像した。

「大丈夫だよ。母さんや病院の先生には内緒にしとくから」

缶のビールを先に父のグラスに注いで、満たした自分のグラスを触れ合わせた。

「ずっと我慢してたんだから、たくさん飲みなよ」

一気に呷って横向きの父を見ると、愛おしむようにグラスを両手に挟んでゆっくりと傾けている。その顔はいかにも嬉しそうな、私の一番好きな父の顔だったが、最後にはもう見せることはなかった。

「ねえ、父さん」

父がグラスを口から離して私の方へ顔を向ける。

「夏目漱石の小説に、『趣味の遺伝』というのがあるの、知ってるかい?」

父が目を合わせて、小さくかぶりを振る。

「日露戦争で戦死した友人の墓参りに行って、その墓で手を合わせている令嬢を見かけるんだ。友人とは親密な仲で、隠し事もないほどだったけど、親類にもいない人だし、恋を打ち明けられたこともなかった。古い寺の淋しい墓地には目立つ華やかな着物で、若い美しい人が一人墓と向き合っていた光景が忘れられず、どうしても誰だか知りたくなるんだ。友人の母親から遺品の手帳を預かると、戦死する数日前のページに女性の記述が出てくる、郵便局で逢った女の夢を見た、と。でも母親もその人を知らなかった。そこで浮かんだのが、研究中の遺伝から謎を解いていくこと。生まれる前に受けた記憶と情緒を血統が引いているという理論に立って、令嬢は友人の祖父が婚約までしながら引き裂かれた相手の血続きだったことを突き止める、という小説なんだ」

話が長かったのか、病床に何とか起き上がっている父は背筋を丸めて、大半は聞いていなかった。私は注ぎ足したビールを一口飲むと、父の横顔に言った。

「いいなあ、父さんには母さんがいて。羨《うらや》ましいよ」

父がまだビールの残るグラスを両手に抱いて私の顔を見る。

「でも油断するな、僕には父さんの血が流れているんだぞ。だから、母さんに惚れてもおかしくないんだ。そうだよ、趣味の遺伝だよ」

驚いて目を丸くする父に、私は笑い声を上げた。

「バカだなあ、冗談に決まっているだろう。父さんから母さんを取り上げようなんて、一度だって考えたことなかったよ。本当だよ」

言いながら、私はうなだれていた。

「ただ、父さんの愛した人が母さんで間違いなかったことが、男だから分かっていたと、それだけなんだ」

嗚咽《おえつ》を漏らしている自分に気づくと、畳に涙が滴った。

「父さん、息子にしてくれて、ありがとう。だけど、ごめんなさい。僕は自分が一番軽蔑する弱い者いじめを、母さんにしてしまったんだ」

泣き伏せたとき、父の満杯のグラスが転げて、ビールの泡が畳に広がった。冷たい泡を手で撫でながら、顔の涙は拭うこともなく泣き続けていた。


三月の初旬に部長室へ呼ばれて、課長就任を言い渡されたときは慌てた。驚くより、咄《とっ》嗟《さ》に課の面々の顔が浮かんで、年長でそれなりの人を差し置いてなぜ自分なのか見当がつかなかった。

「正式の辞令が出るのは四月だが、決まったものと承知しておくように」

「あの…」

余計なことを問える立場ではなかったが、そのときはソファーから立とうとする部長を呼び止めた。

「このことを、課長はご存知なんですか？課長の処遇も伺ってはいけないでしょうか」

「そうだね。何も知らないでは、君もあと一と月の間、今の仕事がし辛いな。彼は四月から上海《シャンハイ》支社に勤務だ、同じ課長だから栄転ということにはならないが、訳ありだから仕方がない。転勤の件は本人にも通告済みだが、後任については知らせる必要もないので告げていない。まあ、噂は勝手に動き出すから、君の昇格もそのうち知れるだろうが、すべてを含めてそのつもりでいて欲しい」

四月一日に重役の会議室で辞令が渡された。列席者の中で、やはり私は最年少だった。続いて社長の挨拶があり、専務からは臨時の方針が発表された。内容は、インターネットのブロードバンド化を予測して、正式な導入に伴い全社員へ向けてパソコンの技術を徹底させるというものだった。ことに五十代から定年までの社員は機器に疎いので研修を設けるにあたり期間の割当てを作成する、それが課長としての私の初仕事となった。私は大学の研究室にいた頃からレポートにワープロを使っていたので、課内のパソコンも早くから扱える一人だった。会議の資料を素早く見やすく作成できて重宝がられたが、研究生だった私が軽快に打っているワープロの画面を覗き込みながらある教授は言った。

「便利な世の中になったね。しかし、手を掛けていたから書類は大切にされたんだ。安易に作り直しが利けば、書く側も見る側も粗末にする。これからは無意味な書類が氾濫して紙の無駄使いが多くなるね」

専務の報告と十年前の教授の言葉に時代の隔たりを感じながら、時流の先駆けを担うような今後の役柄を思うと、自分らしくないことへの淋しさも湧いた。

会議室から戻ってくると、机の上にバラを挿した花瓶が置かれてあり、目にした途端に満場の拍手を浴びた。机の横で姿勢を正した私に拍手は静まり、顔を赤らめながら就任の挨拶をした。

「なぜ課長になってしまったのか、皆さんと同様に私にも疑問です。しかし、会社の一員である限り逃げる訳にはいきませんし、試されているとすれば自力を尽くして頑張らなければなりません。私はそちらの席に坐っていたとき、課の社員が課を動かしているのだという自負がありました。そのときの考えは今も変わっていません。課長がいても一人では何もできないことは、皆さんがよくご存知です。若輩者がこうなってしまった今、皆さんのご協力に縋るばかりです。課の評価は成績に左右されますが、仕事をしている我々の人間味の方が私には貴重です。ですから、人間関係には上も下もなく、私のやり方にも疑問があれば指摘して下さい。どうぞよろしくお願いします」

「武田淳平、いい男」

大きな野次《やじ》にどっと笑いが起こり、また拍手に包まれた。

鍵を開けながら電話の鳴っている音が聞こえていた。玄関から急いでダイニングへ向かい、照明の点灯と同時に受話器を取ると、藤堂からだった。

「聞いたぞ。課長就任、おめでとう」

「ありがとう。でも、複雑な気持だよ」

「何言ってるんだ、三三歳で課長だなんて、我が社では異例の昇進じゃないか。照れるなよ」

「照れてる訳じゃなくて、今朝辞令を渡されたときに重役からの一言があったんだ。社でネットの導入が正式に決まってね、年長組にメカの教育を徹底させたいために、パソコンに知識のある僕が選ばれたんだと、聞いていて分かったよ」

「それの何が不満なんだ」

「時流の先端を行く、機械人間だと思われているとな」

「バカだなあ、昔の文学少年である君を見ていれば、誰もそんなこと思わないさ。それに、パソコンの技術だけで課長にまでさせるものか。とにもかくにも、よかったじゃないか。

これでもう本社勤務は盤石《ばんじゃく》になったな」

「いや、前の課長は上海に飛ばされたんだ」

「聞いてるよ。下請けにお小遣いをせびっていたそうじゃないか」

「ええっ、事実か？どうしてそれを？全然知らないぞ」

「そうなのか。なるほど、灯台下暗し、ってこのことか。噂やスキャンダルは遠くの方に聞こえてくるものなんだな」

「いやあ、驚いたね」

「だから君は大丈夫。武田はそんなセコい真似しないで、会社ごと乗っ取るようなやつだと、今度はこちらから噂を飛ばしておくよ」

藤堂は大声で笑った。

「大きな夢をありがとう。本当に、できればもう少し力をつけて、君を本社に呼び戻したいな。その可能性が見えてきたことが、何よりの支えさ」

「それは考えるな。俺が君の足を引っ張らんとも限らないし、それに、いつまで会社にいられるか分からなくなった」

藤堂が語気を弱めた。

「お母さんのことか？」

「そうなんだ、どんどん悪くなる。家政婦を寝泊まりさせて、費用は俺が送金してるけど、姉貴は施設へ入れる方がベターだと言うんだ。確かに経費は相当なもので、姉貴も俺に気兼ねがあるんだろうけど。でもな、お袋は人見知りが強くて、以前から病院へ行くことも怖がっていたくらいなんだ。ああなっても、施設には行きたくない気持がよく分かるんだよ。たまにしか帰れないけど、姉貴のことを居もしない兄の嫁だと言いながら、でも俺のことは不思議と忘れないで待ち侘びているんだ。施設になんか入れられないよな…」

込み上げるものに声が出せないでいると、藤堂も黙った。

「ごめん。お祝の電話が、こんな話になってしまって」

「そんなこと言うなよ」

話題を変えようとする藤堂に、先手を打って私は訊いた。

「ところで、静岡方面はどうなってる?まだ遠距離恋愛の継続かな」

「ああ。これまた、たまにしか会えないけど、続行中だ」

「そろそろ考えてもいいんじゃないか?」

「勤めがどうなるか、分からないだろう」

「そのときは、四国へ連れて行けないのか?」

「俺の事情は分かってくれているんだ。でもな、介護させるために一緒になるみたいなのも、気持は違っていても、そうさせてしまうのは可哀相じゃないか」

「君らしいな」

「違うよ、君の影響だ」

「どういうことだ?」

「大事なものは一人で守るために、他では不幸の種を作らないようにしている。俺にはそう見えるけどな」

黙ってしまった私に、藤堂は明るく呼び掛けた。

「今度のことは、何よりの親孝行になったな」

私は軽く唸《うな》った。

「お母さん、元気か?」

「まあ、元気だよ」

「君の優しさと他人への労《いたわ》りは、お母さんに寄せる思いから派生したものなんだろうな。だから異例の昇進も、会社の都合だけではないと、俺は確信している」

「照れたいよ」

「お母さんに、頼んでおいてくれよな」

「何を?」

「聞かせてくれたじゃないか。二年前の震災で俺が無事だと分かったとき、今度東京へ来たらご馳走しましょうね、とお母さんが泣きながら言っていたと」

「ああ、そうだったね」

「だから、楽しみにしています、って」

「分かった。伝えておくよ」

最後はお互いに、中学や高校の頃から一緒であったかのように、じゃあな、と言い合って電話を切った。


五月の連休に入る前日、課の同輩と後輩が就任祝の席を設けてくれた。場所は東京駅の八重洲口に近い居酒屋だった。私の来店は六時四十分という細かな時刻を指定され、会場になっている部屋へ通されると、拍手と歓声で迎えられた。手を叩いている中には、サリンの後遺症も全快に近い井上の顔も、池袋の高層ビルまで謝罪に同行させた後輩の顔もあった。

「まずは、武田課長に記念品の贈呈と行きましょう」

若い女性社員から渡されたリボン結びの包装を、司会者の指示に従って解くと、箱に携帯電話が入っていた。

「課長は持たない主義のようですが、出張や外出のときなど連絡が取れないでは、我々部下が困るのであります」

司会者である後輩の裏返る声に野次が飛ぶ。

「この機種は、料金前払いのプリペイドカードを使いますので、今から課長に誰も協力はしない孤独な作業をして頂きます」

どっと笑いが上がる。

「最初に、カードに隠されている番号をコインで削って下さい」

鞄の中から小銭入れを取り出した。

「そうです。誰も助けませんから、自分のお金でやって下さい。十円玉でも五百円玉でも出てくる番号は同じです」

また笑いが上がる中で、カードの銀色の塗料を硬貨で削って行くと、何桁もの番号が現れた。

「次に、カードの裏に書かれている手順で操作して下さい」

携帯電話が渡されて、項目の順にボタンを押していく手元に全員の目が注がれていた。

「では最後に、カードから出てきた番号を入力して、ここをプッシュしたら、音声で確かめて下さい」

押し終えて、電話機を耳に当てると、納まった金額と有効期限がアナウンスされた。

「カードはコンビニでも売っています。箱の横に書かれているのが、この電話の番号です。因みに、ここにおります全員は、もう番号を知っています」

「なんだそりゃ」

私の奇声に、大きな笑いが上がった。

「課長は、明日からの連休も、うかうかしていられない状態です」

「ちょっと、勘弁してよ」

「いいえ。それが嫌なら、鳴らさないためにはどうするのか、そのときの留守録はどう聞くのか、この説明書きをよく読んでおいて下さい。今夜は眠れませんよ」

笑いと一緒に拍手が上がる中を、私は手にした電話機を高く掲げながら頭を下げた。

同輩の音頭で乾杯のグラスを上げて、なごやかな酒宴に入った。入れ替わりにビールが注がれ、やって来た井上の酌を受けると、飲み干したグラスを渡した。

「約束の話、まだ聞かせていなかったね」

井上が飲みかけのグラスを離して顔を見た。

「ほら、事件の日に奥さんが病院で言ったことだよ」

井上が思い出したように笑顔でうなずいた。まだ薬の服用は続けていると聞くが、同じ被害者の後遺症を報道で見るにつけても、幸運なほどの回復だった。

「あのとき、君がどうなるか分からないさ中に、奥さんはお嬢ちゃんを抱きながら、生きてさえいてくれれば、あとのことはどうにでもなりますから…、とそう言ったよ。君の命があれば、もうそれだけでよかったんだ」

井上がうつむいた。

「本当によかったね。僕もお嬢ちゃんとの約束が守れてよかった、パパはきっと元通りになると言ったんだから」

「来年から学校なんですよ」

井上が手の甲で目を拭ったとき、

「課長」と遠くから大声で呼ばれた。

「ねえ、課長はそろそろよそうよ。こういう席で呼ばれると、居心地悪いんだけど」

「じゃあ武田さん」

「淳平さんの方がいいぞ」

横から声が掛かって、私はうなずいた。

「そう、淳平さんがいい。しばらくそう呼ばれていないから」

「では淳平さん。たまには歌を聴かせて欲しいと、みんなからの要望です」

「困るな、歌は苦手だ。鼻歌も歌わないこと、知ってるじゃないか」

「だから聴きたいんですよ」

「なんだ、これはいじめの会だったのか」

笑いを浴びながら、よし、と私は立ち上がった。

「こんなのはどうかな」

たちまち拍手と掛け声に包まれた。

「但し、この曲には歌詞がないので、口笛で吹きます。それで勘弁して下さい」

静まった中を、最初に発した一音が、自分でも驚くほど清澄《せいちょう》に響き渡った。長く引いた音が下りて低く弾み、高く上がったときに哀感を込めた。続く余韻のようなフレーズを、上体を左右に揺らしながら吹いていた。繰り返す前半のメロディーを、誰もが耳を澄まして聴き入ってくれた。同輩が手にしていたグラスを置き、膝を崩していた女性社員が正座に直った。最後に強く盛り上げて、消え入るように吹き終えると、万雷の拍手が起きた。

「綺麗な曲ですね」

「そう、哀愁がなんとも言えない」

「淳平さんの名演が、またいい」

私は照れながら座布団に戻った。

「なんていう曲ですか？」

「真珠採り、いや、真珠採りのタンゴ、だったかな。実はこの曲、母が僕を寝かせるために口ずさんでいた子守歌なんだ」

どよめきが起こり、また拍手が上がった。だが、打ち明ける前から一同は惹きつけられるように聴いていた。哀調を帯びたメロディーに寄せるそれぞれの思いがあったからだ。勝手を言えば、吹いていた私の情感も感じ取っていてくれたのかも知れない。音楽ほど提供と享受に正直で素直なものはないのではないか、と思わせた。続いてそれぞれの十八番《おはこ》の披露となった。カラオケがないので、割箸にハンカチを巻き付けたマイクで無伴奏の熱唱だったが、誰もが巧みなのには感心した。

八時半にお開きとなって、二次会にも誘われたが断り、携帯電話を入れた紙袋を提げて一人駅へ向かった。

「いくら無礼講でも、気を遣わない訳にはいかない。いつまでも付いてこないで、退散するもんだ」

何年か前の忘年会で、藤堂が上役を腐《くさ》していた言葉が頭にあった。

六月の雨催《もよ》いの日に、面会の知らせを受けて玄関へ下りて行くと、芳子が受付の横に立っていた。

「なんだ。若い女性って、妹じゃないか」

受付係に言うと、芳子は笑った。

「お生憎《あいにく》さま。近くまで来たから、寄ってみたんだけど、忙しいんでしょう?」

「いや、もう昼休みになるから、一緒に食事をしよう。出直して来るから、あと十五分待ってろよ」

連れて行ったのは地下街にあるイタリア料理店だったが、芳子は飲み物だけ注文して私一人がセットを食べた。

「課長就任、おめでとうございます。お母さん、とても喜んでいたわ」

「そうか」

「どうして知らせてあげなかったの?」

「大したことじゃないさ」

「あら、その歳であの会社の課長だなんて、偉いことなんでしょう? 岡さんがお兄さんは有望株だって言ってたわ。もっと自慢してもいいのに」

「バカ、偉さって、売り込むものかよ。本当に偉ければ、目立たなくても人は黙って認めるよ」

芳子は納得したようにうなずいて、私が動かすフォークの先を見ていた。ランチだというのにパスタにはかなりニンニクが使ってあり、午後からの仕事が気掛かりになった。

「お兄さんは、そうしてお母さんを認めていたのね」

「なんだよ急に」

「あたしに言ったじゃない、真也さんとの結婚に踏み切れなかったとき。本当に大事だと分かったら、クソまじめに大事にするんだよ、って。あれ、お母さんのことを言っていたんでしょう? 今なら分かるの」

黙ってしまった私に、芳子は目を逸らした。

「おい」

手招きすると芳子は耳を近づけ、私は手で覆いながら小声で言った。

「本当は、単なるマザコンだったりしてな。それをカムフラージュするために会社では男になり切ろうとしていた。上役が評価を誤ったから、こうなっちゃったと、きっとそうだよ」

芳子は離れると、また始まった、とでも言いたげに鼻で笑った。

「母さん、変わりないか? お前とは行き来もあるんだろう」

「元気よ。新しいミシンを買って、洋裁してるわ。スカートを頼まれたり、スーツの直しなんかもして、近所の奥さん達に評判がいいらしいの」

「昔取った杵柄《きねづか》か」

芳子が溜息をついて椅子に反り返った。

「あーあ、どうして出ちゃったのかなあ。お兄さんとマンションで暮らしてから、お母さん綺麗になって、あたし嬉しかったわ。お兄さんのそばにいた方が幸せなのを、お母さんだって分かっていたのに」

芳子が体勢を戻したとき、ふと体の動きが気になった。

「お前、そんなことより、近所まで来たって、もしかして、病院だったのか？」

芳子は目を丸くしたが、問いかけの意味が分かったらしく、笑いながらかぶりを振った。

「なんだ、勘違いか」

「残念でした」

「悠長に構えてると、マル高《こう》になってしまうぞ」

「あたし、まだ二九よ」

「そのうちすぐ、もう三十も半ばよ、になるんだよ。真也君にまじめに考えるようによく言っとけ」

立ち上がって伝票を手に歩きかけて、ハンドバッグを持った芳子を振り返って見た。

「なあ芳子。今度姉さんのところへ行ったときに、母さんの住民票を移すように言っておいてくれ。勤めに出ていないんだから、岡さんの扶養家族にすれば、家族手当も出る筈だし、税金も違ってくる」

芳子は椅子に腰掛けたままで見上げていた。

「お兄さんは、それでいいの？」

「ああ、いいんだよ。お前、気をつけて帰れよ」

まだ何か言いたそうな芳子に笑顔を送って、会計に向かった。

十六章　苦渋の選択

パソコンの研修には私も参加していた。始めは付き合いのつもりで初級から中級のクラスを回っていたのだが、上級の説明を聞いて自分も遅れを取っていたことに慌てた。一昨年、アメリカで開発されたオペレーティングシステムの日本語版が発売されたとき、深夜の秋葉原に殺到して買い求める群衆がニュースになった。私はそれほどのマニアではなかったから異様な光景に見ていたが、続々と新しいシステムが登場すると、統計や管理の領域にも利便性が及んで、もうマニアを傍観してはいられないほどパソコンは必須な時代が来ていた。パソコンとの馴染みは早くても、私が活用していたのは文字を主体とするワープロ機能だったので、図やグラフの作成には手を焼いたが、それだけ課の仲間達との受講には熱が入った。年長組も中級までの技術をほぼマスターして、予定の九月末にはそれなりの成果を上げて研修は終わった。

十月最初の日曜日は大掃除と決めていた。夏休みの五連休を暑さから無為に過ごしてしまったため、散らかし放題も限度だった。雑用品の置き場となっていたダイニングの整理に午前中を費やして、冷凍食品のうどんを啜ると、洋間の掃除に取り掛かった。クリーニングに出した夏物の衣類がビニール袋に入れまま積んであり、買ったパソコンとプリンタ一の段ボール箱からは書籍や雑誌が溢れ出ている。床にも新聞の切り抜きが散乱していたが、ベッドと向かう通路だけはいつでも寝にいける状態になっているのが、これも生活の知恵かと思うとおかしかった。衣類を洋服箪笥に納め、段ボール箱を部屋から出して、切り抜きをまとめながら掃除機を使っていると、体中に汗が滲んだ。右手を動かすだけでもかなりの運動量なのと、排気の熱気が周囲の気温を上げるために、掃除機がこんなに暑くさせることを使うようになって知った。

床の埃を吸引させながら部屋から出てきて、ダイニングの電話が鳴っていたことに気づいた。掃除機を止めて駈け寄り、受話器を取ったが反応はなかった。

「もしもし」

呼び掛けても、間違い電話に慌てているのか黙っている。

「もしもし、武田ですが」

「あの…」

はっとなって、受話器を耳に押しつけた。声は聞き分けられなかったが、尻込みしている様子にうつむけた白い顔が浮かんだ。

「母さん」

私は声を張り上げていた。

「母さん、だろう?」

「はい…」

「なんだ母さんか、何も言わないから誰かと思ったよ」

笑いながら言ったが、すぐに不安が胸を突いた。

「どうかしたの?」

「えっ…?」

「何かあったんじゃないの?」

「いいえ」

「ならいいけど、急に掛けてくるから、変わりでもあったのかと思って」

「ごめんなさい」

「謝らないでよ。元気なんだね?」

「はい」

「どうしてる?」

「あの、今日はマナちゃんとタオちゃんの幼稚園の運動会でね、タオちゃんは午前中でお帰りだったから、わたしが連れてきて、今、ねんねさせたところ」

「そう。すっかりお祖母《ばあ》ちゃんになったね」

「ええ」

数秒間、間があいた。

「あの、淳平さんは、お元気？」

「ああ、元気だよ」

大掃除をしているところだ、と言おうとしたが、母が気に病みそうなので控えた。

「電話が遠いけど、家からなの？」

「はい。いえ…」

「違うんだ」

「ええ。前にも一度掛けたんですけど、淳平さんはお留守でね。そのときの電話が記録に残ってしまって…」

「姉さんに、こっぴどく叱られたんだ」

「ええ」

私は舌打ちを聞かせた。

「それで、今どこから？」

「近所の電話ボックスにいるの」

「帰りがけに目撃されたら、また叱られるぞ」

「大丈夫。帰り道のずっと先まで来ているから」

「考えたね、母さんにしちゃ上出来だ」

母の笑い声がかすかに聞こえた。

「淳平さん、どうもありがとう」

「何が？」

「電話、すぐに切られるかと思ったわ」

「どうして？そんなことするかい」

「ええ」

「また掛けてよ。そうだ、携帯電話を持つようになってね、それに掛けてくれれば会社でも取れるし、通じなければ留守録で聞ける。メモ取れる？」

「何も持ってきてないわ」

母は残念そうに声を掠《かす》れさせた。

「いいよ、とても憶えやすい番号なんだ。初めの、〇九〇、は携帯共通の番号、いいかい〇九〇だよ。そのあとは、与三郎《よさぶろう》ヤサお富《とみ》、なんだ」

「ヤサお富…？」

「そう、与三郎のぶは二つの二、ちょっと言ってみて」

「四、三、二、六？」

「そうそう、お富のおはＯ《オー》だからゼロ」

母が期待に応えて言い終えると、私は有頂天になって繰り返させた。

「順番を間違えないでね。男の与三郎が先に登場なんだよ」

私の笑いにつられて母も笑ったが、声が途切れて鼻を啜る音が聞こえた。

「母さん、もう帰った方がいいよ。多織ちゃんが起きたら、ババちゃんを探すだろう？」

「ええ…」

「電話、待ってるから」

「はい」

「気をつけて帰るんだよ」

「はい」

受話器を置くと、洋間へ走り、掃除機をまたいでベッドに倒れ込んだ。母と同じに鼻を啜りながら仰向けに寝返ると、汗の染みたTシャツが背中に冷たかった。

母からの電話は、翌日すぐに掛かっていた。出社するとマナーモードに切り替えて鞄の中に入れておくのと、月の第一月曜日は定例の課長会議が開かれるので、昼休みになって収録されている留守録に気づいた。

「淳平さん、わたしです。あの…、子、子供達を幼稚園へ送って行って、今帰りなんです。あの…、忙しいのにごめんなさい。では、また…」

録音に緊張して、たどたどしく告げるメッセージを繰り返して三度聴いた。同じ週の金曜日に、二度目の電話が一三時四五分の着信で収録されていた。

「淳平さん、わたしです。忙しいのにごめんなさい。幼稚園へお迎えに行くところなんです。では、また…」

休日の土曜日と日曜日は電話機を身近に置いて気に掛けていたが、課の後輩から出張の件で相談が来ただけで、母からの電話はなかった。幼稚園が休みであれば送り迎えの用もなく、家族が揃っている休日に外へは出にくいのだろう、と自分を納得させた。そして月曜日、出社後も通常モードにしておくと、案の定、鞄の中で電話が鳴った。

「あ、母さん。ちょっと待ってね」

送話口を手で覆って言うと、廊下へ出てきた。

「大丈夫なんですか?」

私が電話に出たことで、かえって母は慌てた。

「私的な電話でちょっと席を空けたところで、仕事に影響ないさ」

「すぐに切りますからね」

「大丈夫だってば。留守録、いつも聴いているよ、何度もね」

「どうもありがとう」

「また幼稚園へ送った帰りかい？」

「今日はマナちゃんだけだったの。タオちゃんはお熱を出してね、体温計が見当たらないと言うから、ついでに買って帰るところ」

「それはいけないね。もう買えたの？」

「まだ、お店が開くのが十時だから。そんなことより淳平さん、早くお仕事に戻って下さい」

「もう少し、いいよ」

「課長さんになって大変なんでしょう？何もお話聞けないで、ごめんなさいね」

「なんとかやっているから、安心して」

「そう。淳平さん、さ、早く」

「じゃあ切るけど、また掛けてね」

「ええ」

「留守録でも、待ってるよ」

「はい」

電話機をポケットに入れて部屋へ入りかけると、背後から声が掛かった。

「課長が廊下で携帯なんて、珍しいですね」

課の女性社員だった。

「そう、嬉しそうだったろう？」

「本当。誰からですか？」

「恋人に決まっているじゃないか」

「わあっ」

二人で笑いながら部屋へ入った。


年が改まり、課長になって最初の年度末を迎えていた。思い返すと、重荷ではあったが充実した一年だった。何を基準にしたのか、研修の成績はトップとなって、各自が専用のパソコンを持てるモデルの課に選ばれた。業務内容では、小口の取引が増えたことで課の単位で見れば収益を大きく上げて、それにより海外に手を広げていた会社は国内では中小企業に目を向ける方針を打ち出していた。人間関係にも仕切りが除かれて、一部でトラブルが生ずれば誰もが遠慮なく意見を出し合うようになった。

「みんなが意見を出す限り、責任は全員にあるんだぞ」

先輩の一人が若手達に忠告したとき、私は言った。

「いいえ、そこは臨機応変にいきましょう。チーフのせいにしておいた方が無難に収まる場合もあるんです。私は大学の研究室にいた頃、その手を利用してさんざん逃げました」

告白した私に爆笑が起きた。一年を自己採点すると、七〇点、では少し厚かましい気もして、未満、というところかと思っているが、社内にはチーフの若返りを望む声も聞こえ始めていた。

三月最初の月曜日、課長会議のあと、決められた時間に一人ずつ部長室へ呼ばれた。ノックの返事を待ってドアを開けると、部長は前かがみに足を開いて、握った両手の拳を片側に振り上げていた。顔を向けている先には丘から林を見下ろしているような油絵が掛けてあった。

「昨日は、九十を切って回ったよ」

返答に困っている私を見ると、

「君は、ゴルフは?」と訊きながらソファーに掛けるように手で勧めた。

「私はスポーツには何分疎く、見ることもあまりしませんので」

部長はうなずきながらテーブルに書類を置いた。

「人事異動を考える時期になった。君の課は今年の対象ではないが、転勤がよかろうと思う者がいたら、検討するから提出しなさい」

「私の一存で、そんなことをしていいのでしょうか？」

部長に顔を見られ、目が合って反射的に逸らした。

「あの、人事の考課に自信がないものですから、本人の意向も訊かずに私が提出していいものなのか、今後のこともあって伺ったまでです」

「課の範囲内のことなら、課長の君に権限があるよ。人事異動についても最初のピックアップは課長の役目だが、まさか一人ひとりに転勤のイエスかノーかを訊いてもいられまい。大方の者はここから出たがらないからね、何らかの理由をつけるに決まっているし、理由を取り上げていれば収拾がつかなくなる」

転勤はこのように、本人の事情も都合も考慮せずに決められてきたのだ。

「部長。私の課は来年対象になりますが、そのときに該当者がいなければ出さないことも可能ですか？」

「来年のことを、なぜ今から？」

「はい。課の仕事には連携が大切なことを、今年学びました。表現が稚拙かも知れませんが、今年のチームワークでうまく行ったものなら来年も続けたいですし、そのチームならではのプレーを考えて行くうえでも、メンバーを欠かさなければならない転勤なら避けたいところです」

部長は笑った。

「スポーツに疎い割には引用がうまいね。しかし、プレーの効果を上げるために、選手交代というのがあるのも知っているだろう?君の考えが課にしか向いていないのは、課長一年目であれば当然だが、他の課との連携も大事だし支社との連携はさらに大事だ。各社の活性化を計るためにも、人事異動は必要あってのことなんだよ」

「納得しました。聞かせて下さってありがとうございます。未熟な発言を、申し訳ありませんでした」

頭を下げて立ち上がった私に、部長は言った。

「その報告書は、転勤の該当者がいなくても、その理由を明記して提出すること。とかく対象外になっていると、面倒なだけで該当者なしとする課長もいるそうだからね」

「承知しました。理由は是非書かせて頂きます」

一礼して部長室を出てくる私の歩みを、部長の視線が追っているのが分かった。ドアを閉めて折り畳んだ書類を上着の内ポケットに入れると、隣接している課を通り抜けて廊下へ向かった。会社の活性化のためには必要な人事異動だと部長は言ったが、これまでの転勤で昇格以外のトレードは無気力にさせている例が多いのを聞いている。活性化どころか転勤は不況対策を空回りさせているとさえ、大阪支社へ赴いた藤堂は言った。私の採択の役目が一年後にはやってくる。来年の今頃を予想して、そのときは部長に睨まれる覚悟を決めていた。

一週間後の月曜日、後輩を介して別の課の面倒に巻き込まれていた。

教育係であった頃に世話をした二人に頼まれて、指定された居酒屋へ行くと、以前に藤堂がいた課の社員二人と引き合わされ、計略に乗せられたようで不愉快になった。そのうちの一人が話し出すには、課長の横暴に耐えかねるという内容で、それについての相談だと言う。

「こんなことなら、来るんじゃなかったよ」

私が冷淡に言い放つと、後輩の二人は畏縮し、別の課のもう一人が正座の膝を向けた。

「よその課のことでご迷惑は承知していましたが、話だけでも聞いて頂けたらと思って、同期の好《よしみ》に縋って彼らに頼んだんです。無理を言ったのは我々ですから、彼らを悪く思わないで下さい」

ビールと料理が運ばれてきて、四人の男達は配膳に立ち上がった。後輩がビールを注ぎにくると、私は言った。

「君達のことはなんとも思わないから、膝を崩して飲もうと言ってくれ」

四人は胡座《あぐら》になったが、会話もなく注ぎ合って遠慮げに飲んだ。

「今、迷っているんだ。ここまで来たからには聞くべきなのか、自分が関わりたくなければ聞くべきではないのか。どっちつかずに、聞くだけでいいのなら聞く、というのは狡《ずる》いじゃないか」

私が言うと、課の後輩を庇った一人が顔を向けてかぶりを振った。

「いいえ、それでいいんです。武田課長の耳に入っていることを知れば、出て行くあいつの気持も違うと思いますから」

「出て行く、あいつ？」

身を乗り出した私を見て、その一人は三人の顔を見回し、うなずかれて口を開いた。

「うちの課も今年は転勤の対象ではありません。でも、同期が一人大阪へ行かされます。そこには理由もなく、要するに課長の気分なんです」

「もう内示があったということ？」

「先週始めに、準備をしておくように言われたそうです。無口なやつで、課長が気に入ってないのは我々も分かっていました。でも、仕事に非の打ちどころがないのは誰もが認めています。家庭を大事にして、そのためにも本社に長くいられるように頑張っていたんです。それは本人の都合で会社には転勤の制度があると、そう言われれば返す言葉もありませんが、仕事上の理不尽な要求についても、同様に黙らされてきたんです。長引く不況で会社が策を講じなければならないのは当然です。でも、それを楯に取って、組織的ではなく課長の勝手で決めているとしたら、課長が課を私物化していることになりませんか？この不当な転勤を契機に、我々は有志で部長に訴えに行くことも考えました。でも、平社員の告げ口に取られてしまいそうで、ですから、会社から信頼の厚い武田課長に…」

「そこまでにして下さい」

私は言葉を遮った。部長とは一年後に亀裂を生む可能性もあるので、前もってのいざこざは避けたかったし、それよりもまず、部長とその課長が肝胆相照《かんたんあいて》らす仲であることをこの四人は知らなかった。

「考えてみて下さい。その人をどうすることも、課長をどうすることも、私にはできない。越権行為になるし、それほどの立場ではないからだ。部長に進言に行っても、君達は一笑に付されるだけで済むかも知れないが、私が行けば考え方を疑われる。それを君達が、せっかく手に入れた課長を手放したくない私の保身だと思うのなら、それでも結構です」

四人はうなだれていた。

「聞いてしまった限り知らない振りはしないが、最後の依頼はなかったことにして下さい。でないと、君達と蟠《わだかま》りを持つようになってしまう。一つ助言するとしたら、部長に掛け合いに行っても無理ということかな。私はこれを飲んだら帰りますが、明日からも普通に顔を合わせましょう」

グラスのビールを飲み干して立ち上がると、四人も膝を立てた。

「送られるのは嫌だから、ここで失礼するよ。君達には気分を変えてゆっくり飲んでいって欲しいな」

部屋を出ようとした私に、別の課の一人がひざまずいて紙袋を捧げた。

「つまらない物ですが、奥さまと召し上がって下さい」

慌てて課の後輩が頭を叩き、ひざまずいていた一人は顔を歪めた。

「ヤバい。あの、お母さまとでした」

私が横を向いて笑い出すと、次々と笑いが起こり、ひざまずいている一人の泣き真似《まね》の顔に笑いが盛り上がった。

「遠慮しなきゃいけないところだけど、頂いておくよ。母はカステラが好きだから」

袋の中の紫紺の包装を見ながら言うと、また大きな笑いが上がった。手を振って部屋をあとにすると、見られていないことを確認して会計へ寄った。飲み放題のコース料理だったので会計はしやすかった。二重会計にならないように店員に言って領収を書かせた。

駅へ向かって歩きながら、揺れる紙袋にまたおかしくなった。

「ヤバい。お母さまとでした…、か」

呟きながら、鞄から携帯電話を取り出すと、留守録の再生ボタンを押して耳に当てた。母からの電話は一週間に一度は必ず来ていた。うまくキャッチできるときもあるが、大抵は録音を口惜しく聞いた。留守録の容量は三件までなので、順送りに消して行った。今朝収録し立ての母の声を聞きながら、揺れているカステラを本当に食べさせたかったと、そう思っていた。

火曜日の朝はいつも爽快に出勤できる。週明けの月曜日は二連休に浸っていた気持を切り替える緊張感があり、とくに第一月曜日に課長会議が控えているとなると、問題を抱えている訳ではないのに前夜から眠れないことが多い。一変して火曜日は心身ともに軽やかで、月曜日に体を慣らした自信と、それによって得られる安眠のせいかと思うと、つくづく人間は精神で動いている動物だと実感する。

地下道から地上へ出る階段を軽く蹴っていると、背後から声が掛かった。駈け上がってきたのは、昨夜の居酒屋で同席した、カステラを渡したあの一人だった。

「昨日はどうもすいません。ご足労を掛けたうえに、会計までして行かれちゃ、立場ないですよ。ぜひ精算させて下さい」

「いいんだよ。何もできないのにカステラまで持たされたんだから、こっちこそ立場なかったさ。だからトントンでいこう、みんなにそう言っておいてくれ」

渋々うなずく肩を叩いて、並んで歩いた。

「しかし、君達の同期生想いには感服したよ」

「気の毒なやつなんですよ。去年の暮に奥さんを脳腫瘍《しゅよう》で亡くしましてね、四歳の女の児がいるから保育園へ送り迎えしながらの通勤なんです。そこへきて今度の転勤だから、ダブルパンチですよね」

「ちょっと君、そのことを君達の課長は？」

「当然知っていますよ、だって、子供にかまけていたことが転勤の引き金になったように、あいつは言われたんですから。先月その子が風邪で熱を出したとき、三日続けて欠勤したことが、それらしいんですが、でも、親が一人になったんだから、仕方ないじゃありませんか。女の児はパパもいなくなってしまうんじゃないかと思うらしく、保育園であとを追って泣くそうです。大阪へはとても連れて行けないので、群馬の実家へ預けると言っていますが、あいつがどんな気持かと思いますとね。確か、昔の短歌にありましたよね、国防の任務で九州の果てまで行かなければならない父親がしがみつく子供を振り払って出てきた、というのが。課長？どうかしましたか、武田課長…？」

顔を覗かれて、悄然《しょうぜん》としていた私は肩を起こした。

「ああ、それは万葉集の防人《さきもり》の歌だ。『韓衣《からころむ》裾に取り付き泣く子らを置きてぞ来《き》のや母《おも》なしにして』。そうか、そんな事情があったのか」

気がつくと、満員のエレベターに二人で体を押し込んでいた。下の階に課のある私が振り向きもせず先に抜け出た。廊下を歩きながら、顔は知らないが保育園で女の児に背を向けて駈けて行く若い父親の姿がぼんやりと浮かんだ。


休日の土曜日、藤堂に電話を入れた。携帯同士では聞きにくいため、ダイニングの電話を使った。

「大阪へ転勤が内定している人がいるんだ。君のもといた課で、君が出て行った年に新人で入ってきたから、君とは入れ替わりになる。僕は会っていないんだけど、その転勤がちょっと訳有りで、おまけに本人はつい先頃奥さんを亡くして子供を抱えていると聞いてしまったら、なんだか放っておけなくなってね。余計なお世話に巻き込むことになるんだけど、そっちへ行ったら目を掛けてくれないかな。後輩達から聞かされて考えていることもあるんだけど、その人に僕ができそうなことはそれくらいなんだ」

相槌を打ちながら聞いていた藤堂の声が、次第に弱くなって行くのが気に掛かった。

「どうかしたのか？」

「ああ、悪いが期待に添えないんだ。実は、来週にでも辞表を出そうと思っている。済まないな」

「そんな、いや、こっちこそ悪かった。先に近況も訊かないで、自分のことばかり言って済まない。そうか、いよいよ決めたんだ」

「徘徊がひどくなってな、夜中もだから家政婦が音を上げてしまったんだ。都会なら交代制でも頼めるけど、田舎では人がいなくて無理なんだよ。施設には入れたくないから、手当も弾んで盆暮の物もこっちから送っていたんだが、所詮は他人だから割が合わなければ去られてしまう。やっぱり介護は身内がするものなんだと、思い知ったよ。でもな、呼ばれているような気もしたんだ、俺の人生の転機として。今はまだ何が待っているか分からないし、生計の立て方も見当が付かないけど…」

「でも確かなのは、お母さんが待っていることと、お母さんが最良の時間を過ごせるようになること、そうだろう？」

「ありがとう。君と話すといつも救われるよ」

しばらく黙り合っていたが、藤堂が先に声を掛けた。

「さっきの話で気になったんだが、その人の転勤の訳有りは察しが付く、俺が飛ばされたのはあの課長と反《そ》りが合わなかったことにも一理あるからな。それで君は何を聞かされて考えているんだ？」

「後輩達が部長に進言に行くというから、無駄だと言ったんだ」

「あいつと部長とは、なあなあだからな。それで？」

「僕がやるとしたら、直接上に行く」

「直訴か？」

「その類《たぐい》になるのかな」

「そこまでしなければならない理由は、その人への同情か？正義感か？」

「いや藤堂、ちょっと違うんだ。うちの会社でもこんなことが起きているが、さまざまな組織の中で、上に立つ人間の都合で大勢の人の生活が脅かされていることもあるのかと思うと、下にいる人間は決して無力ではないんだと知らせたくなったんだ」

「だけど武田。一つ間違えば、会社での君の未来はなくなるぞ」

「甘いことではないと思っている」

「君一人の問題でもない筈だ」

藤堂が言うのは、別居をまだ知らせていない母のことだった。

「考えた末、そんな勇気は持てないかも知れないし」

「君が信念を持ってやることなら、俺が止められるところではないが、とりあえず、俺は反対だ」

また黙り合って、今度は私が声を掛けた。

「引っ越しの準備は、もうしてるのか？」

「まだだ。そんなに荷物もないし」

「東京に三年、大阪には六年になるかな？」

「そう、あの会社で足掛け十年。東京の頃はよく飲んだし、大阪に来ても何かにつけ連絡し合ったな」

「別れてからは、大変なできごとばかりだったね」

「そう言えばそうだな」

「でも、お互い無事だった」

「当たり前さ。君はサリンなんかで、おとなしく死ぬやつじゃない」

「君こそ、震災でもなんでも擦り抜けて行くやつさ」

二人で大笑いした。静岡の恋人のことが気になったが、十年の歳月を振り捨てていく決心の藤堂に、訊く方が間違いだと思った。

便箋の最初の行に、前略、と書き、二行目に本社勤務の社員であることを告げ、所属の課と身分を明かしていた。久しぶりの直筆の書状にペン書きする字が整わなかった。パソコンで打ってプリントすることは、誠実さが欠けるようで計画から省いた。便箋はマンションを去った直後に置き手紙を書きにきた母が残したものだった。改行になって手を止めた。直接出向くのではなく書状に決めたのは、訴え方の順序や内容を補修できるからだったが、書くという行為の合間にはさまざまな雑念が去来した。行動に出ることを藤堂は反対した。後輩達とも約束した訳ではないから、あとには引けない行動でもない。どう考えても断念した方が賢い選択であるのに、何に動かされているのか判然としないから肝心な箇所で筆が進まない。それでいて文案を練っていくことにはかつて覚えのない面白みを感じていた。読み手の心理を狙うこと、まず執筆者の身柄を明らかにして怪文書だと疑わせない。会社の人間だと分かれば先を読まざるを得ない計算も含んでいる。続いて当会社に就職できた幸運と感謝の気持を短く伝える。挿話を挟むとすれば、社内のことより取引先の評価などを自慢話にした方が満悦にさせられる。段落の締めくくりは、長く従事することにやりがいの持てる会社であると告げて、何の不満もないように思わせる。「ところが」が次の段落の始まりである。「少し気になることが…」とつなげれば、快走にブレーキを掛けたような効果を上げる筈だ。さて、いよいよ本筋だが、読み手の心情を揺さぶるのは文章の技にかかっている。これまでに出合ってきたさまざまな作家の文章を思い返してみた。私にとって歯切れのいい文章は心地よく、切り口に絶妙な余韻が残ると心を奪われた。「申し上げるべきか否か、苦渋の選択を決めかねておりましたが、抑えきれぬ気持に走りましたこと、一社員としての同情はさて置き、会社の体質を疑われる耐え難さに他なりません」で文法的におかしくないだろうか？そこに「同情」を出しておけば、理由を述べるように問題に触れられる。父親のあとを追って泣く四歳の女の児を浮き彫りに、私はまるで小説でも書くように妻を亡くした若い父親の心理で構想を考えた。走り書きのメモは何枚も重なっていたが、便箋にはまだ最初の二行だけだった。書き上げた書状は社長の自宅へは郵送せずに、社内を通過して行く真っ向勝負と決めていた。社長の手に渡れば何らかの波紋が起きる。波紋が大きければ自分も一緒に水を被る。分かっていながら行動に出ているのは、どうせ母もいない、という破れかぶれの気持もあるのだろうか？思い当たって、違う、と否定できた。もっと気持の適する方向に掘り下げていくと、逆に母の存在があった。

「そうだったよ。母さんには男らしくありたいから、潔く勝負に出るんだよ」

声に出して言うと、迷いが吹っ切れたように三行目から書き始めていた。

書状が社長の手に渡るまでは細心の注意が必要なので、マンションでの作業に限られたが、その週の土曜日には下書きを終えて、あとは清書を残すだけだった。翌週は三月の第四週になるが、月曜日に速達で送れば重役の再考に一週間の期間があった。配達までの時間の短縮も考えて、私は会社に一番近い中央郵便局で投函することに決めた。

月曜日は、上着の内ポケットに書状の封筒を隠しての出勤となった。郵便局に出向くのは昼休みの他はなかったから、仕事中も胸元が気になっていた。机の電話が鳴ったのは、外出しようとした矢先だった。外線と告げられて切り替えると、居酒屋へ手引きした課の後輩からで、なぜ外線なのか、と疑いながら席の方を見ると、行動を共にした別の一人もすでに席を空けていた。

「会社のビルの裏側で待っています」

声をひそめた呼び出しに嫌な予感を抱きながら、玄関を出て裏へ回ると、歩道の日溜まりにあのときの四人が顔を揃えていた。

「武田課長、ありがとうございます」

囲まれた四人に頭を下げられ、私ははっとなって内ポケットを抑えたが、封書の固さを確かめると、ほっとして目で訊き返した。

「うちの課長が転勤で出て行きます。今年は大幅な異動らしくて、部長も上海支社の専務になるそうです」

「いつのニュースだ?どこからの情報なんだ?間違いじゃないのか?それより、どうして私が…?」

仰天のあまり混乱して頭の整理より言葉が先行した。慌てている私の顔を四人は嬉しさを隠しきれない表情で見ている。

「今朝、大手町の人事部にいるこいつの彼女がキャッチしたんです。部長は栄転ですが、うちの課長は福岡にスライドです、ざまあ見ろだ。それともう一つ聞いて下さい。先だって話した同期の男、そう、転勤を押しつけられたやつです。彼がさっき常務に呼ばれたんです。なんの話だろう、と本人は首をかしげながら出ていきましたが、我々はぴんときましたよ。武田課長、本当にありがとうございます」

「ちょっと待ってくれ。私には憶えのないことだよ。だから驚いているんじゃないか」

私の言い訳に耳を貸す様子もなく、別の課の一人は頻りに訴える。

「課長。彼が帰ってきて言うには、常務は家庭の事情を細かく聞いてくれたそうです。だけど、転勤はトレードで大阪からの人が決まっているから取り下げることはできない。どうしても東京での勤務を優先するならば、子会社に便宜を図らせることもできるが、と言われて、彼はその場で頼んだそうです。給料は本社のような訳にはいかないでしょうが、でも、喜んでいるんです。これでもう遠くへ行くこともない、子供と一緒にいられる、と」

「そうか、よかった」

嘆息に声が掠れた。

「人はいるものだと、彼はきっと思ったに違いありません。我々も同感です。とても嬉しいんです。こんな場所で申し訳なかったですが、どうしても早くお礼が言いたくて、それで…」

語っていた一人が言葉を詰まらせると、課の二人が鼻を啜った。

「だけどそれは違うんだ。本当に僕は何もしていないんだ。誤解しないように、頼むよ」

私の困り果てた様子に、別の課の一人が小声で言った。

「課長がそう仰っているんだから、みんな…、な？」

それぞれにうなずいて、四人はもう一度深々と頭を下げた。私は逃げるようにその場を離れると、会社へ引き返した。狐につままれているような話で、まだ真実であるのかさえ疑っていた。気がつくと、人気のない印刷室へ踏み込んでいた。シュレッダーのボタンを押して、上着の内ポケットから封書を取り出した。目を呉れることもなく音の立つ隙間に封筒を押し込むと、切り細裂かれながら吸い込まれていった。

十七章　四国からの手紙

新しい部長が大阪から転任することは聞いていた。

藤堂が大阪を離れる前日、電話をよこした。

「裏表がないから疑わせないところが買えるよ。欠点を言えば、少し気が弱くてな。それで、今度はこっちが余計なお世話に巻き込むようになるけど、転勤し立ては心細いものだから、相談相手になってあげてくれよ。部長には言ったんだ、本社で会社のために信頼の置ける人間なら武田課長が一番だろうと」

笑い声を上げる藤堂に聞かせたいことも訊きたいこともあったが、やめておいた。

「そうか、明日か」

「ああ。午前中の新幹線で広島へ出て、連絡船で松山に渡って、そこからまだ遠いんだ」

「気をつけて帰れよ」

「慣れている道中だから、大丈夫さ」

「向こうで、入り用のものがあったら、なんでも言ってくれ」

「ありがとう。助かるよ、なんせ田舎だからな」

「頑張れよ」

「君も頑張れ。会社を乗っ取ったときは、一番先に教えてくれ」

二人で大笑いした。

「また会えるよな」

「ああ、きっと会えるさ。落ち着いたら、電話をするか手紙を書くよ」

「お母さん、お大事にね」

「ありがとう。君のお母さんにも、よろしくな。手料理をご馳走になれなかったのが残念でしたと、伝えてくれ」

「電話に出られれば、よかったんだが…」

「いやあ、いいんだよ。じゃあな」

「じゃあな」


以前に母と夕食に寄ったホテルの前を過ぎようとして、フィットネスのポスターに足を止めた。ホテルの地階にプールも備えた施設があることは知っていて、暇がないため関心もなかったが、ホリデー会員募集の文字が目を引いた。ポスターの案内を読むと、土、日曜日と休日のみの利用だと月額の会費も安く、入会金もその一と月分だけでよかった。スポーツも水泳であれば気が向いた。スピードでは勝負できなかったが、水に浮きやすい体型なのか遠泳には自信があった。突発的で性急な癖が出てエレベーターで地下へ向かっていた。カウンターで説明を聞くと、申し込みに煩雑な手続きはなく、会費を銀行から引き落とすための書類を提出するだけでよかった。入会を決めて、販売しているゴーグルやキャップを早速揃えた。スタッフの男性は私の即決に驚いたようだったが、運動を余儀なくされていることには切迫した事情もあった。メタボリック症候群の症状が腹部に現れ始めて、手持ちのズボンが穿《は》けなくなっていたのだ。パンフレットと用紙をショルダーバッグに納めると、次の休日から来ることを告げてカウンターを離れた。買ったゴーグルとキャップの袋を手に、もう楽しい気分になっていた。大通りから横道に入って、閑静な奥へと歩いていると、突然、大声で話し出した若者が携帯電話を耳に当てて追い越していった。同じ状況が一頃は呼び止められたのかと驚いたり、夜道をまるで独り言《ひとごと》で歩いているようで気味悪がっていたが、今ではすっかり慣らされてしまった。自分でも持つようになって、携帯電話はやはり安らぎを奪うものだと改めて思った。車内や街頭で鳴ればまず慌てるし、常に記録を気にしていなければならない。着信があれば返信は当然のことで、休日は自分の時間を過ごしたい私にとって居留守が使えないのが何よりの難点だった。最近ではメールの機能も加えるように後輩達からは言われて、小さな画面に目を凝らすのかと思うと辟易《へきえき》する。一つだけ、何事にも代え難い利点は、母と交信ができることだった。

手頃なレジャーの場を近隣に得て、四月と五月の連休はプールに通い詰めた。平泳ぎであれば正面のステンドグラスを目指す縦二十メートルのコースは、休日でもどこかが一人占めできるほどの空《す》きで、クロールや背泳も加えたメドレーで十往復もすると、プールサイドのデッキチェアに凭れた。ホテルは斜面に沿って建てられていたので、地階であっても日当たりがよく、持ち込んだ本を読みながらいつの間にか眠っている。目を覚まして、これでいいのかと腹部の形を睨むと、もう一泳ぎした。健康的な疲労を感じながら、ジャグジーのお湯に漬かって、最後にシャワールームの隣で髭剃りをすれば、マンションでの入浴も省けて都合がよかった。

五月末日の日曜日、プールから上がったあと、横道のレストランで夕食を済ませて帰ると、藤堂からの封書が届いていた。郷里の宇和島へ帰ってから何の音沙汰もないので気になっていたところだった。葉書用の四角い封筒は厚い中身に膨れ上がっていた。裏返して、愛媛県北宇和郡高田…、と書かれた住所を見ると、改めて遠い四国へ行ってしまったという感慨が募った。鋏で封筒の上端を切り、ダイニングの椅子に腰掛けて書状を取り出すと、四つ畳みにした中に写真が一枚挟んであった。

拝啓

まずは写真を見てくれ給え。そして笑ってくれ給え。

私は写真を手にして、今度はよく見た。麦藁帽子を被ってランニングシャツから両肩を剥き出しにした藤堂が車椅子を押している。目の焦点は定まっていないが笑みを浮かべて乗っているのが、藤堂が心配をし続けてきた母親その人だった。二人の背後にはなだらかに裾を引いて遠ざかる山が写っている。

これが今の俺の日常のファッションだ。ネクタイを固く結んで通勤ラッシュに揉まれていた事が、何とも夢のようではないか。

書き出しから失敬しましたが、お元気ですか。仕事は順調ですか。貴君の事を今懐かしく思い出しています。連絡が遅くなりましたが、実はお袋が徘徊の果てに足の骨を折る始末となり、一月の入院を経て先週戻ってきたところです。認知症でリハビリが不可能だったためご覧の如き歩行困難の状態ですが、入院中は泊まり込みで付き添っていたので喜んで、足と脳以外はすっかり元気になりました。

以前からの家政婦が通いならばと承知してくれて、姉と交代に来ているので炊事や洗濯などは俺がする事もなく助かっています。それにしても介護は力仕事で、骨折以来本人は動く事も忘れたかのような有様なので筋力を使うこと相当なものです。例えば入浴のとき、海水パンツを穿いた俺が抱いたまま湯船に沈む。温まったところでよいしょと持ち上げ、椅子に坐らせて家政婦を呼ぶ。家政婦が体を洗っている間も抑えていなければいつ倒れるか分からない、動かない事はバランス感覚も失わせてしまう。だから湯船を跨いでの出し入れが落とさないように一番神経を使う。だが本人は至って暢気で抱かれながら鼻の穴などをほじっている。まるで赤児です。おむつの交換は皮肉な事に夜間が一番多い。しかし快適な思いをさせられることは自分にも快適で本当の一心同体になっています。

介護していると新しい発見があるものです。寒い思いと暑い思い、ひもじい思いと淋しい思いはさせたくない。特に手術のあと固定されていたためにできた床擦れが塞がらず、痛い思いをさせているのが一番辛いのだが、感覚的なことは何も訴えず、「痛くないか」と尋ねても「お腹すいたか」と尋ねても、平穏な顔でいつも返事は同じ「大丈夫」。安心に満ちていると感覚も和らぐものなのか、そう言えば俺は「何でこんなに暑いんだ」「畜生、寒いな」と気持に不足があったから不快感を倍増させてきたのかも知れない。お袋の目が以前とは違って澄んでいる事にも初めて気づいた。白目の底に深い青さを湛えて、まるで乳幼児の瞳だ。大人の目が濁っているのはストレスによるもので、ストレスが無くなったから乳幼児の目に戻ったのではないかと思うのだが…。夜の静寂を怖がるのでお袋のベッドの下に蒲団を寄せて寝ているが、昨日夜中に呼ぶので起きて顔を近づけたところ、俺の中に親父の亡霊でも見たのかたまげた事を言い出したんだが、おっとこれは書かないでおこう。

遅れ馳せに報告すると近くの子供達に英語を教えています。大学が英文科だからと言われても十二年も昔の事で、始めは中学生の教科書なので何とかなったが、苦手な会話も頼まれて小学生も通い出した。先生が隠れてラジオの講座で勉強してるよ。収入というほどでもないが、当面お袋の年金に甘えている俺の食費ぐらいにはなります。それにしても世界中に六、七千の言語があり、そのうちの九十%は来たる二十一世紀中に消滅すると見ている学者もいるのに、日本ではなぜ今「英語、英語」なんだ。宇和島あたりにも英会話の教室が進出してきた。そのうち世界の言語は英語に制覇されそうで危ぶみながら教えている。そうなっても貴君の愛する日本文学や日本語は生き続ける筈だ。古典の文学を持っている国の言葉は絶対に滅びることはない、と言ったら格好良くないか？頼りない俺の意見でよければ安心してくれ給え。

報告ついでの頼みになりますが、ワープロのインクリボンを買って送ってくれませんか。教材の作成のためです。同封した空箱と同じものが東京ならどこでも売っています。できれば十箱ほど欲しいのですが、必ずレシートも一緒に送って下さい。それと書店と縁遠くなってしまったので、お勧めの本を三、四冊送って下さい。日本文学を望みます。遅蒔ながら貴君に近づこうと思っているから。これにもレシートをお忘れなく。多忙なのにお手数を掛けて申し訳ありません。

山林の隙間に添って佇む村には右記の如く何もありません。今は日中の草いきれと夜間の蒸した闇が満ちている。都会とは何もかもが違い、飛んでいるハエや蚊一つにしても貴君が見たら腰を抜かす大きさだ。でも俺は後悔しないためにここへ帰ってきた。決心させたのは、阪神の震災後に見た災害の中で寄り添っていた家族達と、そして貴君だ。だから感謝している。親孝行と言うより、貴君の女親への涙ぐましいほどの労りを垣間見ながら、俺はいつも恥じていた。俺にもできる筈なのにしていないことへの後ろめたさだった。

「違うって、こんな親不孝者はいないさ」

私は声に出して言っていた。

美しく淑やかなお母さん（貴君のこれまでを見てきた俺の想像に間違いはなかろう）に呉々もよろしく。武田淳平を形成させたのはあなたです、だから武田のためにもご長寿を願いますと、いつの日にか言いたい。

お袋の何気ない仕草や表情を見ていて時折胸が張り裂けそうになる。やがては別れゆくのだと思うと、赤児のようになってしまった故か可哀相でならない。文章力が乏しくて残念だ。今のこの気持を貴君なら適切に表現できるだろうと、であるなら理解して貰えるだろうとそのまま書いた。

私は捲った便箋から目を離していた。これまでにも何かの具合で哀しいような気分に襲われることがあったが、藤堂のこの一文が哀しみの輪郭をはっきりとさせた。死にゆく人に死なれたあとの、今からでも分かる取り返しのつかない気持、それはどんなに手を尽くしても同じだろう。つまり、相手の哀しみが哀しく、それさえ失うことの哀しさだった。

便箋は最後の一枚になっていた。

俺の生まれ故郷に自慢できるものは何もないが、時間だけはゆっくりと過ぎて儲けた気がしている。田舎に興味があれば是非一度呼びたいのだが如何でしょうか。

やがて梅雨の時期に入ります。しかし「畜生、鬱陶しいな」と言わずに済むように足ることを知って生きたいものです。くどくどと下らない事を書いて申し訳なかった。でも俺は書いていて楽しかった。分かって貰えれば嬉しい。御身御自愛のほど。武田、じゃあな。

敬具

私はすぐに便箋を探した。携帯電話とは別に実家の電話番号も聞いていたが、電話では返すことのできない藤堂の心模様が封書には満ちていた。便箋の表紙を開くと、社長に訴

える筈だったあの封書の書き直しに費やして、残りは僅かだった。その真っ白な一枚に、

書いていて楽しくなりたいから、返信の筆を執りました。

と書き始めていた。

新たに着任した部長とは、藤堂の仲立ちもあって、この一年間よく飲んだ。二人のときもあったが、私は極力課のメンバーを誘い、他の課にも声を掛けさせて、夏のビアガーデンや冬の鍋料理に率先して席を設けた。藤堂が言ったように部長は腹蔵のない人で、少し小心なのも確かだったが、ほとんどの社員が誠実さの方に好感を持った。部長の交代は社内の空気を入れ換え、呼応するかのように十年間続いてきた不景気の闇にも明るみが見えつつあった。

サリン事件の被害に遭った井上が、来春を待って辞表を出したいと言ってきたのは、その年の暮だった。理由を言い出そうとしないので、無理に居酒屋へ誘った。

「女房と別れることにしたんです」

ビールを含みながら言った井上の言葉に、耳を疑った。

「噛み合っていたものが、噛み合わなくなることも、あるんですね」

「だって君、お嬢ちゃんはどうなるんだ」

「女房が育てます。養育費を送らなければならないから、会社をやめるのもそれが理由です」

「意味がさっぱり分からないよ」

「会社に勤めている限り、その何割かは持って行かれますけど、転職してそこが倒産でもしたら、状況は変わりますから」

「おい、正気かよ」

「はい」

睨みつけた目を逸らして、私は気持を落ち着かせた。

「ちょっと訊くけど、君にいい人でも？」

「違います」

「じゃあ、奥さんの方に？」

「それも違います」

「だったらなぜ、奥さんやお嬢ちゃんがわざわざ困るような真似《まね》をするんだ」

つい声が大きくなって、慌てて周囲を見回した。

「娘は私が引き取ってもよかったんですが、話し合いの末、女房が決めたことなんです」

「だったら、養育費は送らなければならないだろう？」

「課長。もう女が男に依存する時代ではないんですよ。別れて男が自由になれないなんて、おかしいじゃないですか。何もかも断ち切りたいんですよ」

「勝手な話だ、それに君の考え方は破滅的だよ」

「そう思うでしょうね」

子供が可愛くないのか、と言おうとして言葉を呑んだ。本を正せば奥さんとは他人でも、子供は一つには分身だ。可愛くない訳はない。それでも引き留められない何かが井上にはあるのだろうが、私にあるのは被害の日に病院で怯えていた母と子の姿だった。目を据えているテーブルの先に、母が部屋に招き入れた女の児が、元日でも仕事のある母親に預けられに行く姿が重なった。

「お嬢ちゃんのことを考えて、もう一度出直せないのか？」

井上はかぶりを振った。

「独身の僕が言うのもおかしいが、夫婦はそれでよくても、子供にいいことはないと思うんだ。片親になれば、どこかが歪《ゆが》むんだよ。父が病気で早くに亡くなっている僕が言っているんだ」

「課長は歪んでいますか？誰もそんなふうには見ていませんよ」

「それは隠してきたからだよ。会社にいて別の自分を枝分かれさせてきたんだ。でも幹にいる本当の自分は何も変わらない、歪んだままなんだ」

「私には課長の歪みが分かりません。いつもどこかで満たされていて、影があるようには見えなかったからです。もし課長が歪みとするならば、その歪みは自然だったんじゃないんですか? 怒られるかも知れませんが、歪んでいたことで幸せだったのかも知れない。そういうことってあると思います。だから子供に大人の観念で幸せを押しつけてはいけないんですよ」

　私は下を向いてしまっていた。説得しようとする私に、井上の方が私という人間を分からせたみたいだった。噛み合わないと知った結婚生活の中で、私より老練な人生観を持ったのかも知れなかった。

「君はいいやつで、お会いした奥さんもいい人だったけど、他人にはいい人同士で理想の家庭に思えても、どこかで許されないものがあるのかな」

　井上が鞄の中からハンカチを取り出して目を拭った。井上だって切ないに決まっている。それを押し殺してどこかへ逃れたい気持が、後遺症の精神状態によるものなのであれば、井上はいつまでも被害者を生きなければならないのか。あの年の自然と人間の起こした災いが、今もどれだけの人達に被害者としての生活を強いているのか、と改めて思った。

「帰るか」

立ち上がった私に、井上は言った。

「女房から、武田課長と話す機会があったら伝えるように頼まれました。お世話になりました、と」

井上は頭を下げた。

年が改まって井上は離婚し、予告通りに三月で退職した。


平成十二年の西暦二〇〇〇年は二十世紀最後の年に当たり、千年紀という意味のミレニアムという言葉が流行した。世紀末にしては派手な騒ぎもなく、穏やかな春を好転が兆す景気の中で過ごしていた。誕生日が来れば三六歳、課長就任四年目、私にとって人生の手応えを知るには絶好の時期かも知れなかった。

日曜日、マンションに持ち帰った仕事で遅い夕食になっていた。コンピューターの普及につれてウイルス感染やハッカーの侵入などの新たなトラブルが起きていて、私が出席した説明会でのリーフレットから抜粋して、簡潔にした資料を作成していた。とりあえず課内に配布して、反応によっては部長を通じて全ての課に行き渡らせる考えだった。仕事で外出ができなかったため、有り合わせの惣菜でビールを飲みながらテレビを見ていた。通常の日曜日は洋画の番組だが、特別企画として放映されている日本映画を見ているうち、原作の味わいを台なしにするような粗雑な映像と、アクションの効果ばかりを狙っている内容にすっかり興醒めがして、リモコンを手に取った。ボタンを早押しして行きながら、ふと目に入った字幕にチャンネンを戻したが、文字はすでに消えて、タキシードに正装した外人の男性が立っていた。背後から聞こえる緩やかなピアノの前奏に、髭《ひげ》を蓄《たくわ》えた恰幅《かっぷく》のいい男性は歌い出しを待っている。やがて一音、美しいテノールが長く響き渡ると、続くメロディーはやはり一瞬の字幕に見た『真珠採り』だった。タンゴはアレンジだったのか、軽快さなど微塵《みじん》もない優麗な音の運びは、速度も情感も母の口ずさんだものだった。子守歌のためにゆっくりと奏でた母は、原曲の存在を知っていたとは思えないが、まさにこれを歌っていたのだ。画面には日本語の字幕が歌詞を追っていたが、私は見ることもなく耳だけを傾けていた。同じメロディーが繰り返される。声が憂いを込めて高く上がり、伸びる音に切なさを残すと、まるで物心つく以前の世界に呼び戻されるような懐かしさを感じ、次には一転して激しい恋しさに襲われた。音楽というものが魔物のように思えた。湧き上がる拍手に画面を見ると、笑顔で頭を下げる歌手の手前にまた字幕が浮かんだ。

ビゼー作曲　歌劇「真珠採り」より〝耳に残るは君の歌声〟

私は電話台に走ってメモ用紙を取ると、記憶を復唱しながら書き写した。

「クラシックのCDを多く揃えている店はどこかな？」

翌日、クラシックにうるさい課の女性社員に尋ねた。

「何かお探しですか？」

私は書いたメモを見せた。

「これって、いつか課長が口笛で吹いた曲ですよね」

「タンゴだとばかり思っていて、オリジナルがオペラだなんて、知らなかったよ」

「お昼休みに銀座へ出るついでがありますから、見てきましょうか？」

「ありがたい、頼むよ。ご承知のように音楽の素養はなくてねえ、時代おくれの男…、なら風呂で時々歌うけど、クラシックは全くだめなんだ」

鞄から財布を取り出そうとすると、置いてない場合もあるので、と止められた。

午後の仕事に追われるうち、頼んだＣＤのことは頭から離れていて、退勤時の廊下で女性社員に呼び止められて思い出した。渡されたＣＤは丁寧な包装に、リボンまで飾られていた。

「プレゼントです」

「いや、だめだよ」

「課長にではなく、お母さまにです」

「どうして？」

「あら、口笛を披露したときに、仰《おっしゃ》ったじゃないですか。お母さまの子守歌だったんだ、って」

「それにしても、頼んだんだから、お金は取ってくれよ」

焦る私に女性社員は両手を後ろに回して言った。

「課長。固いばかりでもだめなんですよ。課長は人気者なんだから、そうか、と素直に受け取れば、親しみを持たれてもっと人気を上げるのに」

「そうか。では、君の気持と忠告を大事にして、甘えさせて貰うよ」

「お揃いにさせて頂きました、とお伝え下さい」

「お揃い？」

「私の分も買ったんです。真珠採り、をじっくり聴いてみたくて」

屈託のない笑顔を見せて離れていく後ろ姿に、さっぱりとした性格は妹の芳子に、落ち着いた物腰は峰子に似ていると思った。

CDは手に入ったものの、マンションには聴くオーディオがなかった。池袋で途中下車して家電の量販店で間に合わせのCDラジカセを買うと、またダイニングに置物がふえることに苦笑しながら帰宅した。食事はあと回しにして、蒸し暑さから缶ビールを飲みながらラジカセをセットすると、CDの包装を解いた。ジャケットのタイトルには「男声によるオペラ・アリア集」とあり、複数の歌手によるアルバムで、歌劇「真珠採り」の〝耳に残るは君が歌声〟はスウェーデンの歌手がオーケストラの伴奏で歌っている。指揮者は聞いたことのある名前だった。オーケストラの前奏はさすがに厚みがあった。歌唱が流れると、同じテノールでも昨夜の歌手とはまた違う軽い声で、高音の伸びがこの歌の情感を引き立てているように思えた。三分半ほどのその曲だけを繰り返して何度も聴くうち、抑えきれない気持が行動に走らせた。ＣＤを停止させると、電話台に寄っていた。番号を押して、電話に出た芳子に前置きもなく言った。

「頼みがあるんだ。姉さんの家へ電話して、母さんに僕が電話を欲しがっていると伝えてくれないか」

芳子が驚いたり訝《いぶか》ったりしている様子が分かった。

「すぐに？」

「いや、夜はだめだ、母さんが困ると可哀相だから。明日でいいんだけど、でも、なるべく早くと言ってくれ」

「だって、日中は会社でしょう？会社に掛けさせてもいいの？ねえ、何があったの？」

「余計なことは訊くな。母さんには僕が電話を待っていると、それだけ言えばいいから。おい、姉さんに知られないようにうまくやれよ。頼んだぞ」

芳子は不服そうな声を聞かせながら電話を切った。

母からの電話は、翌朝の出勤途上にきた。

「そのまま待って」

ちょうど電車が停車するところで、私は途中駅のホームへ出た。

「何かあったんですか?」

母の声は動揺していた。

「いや、そうじゃない。母さん、どうしても会いたいんだ」

訊き返す声が発車のチャイムに掻き消された。

「出てきてくれよ、明日かあさって、何か理由を作って。デパートの頃の人から夕食に誘われた、とでも言えないか?」

「分かりました」

はっきりとした返事に、私の方が疑った。

「本当に、できるかい?」

「ええ。なんとかします」

「ありがとう。いつがいいかな?」

「水曜日は享子のお稽古の日だから、夜ならあさっての方がいいの」

「じゃあ六時に。待ち合わせはデパートの近くで、どこかない？」

「淳平さんは、大通りに高速バスの乗り場があるのを、知ってる？」

「デパートの前に伸びる通りかい？行けば分かるだろう」

「ええ。分かりやすいから、享子とよく待ち合わせた場所なの」

「よし。そこで六時に、僕はぎりぎりか、少し遅れるかも知れないけど」

「いいわ、待ってますから」

電話を切ると、次に来た電車に飛び乗った。


夏至に近い六月のことで、日はまだ残っていた。高速バスの乗り場は大通りを少し進んだ先にあって、雨よけの下のベンチは腰掛けた人で埋まっていたが、こちら向きの中に母の顔はなく、立っている人達も見回しながら、背を向けて坐っているワンピースの撫肩《なでがた》に目が止まった。近づいて行って、後ろ髪から覗かせる光沢に、思わず笑みが零れた。髪に組い込んだ鼈甲《べっこう》の櫛が、ここにいます、と訴えていた。顔の前に手を翳すと、振り返った母が見上げて頬笑んだ。

「日本料理のお店を予約しておいたよ。すぐそこだから」

先を行く私を追って、足音を急がせる母の歩みは昔と変わりなかった。エレベーターを五階で降りて、豪華な玄関を構える割烹は、いつか峰子と来た店だった。和装の仲居さんに案内されて、奥まった個室に通された。母に床の間寄りの上座を譲られ、厚い座布団に向かい合って坐った。仲居さんが飲み物の注文を訊いて出ていくと、母はデパートのビニール袋をテーブルに乗せた。

「小鯛の笹漬けなの。晩酌のお供にして下さい」

袋を手に取って中を覗くと、小さな樽が横になっていた。

「これ、母さんがいた売場の、いつか話していたあれだろう?」

母が顔を見た。

「ほら、聞かせてくれたじゃないか。まだ勤め始めの頃、倉庫から大きいのと小さいのと二つ出してきて、どちらにしますか?と尋ねたら、あなたが走って持ってきたんだから両方とも買いますよ、と言ったお客さんがいたって」

母は思い出したようにうなずいた。地味な色のワンピースは丸い襟付きで、胸元にだけボタンがあった。三年半ぶりに見る母の顔は目元が老けて、豊かな髪の生え際はうっすらと白くなっていた。

「わたしでも忘れてしまったことを、淳平さんはよく憶えているのね」

「憶えているさ。母さんのことなら、なんでも」

母は目を伏せた。

「それなのに、ごめんなさいね」

「よしてよ。母さんを謝らせるために呼んだんじゃないよ」

目を脇へ運ぶ母に、私は前のめりに顔を寄せた。

「藤堂もそうだけど、会社でもみんなが母さんを大事に思ってくれるよ。お母さまに、ってカステラをよこしたり、真珠採りのCDをプレゼントしてくれたりしてね」

母はうつむいた。涙を怺えているのが分かった。

「その藤堂は四国へ引き上げてしまって、会社でもいろいろなことがあったよ」

「そうなんですか」

顔を起こした母に、私は首を横に振った。

「そんなこと今日はいいから、一緒においしいものを食べよう」

仲居さんが入ってきて、生ビールのジョッキとウーロン茶のグラスを置き、横に前菜の並ぶ漆器を据えた。仲居さんが去っていくと、箸を取りながら私は言った。

「さっきは背中を向けていたから、探せなかったよ。来られなくなったのかと思って、ちょっと心配になった」

母も箸を取りながら、小さくかぶりを振った。

「淳平さんがもうじき来ると思ったら、なんだか胸がどきどきして、苦しくなって後ろを向いたの。どれほど会いたかったか、そう考えていたら…」

母は顔を見て、すぐに目を逸らした。飲んだビールが滞りながら喉に落ちた。また襖《ふすま》が開いて、仲居さんがお造りの器を先に私に寄せ、据えられて母は頭を下げた。

「お稽古って、姉さんは何してるの？」

仲居さんが出ていくと、私は訊いた。

「ヴァイオリンですよ」

「へえっ、また始めたんだ」

姉は高校に入った頃、友人に誘われて同じ先生に就いた。ヴァイオリンは友人からの借り物だったが、友人より上達が早く筋もよかったようで、姉は音楽大学への進学を勧められていたのだが、病気の父を抱える家計を思って断念した。練馬の家の二階で、姉が母に義理を売ると言っていた芳子の言葉が甦り、そのときに母を連れて家を離れる計略が芽生えていたことを思い出すと、今、年だけは食いながら、母に寄せる気持は何も変わっていない自分がどうしようもなく分かる。

「ヴァイオリンの上等なものは数千万円もするというから、ねだられると大変だね」

「そんなお金、ありませんよ」

母は笑った。

「母さんは人がいいから、持っているお金を全部なげうって、足しにしてね、なんて言いかねないじゃないか」

「そんなこともしませんから」

母が楽しそうに笑う顔を見ながら、私はジョッキのビールを飲み干した。ちょうどよく料理を持ってきた仲居さんにビールの追加を頼むと、今度は洋裁の話題に変えて母の話を聞き、運ばれてきたビールをまた呷りながら快く酔っていった。

間を置いて出される料理は、どれも薄味で食材の持ち味を引き立て、熱海の旅館での味付けを思い出させた。

「淳平さん。何かお話があったんじゃないの？」

改まった表情で訊かれて、私は筆生姜《しょうが》を噛みながら否定の声を聞かせた。

「本当に何もないよ。無性に会いたくなっただけだ。今までも、どれほど会いたかったか、母さんの気持と同じさ」

酔いの回ってきた顔を見られ、目が合って二人で笑った。先刻の私をはにかませた言葉にも、そして今の私の言葉に対しても、今日の母は屈託を感じさせなかった。

「ところで、今日はなんて言って出てきたの？」

私の問いかけに、母は塩焼の鮎に運んでいた箸を置いた。

「きちんと言ってきましたよ」

「ええっ、僕と会うって?」

母はうなずいた。

「わたし、淳平さんが悪く思われているのが堪らないの。だから隠さずに、態度で示してきたんです」

私は思わず座椅子に反り返った。

「へえっ、びっくりだなあ、母さんにそんな大胆なところがあったなんて。ひょっとして、母さんは僕より強いのかも知れないね」

「あなたを産んだのよ」

母に頬笑まれて、照れ臭く下を向いた。黙っていると、母が身じろいだ。

「ちょっと、ごめんなさい」

ハンカチを手に座布団を離れた母が、襖を開けて出ていった。

ウーロン茶が底に残るグラスを見つめながら、怯えもなく事実を告げてきた母に、朗読のサークルで取り上げた『古事記』の一節を思い出していた。死んだ息子を自分の乳汁で蘇生させる母親の話だった。因幡《いなば》の白兎の伝説で知られる大国主命《おおくにぬしのみこと》は、謀《はかりごと》に遭って焼き殺されている。母神は痛ましさに嘆いて、赤貝と蛤《はまぐり》の女神を遣わし、赤貝の貝殻を砕いた粉を蛤の出す汁で溶いて液状にさせたものを、自分の乳汁として火傷の体に塗らせると、息子は生き返る。『古事記』は何度でも命を与える母神の強さを物語っていた。息子としての私であることを知らせようと、わざわざの行動に出た母にも似たような強さがあった。だが、その強さに甘えるだけの存在で母があったのなら、私の憧れはあり得なかった。胸をときめかせながら待っていてくれた母は、その憧れをなお無にしてはいなかった。

襖が開き、次の料理を運んできた仲居さんに先を譲られて、母が入ってきた。座布団に戻ると、ワンピースの袖口を少しずらして、酢の物を残した器を脇へ寄せた。

「お下げしてもよろしいでしょうか？」

仲居さんに訊かれ、母は膝に片手を置いて頭を下げた。入れ替わりに揚物の皿を据えて出ていこうとする仲居さんに、ウーロン茶を頼んだ。酒気混じりの吐息を漏らすと、母が問うように顔を傾けた。

「母さんはやっぱり、綺麗な姿をするね」

胡座《あぐら》の膝に手を乗せて頭を下げて見せると、母は軽く拳を振った。

「いやねえ」

はにかんで笑う母の顔には口紅が色を増して、目元に見た老けた感じも不思議と消えていた。

「課長さんは、慣れました？」

膝に手を置いたままで、母が訊いた。

「だいぶ要領を得て、余裕が持てるようになった」

「淳平さんは熱心ですからね」

「仕事ばかりしている訳じゃないよ。休みの日はプールで遊んでいる。ほら、いつか母さんと夕食に寄ったホテルがあるだろう、あそこの会員になっているんだ。お腹《なか》が出てきたから運動のつもりだったけど、結構はまっちゃってね、土日が楽しみだよ」

母は楽しみを相伴《しょうばん》するみたいに笑顔でうなずいた。

「今年の夏休みは伊豆辺りでダイビングのライセンスを取って、そのうち沖縄へ潜りに行こうと思っているんだ」

「沖縄…？」

「海の透明度が、全然違うんだって。課に沖縄マニアの若手がいてね、潜って魚達を見るたびに自然は大事にしなきゃいけないと思う、と言っていたよ」

母はうなずきながら聞いていたが、急に居ずまいを正した。

「一緒に行きたいと言ったら、連れて行ってくれます？」

私は驚いて顔を覗き、もう一度訊き返しながら笑い出した。

「どこにも行きたがらなかった母さんが、心境の変化かな?それとも、遠くの沖縄だったら行きたかったんだ…」

頬笑みの消えている顔に、言葉を切った。

「お兄さん、かい?」

母が目を合わせた。

「戦死は、沖縄で?」

「向かった先がね。でも、飛び立ったのが九州だということしか、報告にはなかったそうなの」

「特攻、だったんだ」

私の知らない伯父《おじ》が命を閉じた場所に、可愛いがられていた母は思いを残していた。

「五歳の母さんに、綺麗になるんだぞ、と言って出征していったお兄さんだったね」

母は何も言わなかった。

「よし、決まりだ。来年の夏休みは一緒に沖縄へ行こう。ダイビングなんてどうでもいいから、同じ空を飛んでいきながら見せてあげてよ、今の母さんを」

肩をすぼめて母は笑った。

夜の通りを歩きながら、見上げると、母が勤務していたデパートのネオンが鮮やかな色で輝いている。母を誘って駅までの道を遠回りすると、角の洋菓子店へ入った。ケースの中のケーキを母と選んだ。会計を済ませて出てくると、箱の入った袋を母に持たせた。

「母さんが買ったようにするんだよ」

「そんな…」

「その方がいいんだ、味が違うから。真浪ちゃんや多織ちゃんだって、ババちゃんのお土産《みやげ》ならもっと喜ぶだろう?」

下を向いた母は、以前に翳りを見せたときと同じ目をしていた。ハンドバッグをケーキの箱に乗せて、袋一つを提げた母と地下道を並んで歩いた。私鉄の券売機で私の分の入場券も買った。

「ここでいいのに」

遠慮する母を先にして改札から入ると、階段を上がってホームに停車していた急行に乗せた。勤め帰りの乗客で車内は混み合っていて、母はドア口に立った。

「たくさんお金を遣わせて、ごめんなさいね」

発車を知らせるチャイムが鳴り、下からそっと手を近づけると、母はケーキの袋を腕に掛けて両手で握った。ドアが左右から迫って手を離すと、閉ざされたガラス窓の向こうで母は手を振った。目には涙が溢れていた。走り始めた電車を追って歩くと、母は笑顔を作って、上下に揺する手のひらをいつまでも向けていた。

十八章　押し花の栞《しおり》

「淳平さん、わたしです。忙しいのに、ごめんなさい。あの、嬉しいお知らせがあって、お電話しました。直接お話ししたいから、ではまた…」

十一時二二分に着信のあった母からの留守録を、昼休みに聴いた。実に嬉しそうな母の声に、午後の仕事中も通常モードにして待ち、気になって画面の記録をたびたび見たが、携帯電話にはそれきり着信はなく、夜になってマンションの電話機に掛かってきた。

「今、どこから？」

「お家《うち》の電話を借りてます」

「大丈夫なの？」

そんなことより、とでも言いたげに母は話を急いだ。

「芳子ちゃんにね、赤ちゃんができたの」

弾んだ声で告げられて、私も思わず歓声を上げていた。

「今日分かってね、二た月ですって」

「と言うと、予定日は？」

「来年の五月になりますね」

「二一世紀の幕開けに生まれる子か、おめでたいね？」

母の返事は上擦《うわず》って、嬉しさを隠しきれなかった。

「今度は芳子の方に手が掛かって、また忙しくなるね。母さん、いつまでも老けられないぞ」

「そうですね。あの…、淳平さん？」

母の口調が変わった。

「享子さんが、お話ししたいと言っているの」

姉が傍らにいたのだ。

「いいよ、出して」

受話器を手にする音が聞こえて、姉が呼び掛けた。

「やあ、しばらく」

「お久しぶり。いつまでも暑いわね」

「聞いたけど、芳子よかったなあ」

「本当ね」

「子供が産まれたら、母さんは練馬の家へ入り浸りだな。世の中うまくできていて、持ち回りになっているんだよ。子の方がポーカーの親みたいだなあ」

「何子供みたいなこと言ってるのよ。あなた、会社で偉くなったんでしょう?お母さん、それだって喜んでいるのよ」

「課長なんかで僕が甘んじると思うか?そのうち会社ごと乗っ取って、そのときは母さんを二人から奪い返すから、覚悟しとけよ」

「ババ抜きではなく、家はババ盗りみたい。いやねえ」

「おっと、やめてくれ。それは母さんの台詞《せりふ》だ。母さんが言うから似合うんだ、姉さんなんかまだまだだよ」

「相変わらず口が悪いのね。じゃあ切るわよ」

「なんだそりゃ。僕が母さんをどんなに好きか、知ってるだろう?もう一度出せよ」

「はいはい」

姉の笑い声が受話器から離れた。

「母さん、気を遣わせるね」

「ええっ…?」

電話に戻りながら、母も姉に合わせて笑っていた。

「母さんには謝らなければいけないことが、たくさんあるんだ」

「何言うんですか」

　母の声が改まった。

「誰にも謝ることなんか意地でもしないけど、母さんにはね。でも、いくら謝っても、気持は変わらないかも知れないいんだ」

　母は黙っていた。

「じゃあ、切るよ」

「はい」

　受話器を耳に当ててうつむく母の姿を目に浮かべながら、私が先に電話を切った。


　暮に、藤堂が愛媛産のみかんを郵送してくれた。母と別れて暮らしていることをまだ知らないので、大きな段ボール箱いっぱいに詰まっていた。甘く瑞々しい温州《うんしゅう》みかんで、十個ほど手元に残して箱ごと姉の家へ転送すると、母は芳子の家にも分けて送ったと聞かせた。

　特に新たな気分もなく二一世紀を迎えていた。景気の状態も低迷からは抜け出していたが、一時的なものでさらに厳しい不況に見舞われる、と予想する学者や評論家も少なくなかった。もちろん、昭和の後半期を躍動させた夢のような好景気がもうあり得ないことは誰もが知っている。それが夢ではない現実であったのだから、泡《あぶく》というバブルの譬《たと》えは妙を得ていた。丸く包んでいた夢もろとも泡ははじけて、反動の痛手を負ったこれまでが「失われた十年」と報道では言われているが、私には経済成長の陰に押しやられてきたそれ以前も倍に失った気がする。

駅から商店街の照明が照らす大通りを帰りながら、手焼き煎餅《せんべい》屋の店内に袋詰めされてある雛《ひな》あられが目に留まった。練馬の家の時代は、姉か妹が必ず買ってきて、母の飾る立ち雛の脇に添えた。白の中に桃色や若草色が混ざり合うあられは、春の訪れを見るに充分で誰も食べることはなかったが、雛の節句が過ぎると、母は勿体ながってよく口にしていた。煎餅屋から買って帰ったあられの袋は、テーブルの端に置いただけで食事中もずっと女気を感じさせた。袋を結んでいた紅紐を解き、母を真似《まね》て手のひらに散らすと、一撮《つま》み口に含んだ。舌の上で転がしてほのかな甘みを確かめながら、女家族の中で過ごしてきた昔のあれこれを思ううち、姉の子二人にしても血縁のある者は女ばかりなのに気づいた。そう言えば、井上が被害に遭った日に抱いたのも女の児、投函することのなかった訴えの書状を書かせたのも女の児、マンションで見かけるたびに胸を塞がせるのも女の児。記憶に思いつく子供達も、みな女ばかりだった。

「この分だと、生まれてくる芳子の子も女だな」

声に出して言うと、理由もない諦めの口調に自分でもおかしくなった。

まだ夜中だと認識しながら、眠りの中でかすかな電話の音を聞いていた。寝返りを打って、鳴っているのはダイニングの電話であることに気づいた。窓のカーテンの隙間からもまだ薄明かりは見られなかった。電話が掛かる時間帯ではないので、間違いだろうと切れるのを待ったが、いつまでも鳴り止まない。手を伸ばしてスタンドの照明を点けると、傍らの目覚まし時計は四時三五分を指していた。ドアを開け、冷気の中をダイニングに向かった。受話器を取った途端、耳に飛び込んできたのは姉の声だった。

「お母さんが倒れて、救急車で運ばれたの」

まだ覚めきらない目を大きく見開いて絶句した。

「淳ちゃん」

悲鳴のような声で姉が呼び掛ける。

「いつ？どこ？」

自分でも何を言っているのかと思いながら、声に出すのがやっとだった。

「今、病院にいるの。お願い、すぐに来て」

姉は叫びながら泣き出した。電話を変わった岡さんの声に、私はようやく落ち着いて病院の場所を訊いた。新宿区の河田町にある大学病院の名を告げた岡さんは、鎮静剤を注射されて意識をなくしている母の状態を話した。

「あまりに苦しがっていたので、享子が頼んで取って貰った処置です。どこが悪くて何が原因なのか、今はまだ分からないそうです」

電話を切ると、洗面所へ走って冷水で顔を洗い、身なりを整えた。母が危篤の状態なのかそうでないのかの見当がつかないので、気持は動揺したままだった。目覚まし時計を見ると、五時になりかけていた。今日は三月一日で、木曜日だが年度末に向けた課長会議がある。病院から出社することも考えてネクタイを結んだ。

マンションから病院までは幸運にも近かった。まだ暗い大通りへ出てタクシーを拾うと、信号の青ランプが迫っては過ぎる道を幾重にも折れて、十五分ほどで到着した。教えられた通りに救命救急センターの表示を目当に中へ入ると、人気のない待合室から姉が駈けてきた。母は救急の処置室からＩＣＵに移されたあとだった。胸部のレントゲン撮影で、心臓の半分が水に浸っている状態であることが判明した、と姉は伝えると、泣き声に言葉を乱した。夜中の三時に発見したのは岡さんで、母は階段の下に横転して喘《あえ》いでいた。二階にいる自分を呼びたかったのだろう、と姉は言う。いくら訊いても苦しがるばかりで、口がきけないどころか目も開けられなかった。救急車はすぐに来たが、救命士が車内で病院の確保に手間取るので、岡さんが機転を利かせて高速道路を走らせ、以前に通ったことのあることの病院へ運んできた。岡さんは電話で私と話したあと、眠っていた子供のことも心配なので自宅へ帰った。救命士は最初、病院の指定はできないと言うので、知人がいるということに岡さんがした、と姉は行きつ戻りつしながら経過を聞かせた。腰掛けている頭上から暖房の風が吹きかけていた。

「ＩＣＵへ入れられても、もうだめだということじゃ、ないわよね？」

姉が拝むような目で訊いた。

「集中治療をするためだ。悪く考えないようにしてよ」

「お母さん、昨日は怠《だる》いからと言ってお部屋で寝ていたけど、おとといは真浪の忘れ物を学校まで届けにいってくれたのよ。なんでこんなことになっちゃったの」

姉はハンカチに顔を伏せた。

「芳子には、知らせた？」

姉が泣きながらかぶりを振った。

「驚かせていいものかと思って、お腹《なか》に赤ちゃんがいるのよ」

私はうなずいた。

「もう少し状態が分かってから、僕がうまく伝えるよ」

そのとき、靴音をさせながら看護婦が近づいてきた。

「集中治療のセッティングが済みましたから、ＩＣＵの方へ来て下さい」

看護婦に先導されて二階へ上がった。治療室の前で待たされて、出て来た男性の医師と対面した。

「担当医はまだ決まっていませんが、代行して僕が話します。当面の問題は、内臓を浸している水を透析《とうせき》で取り除くことです。それは状態次第で今日にもできますが、水を溜めた原因がなんであるのかは、数種類の検査をしなければ分かりません。考えられるのは腎不全なのですが、それがどうして起きたかということです」

医師は分かりやすい言葉で説明してくれた。私より若く、三十歳前後に見えた。

「今は検査ができる段階ではないので、集中治療に努めます」

続いて看護婦が緊急の場合の連絡先を尋ね、私が用紙にマンションと携帯の電話番号を書いた。目礼して治療室へ戻りかける医師を、私は呼び止めた。

「母の姿を、遠くからでも見せて貰えないでしょうか？」

「ああ。どうぞ」

笑顔で医師がうなずくと、看護婦は入口に用意してある備品を身に付けるように指示した。姉と二人で上っ張りを着て、頭にはキャップを被り、紙のマスクで口を覆って治療室へ入った。カーテンで仕切られた間を、医師達が無言で行き交っている。

「ここからで結構です」

奥へ通そうとする様子に気が引けて言うと、看護婦は歩いていってカーテンを開けた。同じキャップを被って仰臥している母の横向きの顔が、垂れ下がる管の隙間から見えた。酸素マスクに邪魔されて表情は分からないが、閉じた目に苦しんいる様子がないだけでも安堵した。

「ありがとうございます」

頭を下げると、うろたえている姉を促して室外へ出た。

待合室にはすでに外光が差していて、早くも来院の人影があった。

「電話は僕の方に掛かってくるから、何かあったら連絡する。会社へ行く用もあるので、ひとまず引き上げよう。姉さんはタクシーで帰ってよ」

遠慮する姉に紙幣を握らせて、玄関へ向かった。腕時計を見ると、時間には余裕があり、病棟脇の石段を下って地下鉄の駅を目当てに歩いた。朝の外気が寒さも忘れていた肌を刺激した。母が危篤の状態なのかそうでないのか、問うことはできなかったが、切迫している気配はなかった医師の笑顔に救われていた。だがまた、あの昏睡状態のままで母が息を引き取るようなことになれば、どれほど悔恨を残すだろうかという恐怖もあった。

普段より一時間も早く出社したので、会議の準備は念入りにできた。十一時に会議を終えると、部長室に出向いて部長と、課では気心の知れた数人に事態を打ち明けて、また病院へ向かった。

ＩＣＵへ来院の報告をして、待合室へ下りると、人混みの中に帰ったとばかり思っていた姉の姿があった。

「だめじゃないか。しばらくは長丁場になるから、うまくやり繰りしなければ、体だって参っちゃうよ。まだ何も食べてないんだろう？」

「大丈夫よ」

「ちょっと待ってて」

朝から何も食べていないのは、私も同じだった。待合室から外に出て、向かいの旧式な建物の中に売店の入口を見つけた。サンドイッチとおにぎりと、牛乳のパックを二つ買って戻った。

「レントゲンの写真を見せられたとき、救急のお医者さんから言われちゃったの」

姉が牛乳のパックにストローを差し込みながら言った。

「こんなになるまで、家族が気が付かなかったんですか？体がおかしかったのは、昨日今日じゃなかった筈ですよ、って」

サンドイッチの半分を撮《つま》み取ると、包装ごと姉に渡した。

「ごめんなさい。淳ちゃんなら、もっと早くにお母さんの異常に気が付いたわよね」

サンドイッチを口にする姉の目から涙が流れた。

「そんなことないよ。きっと僕にも分からなかったさ、母さんは我慢強いから」

おにぎりも一つずつ、二人で食べた。

「とにかく姉さん、今日はもう帰った方がいいよ。岡さんだって会社へ行った筈だから、学校から帰ってきたら子供達が困るよ」

うなずいて、帰り支度をする姉の横顔は、化粧のなさから疲労をあらわにしていた。

「淳ちゃん、携帯持ってたのね。番号教えて」

渡された手帳に番号を書きながら言った。

「よくお礼を言っといてよ、岡さんがいて助かりました、って」

姉が帰ったあと、四時までは病院にいたが、ＩＣＵで特に悪化のないことを確認すると、退出を告げて会社へ戻った。

いつもより二時間も遅くなってしまった帰途、電車のドア口に立っておぼろに霞む夜の街を見下ろしながら、時間の感覚を失っていた。今朝からの、一日とは思えないほどの長い時間、だが、元気でいるとばかり思っていた母が、今、昏睡状態で集中治療を受けている事実を、一日で納得するには短過ぎた。

眠くても横になれないでいた十一時、ダイニングの電話機に病院から掛かってきた。これから透析に入るが、最初の数時間は心臓に負担が掛かるため、発作の危険性もありうる。透析は慎重にマイルドで行うが、万が一に備えて家族に控えていてほしい。そう連絡を受けて、私は直ちに深夜の病院へ向かった。集中治療室の横に控えの部屋があり、看護婦が長椅子で仮眠するようにと毛布を貸してくれた。透析が安全域に入るまで四時間は掛かると聞いていたので、文庫本を持参して来た。急いでいたため、本箱から目についた一冊を抜き取ってきたのだが、宮沢賢治の『銀河鉄道の夜』に手が行ったことには、必然も感じていた。

私がこの内容に接したのは、本より先に映画だった。登場人物が猫に置き換えられているアニメーションで、高校生だった猫好きの芳子にせがまれて、大学生の私はアルバイトの給料日に映画館へ連れて行った。友人の死と同時刻に、夢の中で銀河を発車する列車に乗り込んでいた主人公。友人も乗り合わせていたことに気づいて喜ぶが、死ぬ命と生きる命の違いが二人の運命を引き離す。映画を見終わったあと、物も言わずに帰る私を芳子は訝《いぶか》った。

「寿命って、どうしようもなく決まっているものなのかな…?」

「あら、そんな深刻に見ていたの?みんな可愛いかったじゃない。最後は少し泣いちゃったけど」

翌日、早速文庫本を買った。それがこれだった。

「ではみなさんは、そういうふうに川だと言われたり、乳の流れたあとだと言われたりしていた、このぼんやりと白いものがほんとうは何かご承知ですか。」

始まり出しは、チョッキを着た青い猫がまどろみながら先生の声を聞いているアニメーションの場面まで浮かぶ。そのぼんやりと白いものに見える銀河を、二人は列車で旅する。作者はこの章までに、恵まれている友人と生活苦を抱えて疎外されている主人公の境遇を示唆している。向かいの席に坐ったその友人だけは自分を理解してくれていると思っていたから、二人きりの旅を主人公は喜んだのだ。再読すると、列車の中の最初の会話で、友人がすでに水死していることを仄めかしている。読み直して分かった作者の技巧だった。

その友人は言う。

「ぼくはおっかさんが、ほんとうに幸いになるなら、どんなことでもする。けれどもいったいどんなことが、おっかさんのいちばんの幸いなんだろう。」

目に乾きを感じて、何度か瞬《まばた》きを繰り返すと、控室の壁に掛けてある時計の大きな文字盤を見た。日が変わって、〇時半を過ぎたところだった。昨日の未明から動き通しで、さすがに目も疲れていたが、横になっても母の状態が気になって仮眠などできそうもなく、気を静めてまた先を読んだ。白鳥座の北十字星から南十字星までの十字架を結ぶ旅、氷山に衝突した船から乗ってきた人達が最後に聴いたという賛美歌三〇六番、友人にとっては死出の旅に他ならなかった。だが逆に、母はまだ生きられる、とそんな気がした。私をもう一度認識して欲しいと願う気持が、母に通じる手応えのようなものがあった。

休んではまた戻って読んでいたせいで、壁の時計は二時を過ぎていた。章も後半になって、鉛筆で引かれている線に気づいた。印字の行に定規《じょうぎ》を添えて線を引くことは今でもしているが、大学生の頃の感動を見るのは懐かしかった。

「おとうさんこう言ったのよ。むかしのバルドラの野原に一ぴきの蝎がいて、小さな虫やなんか殺してたべて生きていたんですって。するとある日、いたちに見つかって食べられそうになったんですって。さそりは一生けん命逃げて逃げたけど、とうとういたちに押えられそうになったわ。そのとき、いきなり前に井戸があってその中に落ちてしまったわ。

もうどうしてもあがれないので、さそりはおぼれはじめたのよ。そのときさそりはこう言ってお祈りしたというの。

ああ、わたしはいままでいくつのものの命をとったかわからない。そしてその私がこんどいたちにとられようとしたときはあんなに一生懸命にげた。それでもとうとうこんなになってしまった。ああ、なんにもあてにならない。どうしてわたしはわたしのからだを、だまっていたちにくれてやらなかったろう。そしたらいたちも一日生きのびたろうに。どうか神さま。私の心をごらんください。こんなにむなしく命をすてず、どうかこの次には、まことのみんなの幸いのために私のからだをおつかいください。って言ったというの。そしたらいつかさそりはじぶんのからだが、まっかなうつくしい火になって燃えて、よるのやみを照らしているのを見たって。」

その五ページあとに、今度は鉛筆の芯を嘗《な》めたように濃く引かれていた。

「また僕たち二人きりになったねえ、どこまでもいっしょに行こう。僕はもう、あのさそりのようにほんとうにみんなの幸いのためならば僕のからだなんか、百ぺん灼《や》いてもかまわない。」

私は思わず本を閉じていた。線を引くからには意識のどこかに留めてあって、必然的にこの文庫本を選んできたのは、この箇所を確認したかったからだと言えた。

「武田さん」

男の声で呼ばれて、顔を上げた。ＩＣＵへ最初に呼ばれたときの若い医師が、あの笑顔で立っていた。

「心臓の部分から水が抜けましたので、もう心配はありません」

立ち上がって頭を下げると、疲労していた目が自然と閉じた。

「では、帰っても大丈夫ですね」

「お会いになって行きますか」

「はあ？」

「まだ意識は戻っていませんが」

「いいんですか？」

医師はうなずいて治療室へ誘い、私はまた装備してあとに続いた。仕切られたカーテンの中で、機器がそれぞれに違う音を立てていた。医師に案内された母のベッドは場所を変えていた。私がカーテンの中へ入ると、医師は両側から閉めて去っていった。母の腕には点滴が刺され、掛けてある寝具の裾から伸びている管が透析のものらしかった。透明な酸素マスクの中で、片方の鼻孔からも管が垂れていた。顔を見て、睡眠と意識を持たない昏睡の違いがよく分かった。点滴の管に気をつけながら、上向きになっている手のひらにそっと触れた。母の指がかすかに動いて、私は握り返した。芯に感ずる温もりが遠くから命を伝えていた。

「母さん」

胸の中で呼びかけながら、ズボンの膝を床に落としていた。

「母さんごめんね、こんなふうにさせて、ごめんよ」

嗚咽《おえつ》が漏れて、片方の手で口を塞いだ。啜り上げながら口から離した手で涙を拭うと、母の耳に顔を寄せて小声で言った。

「また目を開けて話をしようよ。それだけで、もう何もしなくていいから」

もう一度強く握ると、手を離して立ち上がった。顔を見て、母は必ず聞き届けてくれると、今度は確かな手応えを感じていた。

芳子にはその朝電話を入れた。病院から戻って三時間ほどの睡眠のあとだった。

「朝早くにごめん。母さんのことなんだけど、結論から言うと差し当たっての心配はないんだが、実は昨日から入院してるんだ。お腹に水が溜まっていたということで、それは解決したんだけど、原因がまだ分からない。病院は新宿で、詳しいことは姉さんに聞いてくれ。ＩＣＵに入っているけど、言ったように、取り敢えず心配はないから」

芳子は驚いたり、ほっとしたりの反応だった。

ＩＣＵでの面会は午後六時から一時間と制限されていて、姉と芳子は先に行っていたが、仕事で遅れた私は間に合わなかった。

「意識が戻ったの」

姉が嬉しそうに言った。

「鼻から送管してるから声が出せないんだけど、あたし達が言うことは分かっていたわ」

「お前、見てびっくりしたろう。大丈夫だったか？」

芳子はうなずいた。五月の初旬が予定日のお腹は目立ってきていた。

「お母さんが何か訊きたがってね、お兄さんのことだと思ったから、毎日病院へ来てる、とお姉さんが言ったら、ああそう…、と口の形で分かったわ。そうしたら、安心したようにまた眠っちゃった」

「明日からの二連休は、ずっと病院にいるようにするよ」

病院前のターミナルから出るバスで新宿駅へ向かい、地下街の鰻《うなぎ》屋で一緒に夕食をした。

翌日、午前中にＩＣＵへ挨拶に行くと、ちょうど母が目を覚ましていて、時間外の面会を許可された。顔を見せると、母は、ああ、と言う口をして、異様そうな目で頭のキャップを見た。

「これ、母さんも被っているんだよ。昨日来た姉さんと芳子も被っていただろう？」

母は考えるような目をした。昨夜のことは忘れているらしかった。

「大変だったねえ、苦しかったろう、でももう大丈夫だよ。岡さんがいい病院へ運んでくれてね、処置が早かったから、すぐ元気になるさ」

ごめんなさいね…、と言うのが分かった。

「謝るのは僕達の方さ、誰も母さんの病気に気がつかなかったんだから。これからはなんでも言ってね、誰にも言えないことでも、僕には言ってよ」

酸素マスクの中で、母の口元が綻んだ。何かを訊きたい目になって、口が、カイシャ…、と動いているのが分かった。

「会社かい？今日は土曜日で、明日も休み。だからずっと病院にいられるよ。ここは治療室だから時間が決まっていて、また夜の六時に会いにくるけど、いつでも近くにいるからね。安心して、また眠るといいよ」

夜になって、姉が岡さんと一緒に面会にきたが、時間内に母は目を覚まさなかった。翌日の日曜日は、雨の中を真也君が車に芳子を乗せ、姉もまた岡さんと連れ立ってきたが、その日も母は終始眠っていた。

「昏睡状態に戻っちゃったのかしら」

心配した姉が岡さんに笑われた。

「意識があるときとないときで顔つきが違うんだ。母さんのは安眠している顔だよ」

私も笑いながら告げた。事実、母の血色は透析で呼ばれた晩よりもずっとよくなっていた。

月曜日、会社にいた私の携帯に姉から電話が掛かった。

「夜は無理そうだから、今来てみたのよ。お母さんと話せたわ、元気になって安心した。それでね、帰りがけに先生から話があると言われたの、なるべく家族揃っていて欲しいんですって。あたしは主人と連絡を取って、夜にまた来られるようにしたけど、淳ちゃんなんとかならない？芳子も今日は面会に来る予定なの。でも話って、なんなのかしら」

私は承知して、五時に仕事を切り上げると、病院へ向かった。治療室へ三人で入ると、酸素マスクを外された母がぱっちりと目を開いていた。

「鼻に管が入っていてね、今は大事な管なんだ。ほら、母さんは何も食べてないけど、お腹空《なか》かないだろう、管から食べ物を直接胃に送っているからだよ。食べられるようになったら、先生が抜いてくれるって。管のために声が出ないんで、失語症になったんじゃないからね」

私の言葉に姉と芳子が笑い、三人の笑顔に囲まれて母も頬笑んだ。

母のベッドから離れると、待ち構えていたようにあの若い男性医師が控室へ誘った。

「柳田です。僕が武田さんを担当することになりました。よろしくお願いします」

「いえ、こちらこそ」

私が言って、三人で頭を下げた。

「話というのは、精密検査に入る前の段階で分かったことですが、腫瘍《しゅよう》マーカーが特に消化器系で非常に高い数値を示しています。率直に言いますと、癌が進行している状態であろう、ということです。超音波で腎臓を調べたところ、片方に癌が発見されました。高血圧だったことと併せて、腎不全の一因になっています。しかしそれが、状態から判断すると転移によるもので、別の場所に本来の癌ができているのは、ほぼ確実です。自覚症状をあまり訴えなかったとしたら、膵臓や肝臓が考えられ、MRIなどでいずれ分かりますが、実は、それから先のことが相談なんです。これは僕一人の意見ではありませんが、癌が末期的な状態であったり、転移が広範囲に及んでいる場合は、開腹手術をしても手の施しようはありません。患者に負担を与えるだけの手術なら、我々は避けたいところですが」

「そういう末期的な確率が、高いんですか？」

私の問いに、医師は目を伏せてうなずいた。姉と芳子は身じろぎもなかった。結論が出されていることを、二人も受け止めていた。

「それで、このままで、母はあとどれくらい？」

医師は口を閉ざしていたが、思いきったように顔を上げた。

「衰弱している心臓の状態にもよりますが、長くて、三週間…」

突然、芳子が泣き声を上げ、つられて泣き出した姉が肩を抱きしめた。部屋中の空気が希薄になった。体からも力が抜けて、現実のものとは思えなかった。ただ、目だけがらんらんとして、意識が戻っていく耳に姉と芳子の啜り泣きが聞こえた。

「苦しませるだけの手術ならしないで下さい」

私はきっぱりと言っていた。

「先生。今は癌でも苦痛を伴わない処置ができるんでしょう?それには最善を尽くして頂けませんか、僕はなんでもしますから、それだけは本当によろしくお願いします」

私は立ち上がって頭を下げた。姉と芳子は抱き合いながらハンカチを使っていた。

「明日からは個室に移しましょう。その方が、いつでもお会いになれますから」

翌日、私は会社を欠勤した。課長になって初めてのことだった。朝の九時にＩＣＵからストレッチャーで運ばれたとき、母はよく眠っていた。東に面した日当たりのいい個室だった。窓の外に木が枝を張り、よく見ると木肌は母の教えた桜で、小枝にはまだそれと同じ色の蕾を並べていた。鼻孔の送管が外された母の顔はすっきりとして見えた。瓜実《うりざね》の輪郭はやつれ気味だが、整った目鼻立ちは見てきたままで、これまでのさまざまな表情が浮かんだ。病身の頼りなさが肌の色を一層白く見せた。母の頭近くに、ベッドの柵からプレートが下がっていた。

氏名／武田しづ　年齢／61　血液型／O
入院／平成13年3月1日　担当／Dr.柳田
「そうか、六十を過ぎていたんだっけ」

二五歳で私を産んでいたから、自分の年齢を考えれば当然のことを、元気だった母につい忘れかけていた。傍らの椅子に腰掛けて持参した本を読んでいると、母の顔が動いて、ベッドに触れた拍子に目を開けた。

「ずっと、いてくれたのね」

出るか出ないかの声で母が言った。

「分かってた？」

「分かりますよ」

母は閉じている方が長い瞬《まばた》きを繰り返した。

「もう個室に来たから、いつも側にいられる。午後からは姉さんも芳子も来るよ」

「今日は、なん曜日？」

「火曜だよ」

「会社は？」

「母さんが心配することはないよ。僕は課長さんなんだぞ、言わせて貰えば課長が抜けたって仕事が成り立つように教育してある。参ったか」

私が笑い声を上げると、母も頬笑んだ。

十一時半に昼食が運ばれてきた。流動食で、電動式のベッドに添って斜めに起こされた母は、看護婦の掬うスプーンから三口ほど喉に通しただけで、

「ごめんなさい」と普通に戻った声で断った。

「ヨーグルトでもプリンでも飲み込みやすいものから始めて、慣れてきたら好きなものを食べさせてあげて下さい。誤嚥《ごえん》、と言って咽《む》せさせることだけには気をつけて」

「食べられそうなものなら、制限はないんですね？」

母は私と看護婦の会話をよそに、窓の方に顔を向けてむいた。暖房に曇るガラスの一部に、桜の枝が見えた。看護婦は点滴の状態を確認して、優しい笑顔を母に向けると、去っていった。もちろん、状態のすべてを聞かされているのだろう。ベッドを戻して、母がまた眠りについたとき、姉と芳子が揃って入ってきた。

「お昼を少し食べて、今眠ったところだ」

母の様子をうかがっている二人に小声で告げた。姉が不自然に持ったハンカチの包みに、問うように顔を見ると、手渡しながら言った。

「ＩＣＵへ運んだときに、身に付けていたものですって。指輪のことを確認されて、お母

さん何もはめてなかったと思うんだけど…」

聞きながらハンカチを開いて、転げ落ちたヘアピンより目を奪われたのは、あの鼈甲《べっこう》の櫛だった。

「救急車で運ばれたのは夜中だったよね。母さんは櫛を挿して寝ていたのかな」

「そうなのかしら」

首をかしげる姉の横を離れて、芳子がベッドの手摺りに上体をかがめた。

「売店でヨーグルトでも買ってくるよ、慣れるまでは流動物がいいと言われたんだ」

二人を部屋に残して廊下へ出ると、手にしていたハンカチの包みを上着のポケットに入れた。

病室へ戻ってくると、姉の姿はなく、椅子から身を乗り出した芳子が眠っている母の顔をじっと見ていた。

「母さん、芳子の子が見られるといいのにな」

ベッドの裾に置かれた小型の冷蔵庫にヨーグルトを入れながら、私は声を掛けた。

「もう、いいのよ」

芳子の諦めの口調が、思い切りの強さを見せて冷淡にも聞こえた。

「お兄さん、知ってる?」

母に顔を向けたままで芳子が言った。

「お母さんは、住民票の住所を移すこと、最後まで承知しなかったのよ」

私は驚くと同時に、とんでもない不注意をしていたことに気づいた。

「区から母さんに健診の案内が届くから、変に思っていたんだが、訊かずじまいだった。もっと気をつけて、健診を受けさせていたらなあ…」

上掛けの毛布を母の肩に引き寄せて、芳子は立ち上がった。

「気持だけでも、お兄さんと一緒にいたかったのね」

芳子は悔やまれる様子もなく笑顔で言ったが、私は結果に至った同居からのこれまでを思い、責められることの多さを感じた。

隠して持ってきたハンカチの包みを、洋間の机の上で開いた。湾曲した半月の櫛は整髪料が付着しているせいか光沢を帯び、もう十年になるが京都で買ったときのままに見えた。櫛を片手に乗せてヘアピンを撮みながら、母がマンションに戻ってきたような錯覚に浸っていた。櫛を鼻に近づけた。ほのかな匂いがあった。これが母の髪の匂いか、そう思うと、まだ間に合うことを頭に巡らして気持は焦った。

会社の課にはすべてを公表して、昼休みは抜け、退勤を早める毎日になった。母は個室に移された翌日に再度の透析を受けると、見違えるように血色を戻し、医師の言葉を疑ったほどだったが、二日後には急転していた。

　翌日の土曜日、見る目にも弱ってきている母の寝顔を見ながら、私は頻りに考えた。このように、入眠と目覚めを繰り返しながら、やがて母は眠りの中で死んでいくのだろう。そのときも母は、また目覚めるつもりで眠るに違いない。そうであれば、最後の眠りのときに私はどうしても側にいて、目覚めればまた覗き込む顔があるのだと思わせたい。瞼が続けて動いたが、母は目を開けず、夢の続きを見るように動きは止まった。眠りが死で断ち切られる瞬間も夢を見ているのだろうか?その夢から受ける心の状態が、生きている最後の、そして永遠のものとなって、姿を消した母の内に留まるのであれば、安心に満ち足りた夢であって欲しい。

「ねえ母さん。退院の日は、僕のマンションに帰ろうよ」

　目を覚ました母に、私は明日のことみたいに言っていた。母がうつろな目を向けた。

「また一緒に住んでくれないかな」

　母はまだ夢の続きを見ているかのようで、だが、眉をひそめた。

「淳平さんは、それでいいの?」

「そうしたいのを、母さんなら分かってくれているじゃないか。父さんがいなくなってから、母さんはみんなに謝ってばかりいたね。今度一緒に暮らしたら、もうそんなふうにはさせないから。それと提案があるんだ、お正月と母さんの誕生日には、マンションにみんなを呼ぼう。これを聴いたときから、ずっとそう考えていたんだ」

私は携帯電話を取り出すと、留守録再生のボタンを押して、母の耳にあてがった。残しておいたのは、私の誕生日に母が贈ってくれたメッセージだった。母は不思議そうな表情で自分の声を聴いていたが、耳から電話機が離されると、ぎこちなく手を伸ばしてきた。

「淳平さん」

「なあに」

他には誰もいない個室で、両手で母の手を包んだが、握り返そうとする手にもう力はなかった。

「大きな字引が、お部屋にあるでしょう」

「『大辞林』のことかな。どうして?」

「中に、押し花が入っているの」

「探してみるよ。それを持ってくるの?」

「持ってこなくてもいいから、見て欲しいの。コスモスが、きっと色を変えていないから」

「コスモス?」

私は訊き返して、咄嗟《とっさ》に閃《ひらめ》いた。

「それ、あの旅行のときの、庭で母さんが根から抜こうとした、コスモスかい？」

頬笑んだ母の目が僅かに潤んだ。昨日の会話中も、母はときどき泣き顔になったが、涙が出ることはなかった。感情に体が反応しなくなっていた。

「淳平さんは、なんでも憶えているのね」

「でも、母さんが持って帰っていたなんて、全然知らなかったよ。いいよ、明日持ってくるから、枕の横に置こう」

マンションへ帰って『大辞林』を開いてみたが、どこにも見当たらず、字引、と言っていたので、『大字典』や図鑑を次々と開いて行くと、百科事典の第一巻に押し花がしてあった。大学時代に揃えてはみたが無用の長物であった百科事典に挟まれていたのだから、これまでに気づく筈はなかった。何かの掛け紙と思える和紙の断片を台紙に、黄ばんだセロテープに止められて、コスモスは押しつぶされながらも鮮やかな赤紫に咲いていた。母の語った植物の霊が、残しておきたい人の気持に応えて、咲かせてきたように思えた。

日曜日、疲労から寝過ごしてしまって、正午過ぎに病院へ行くと、姉と芳子がすでに来ていた。点滴の薬が変えられてあるのが、滴《したた》っている色の違いで分かった。

「下の商店街のお寿司屋で、母さんの好きなものを握らせてきたよ、ほら」

折箱に並んだ穴子寿司に、姉と芳子は声を上げながら母を見た。

「芳子、お茶を入れて。姉さん、ベッドを少し起こしてくれない」

顔だけが上がった母の口に、柔らかく焼き上げてタレの浸みている穴子寿司を箸で運ばせたが、母は握りの一つも食べきれなかった。口元を拭った姉が濡れタオルを裏返して頬や額《ひたい》を撫で、ブラシを持った芳子が後ろへ回って髪を整えた。されながら、母は窓の外に伸びる桜の枝を見ていた。かすかな頬笑みを浮かべて、母にはやがて一斉に開く花が見えているのだった。

ベッドを戻すと、何を思ったのか芳子が姉を誘って部屋から出ていった。二人だけになると、母が私の顔をしみじみと見つめた。その目を、押し花の栞《しおり》で遮った。

「本当に、あのときのままの色だよ」

「きれえね」

「でも見つけたとき、辛かったよ。長い間、僕が母さんをこうして閉じ込めてきたような気がして」

枕の上で、母はかぶりを振った。

「でも、こうも考えたんだ。閉じ込めて誰にも渡したくなかったのは、植物の霊みたいに、母さんが優しく応えていてくれたからなんだと。そうさ、母さんは俳句の『蓮華草《れんげそう》』程度じゃないもん、『やはり』野には置きたくなかったんだよ」

母が精いっぱいの頬笑みを作った。

「ごめんなさいね」

「何が？」

「わたしは、もっと早くに死んでいればよかったのよね」

「おっと。バカなこと言わないでよ」

「だって、わたしばかりが幸せだったようで」

「幸せだった？本当に？」

母はゆっくりと大きくうなずいた。

「もしかして、母さんは僕の中に、父さんの亡霊を見ていたのかな」

母は目をぼんやりと窓の方へ向け、また私に戻した。

「そうじゃなかったら、悪い母親だったかしら」

母は目を閉じて口元を綻ばせていた。

「淳平さん、いつも素敵だったわ。だから本当に幸せでしたよ、どうもありがとう」

私は触れるほどに母の額に顔を寄せた。

「僕だって、綺麗なものたくさん見せて貰ったよ」

母は目を開けなかった。

「眠いかい?」

「ええ」

「眠るといいよ」

「はい」

「母さん」

「はあい」

「母さん」

「はあ、い…」

終章　追想の午後

母との思い出を秘めた熱海の旅館が、平成十一年で営業を終え、翌年の秋から市の文化財として公開していることは知っていた。

五月の連休も過ぎ、平日とあってひっそりとした門の前に立つと、母とタクシーを降りて眺めたときの印象が懐かしく甦った。目で辿ると、伸びている白い塀はずっと先で折れ入って、敷地の広さが改めて知れる。門をくぐって玄関へと敷石を踏んだ。小ぢんまりとした玄関は、窓を備え付けた受付や土足を入れるロッカーで様変わりしていたが、沓脱石や一段上がった板敷きはあの頃のままに見えた。順路の表示に従って洋館を通り抜けながら、次第に記憶が呼び戻されていった。出窓から取り込む外光が眩《まぶ》し過ぎて、廊下の暗がりに目を慣らしながら階段を下りると、右手に連なる日本間が展示室になっていた。手前の部屋に入ったが、畳の上に置かれたケースには先客が群がっていて、庭寄りのカーペットに一段下りると、ソファーに腰掛けてガラス越しに池を覗いた。日は少し斜めに差して、泳いで行く鯉の鱗を一瞬光らせた。池の向こうは小高い丘になっているが、見る角度のせいか以前に眺めた感じとは違っていた。

腕時計を見ると、二時になるところだった。休暇を取ってまでの行動には時間のこだわりもあった。午後のこの時間帯が好きになっていた。一日のうちでも自分の年齢に相当する時刻を好むようになるのかと、こじつければそうも考えられた。朝の爽やかさに似せるほど汚れを知らない訳ではないし、と言って、まだ黄昏《たそが》れてもいない。考えを深くするには一日のうちで、そして年齢の経過の中でも一番いい時期なのだと、独《ひと》り善《よ》がりに思っていた。

見学の先客が去っていくと、展示のケースを一巡した。ここの庭園と洋館を開設した実業家や、終戦のあと旅館となった時代に訪れた文士達の関連資料が並べてあった。廊下へ出たが、先客の移った次の展示室は避けて、その先へ足を向けた。入口は開け放たれていたが、中を覗いてもまだ準備中なのか展示のケースは見られなかった。だが、その空間が見る目を吸い寄せて、誘われるように侵入していた。

「ここだよ」

座敷の畳を踏んで、思わず呟いた。ガラス戸に納まった景観にしても、障子越しに見える化粧の間の位置にしても、間違いない。母と過ごした部屋は、塗りのテーブルが片づいているだけで、そっとしておいてくれたようにあの日のままだった。襖《ふすま》を開けて次の間を一見すると、入口の方へ引き返した。畳敷きの廊下にも暖簾《のれん》のなくなっている棚にも見憶えがある。浴室は脱衣場のドアが施錠されて入れないようになっていた。違うのはそれだけで、周囲を見回しても変えられている様子はなく、意外なことに胸の鼓動を感じながら座敷へ戻った。カーペットの上の椅子やテーブルは向きまで同じだった。長い方のソファーに腰掛けて、引戸のガラスに透けて写る自分の姿を確かめていたが、やがて母の坐っていた位置にそっと腰を移した。ガラスの向こうはなお日盛りの中で、丸く刈られた植え込みや松の老木が、あの日もそこにあって母が対話していたのかと思うと、痛いような胸から溜息が漏れた。

ここへ来たのは、藤堂に送る書状の文案を練るためでもあった。藤堂はまだ母が亡くなったことを知らない。藤堂なら身動きのできない母親を預けてまで飛んで来そうな気がして、四十九日の納骨が過ぎてから書状で知らせようと決めていた。その納骨も先週済ませた。翌日から五月で、連休中に書いて送る手筈でいたが、筆が進まなかった。藤堂が嘆いてくれるのも、黙っていたことに腹を立てるのも分かっていたから、済まなさが先に立った。だからここへ来れば弁解ではない真意が告げられそうで、母と訪れてこれまでの十二年間が書き切れないのは分かっていても、とにかく来てみた。

今、君に会いたい。とても会いたい。

なりふり構わず殴り書きで許されるものなら、叫ぶようにそう書きたかった。母の思い出と併行してきた藤堂との付き合いには、懐かしさを越えるものがあった。

ソファーから立っていくと、引戸の鍵を回して、戸の片方だけいっぱいに開けた。外気には新緑の葉の匂いがあった。庭下駄がないので濡れ縁に胡座《あぐら》をかいて坐った。池の対岸で、飛び石を渡ろうとする子供の腕を摑んで母親が引き戻している。駄々をこねる子は、女の児で二、三歳に見えた。

「早く会いにきてよ」

妹の芳子に電話でせがまれて、会社帰りに産院へ寄ったのは一昨日だった。芳子は納骨には出られず、その二日後に出産した。案の定、女の児だった。

「真也さんが、お母さんに似てると言うんだけど、どう?」

子供の顔を近づけられて、私が首をかしげると、芳子は笑った。

「綺麗になるんだぞ」

私は指の先で小さな頰を軽く突いた。

背後で物音がして振り返ると、入口の暗がりに人影が動いた。近づいてくる影に、一瞬、目を見張った。

「母さん…?」

影が座敷を照らす外光の中へ入ってくると、前髪をふっくらと上げてカーディガンの胸元にネームプレートを付けた案内の職員だった。

「勝手に入ってすみません」

慌てて立ち上がり、引戸を閉めると、元通りに鍵を掛けた。

「すぐに出て行きます」

肩に掛けようとした鞄が滑り落ちて、拾い上げる私の手元を目で追いながら、職員も一緒にあたふたとした。

「あの…」

「はい」

呼び止められて、職員と向かい合った。背恰好が母に似ていたのだった。

「いえ…。ここも展示室ですけど、準備が遅れてまして」

「ああ、だから客間のままなんですね」

ソファーの脇で、職員と立ち話になった。

「実はこの部屋、以前に泊まったことがあったから、覗いたときにはっとなって、つい入ってしまいました」

「まあ。そうだったんですか」

「何も変わってないので、逆に驚きました。庭にはこれから行ってみますが、確か、レモンの木があったでしょう?」

「ここからは見えませんが、洋館の前に一つありますよ」

「その根方に、今でもコスモスは咲きますか?」

「さあ、見かけませんが。庭師さんに任せてあるから、景観のために除草したのかも知れませんね」

「来たのは十一月の末でしたが、まだ咲いていましてね」

「きっと、温泉の地熱で、狂い咲いたんでしょう」

「それにしても、僕の目には何一つ変わってないから、ここにいると来たのが昨日のことのようです」

「どうぞ、ゆっくり見ていって下さい」

「いいんですか?じゃあもう少し」

頭を下げると、職員も会釈して去っていった。一人になった部屋で、私はまたソファーに腰掛けた。

コスモスを押し花にした栞《しおり》は、出棺のとき母の胸に抱かせた。芳子が泣きながら入れた数枚の写真の中には、私と二人で写した、ホテルで夕食をしたときのポラロイド写真も混ざっていた。姉が柩に添えるものを探して、箪笥に納めた着物の上に見つけたと言う。その着物も、最後に三人で母の上に広げて掛けた。会社からは課のメンバーが総出で弔問に来てくれた。焼香のとき、『真珠採り』のＣＤを贈ってくれた女性社員が、ハンカチで口を隠しながら母の遺影をいつまでも見ていた。姉と芳子には知られず、私が隠してきた小櫛は、今、上着のポケットに入っている。

ソファーに凭れながら、藤堂に送る書状には書かなければならないことがあり、それをどこに挟むか考えた。

三年前の三月には、ありがとう。

簡単に一行だけでよかった。理不尽な転勤騒ぎが部長と例の課長の転任で終わった一件に、藤堂が動いたことは分かっていた。あのとき、私なら必ず行動を起こすと見越して、藤堂は援護射撃に出たのだろうが、私が社長宛の書状を投函する前に事は解決していた。藤堂が本社の重役に書状を送り付けたのであれば、私の小説気取りの直訴状より、藤堂の捨て身の訴えの方がその一通に足りる真情に満ちていたからだ。だが、真正面に礼を述べても、私が会社に身を置く限り、知らないな、と藤堂は言うに決まっていた。言いながらも、私が百も承知であることを、藤堂は分かってくれている。そこには、秘蔵する行為を汚《けが》してはならないと分かり合えるお互いがいた。だから私は藤堂に書く。

　秘蔵の一語が、誰にも教えてやるものか、という呟きのためにあるのなら、僕は母とのことをいつまでも秘蔵したい。


　鞄の中の携帯電話が鳴って、取り出した。画面の表示を見ると、課の部下からだった。

「課長。例の契約の件ですが、こちらの条件通りに進みました」

「それはよかった。ご苦労さま」

「それと、出張のときの、ソウルからの帰りの航空券、部長の分と二枚ゲットできましたから。お寛ぎのところ悪いと思いましたが、契約の件早く報告したくて」

「いや、こちらこそ、急に休んで済まなかった。明日はおいしいお土産《みやげ》を持っていくから、みんなによろしく言ってくれ」

　電話を切って鞄に入れかけたが、入口の方をうかがって手を戻すと、いつもの手順で指を動かしていた。母からの留守録を一件だけ残しておいた。病院で母自信にも聴かせたメッセージだった。ボタンを押して耳にあてがった。

「淳平さん、わたしです。忙しいのに、ごめんなさい。お誕生日、おめでとうございます。あの…、何もできないから、浴衣を縫おうと思っています。あれは、もう藍《あい》が褪せだでしよう？夏までには間に合わせます。では、また…」

「母さん」

　留守録が切れると、私は呼び掛けた。

「芳子に女の児が産まれて、多織ちゃんは先輩になったよ。多織が僕の携帯電話を欲しがるから、高校生になったら買ってやると約束したんだ。その電話で一番初めは叔父《おじ》ちゃんに掛けるんだぞ、と義理を売ったら、多織は首を横に振って、お空にいるババちゃんだと言うんだ。救われたような気がしたよ。いつかの晩、死は本当に無になってしまうものかと語り合ったことがあったね。多織が実証してくれたよ、決して無ではないことを。だから僕は背筋を伸ばして歩くことにした。母さんに後ろから見られて、ごめんなさいね、とまた言わせないように。幼い多織に恥ずかしいね。母さん、ではまた」

　立ち上がりながら、上着のポケットを一撫でして湾曲した小櫛に触れた。鞄を肩に掛けても去りがたかったが、畳に足を運んだ。上がり口まで来てスリッパが揃えてあるのを見た。足を入れて、外まで見渡せる室内を振り返った。傾きかけた日の差す庭には午後にしか見られない静けさがあった。

　暗い廊下を帰りながら、手紙の追伸にはこう書こうと決めた。

　夏休みに宇和島を訪ねるときには、僕の麦藁帽子も用意しておいてくれ給え。車椅子を押したいから。

宮沢賢治『銀河鉄道の夜』の引用は新潮文庫版から転載しました。

参考文献、及び、資料

志賀直哉『暗夜行路』（新潮文庫）
川端康成『千羽鶴』（新潮社／川端康成選集）
横溝正史『本陣殺人事件』（角川文庫）
谷崎潤一郎『陰翳礼讃』（中公文庫）
永井荷風『濹東綺譚』（中央公論社／日本の文学・永井荷風）
永六輔『大往生』（岩波新書）
夏目漱石『趣味の遺伝』（ちくま文庫／夏目漱石全集）
『萬葉集』（新潮社／新潮日本古典集成）
『古事記』（　〃　）
狩俣繁久「語やびらシマぬくとぅば―なぜ琉球語を研究するのか―」（講演資料より）

タンゴ真珠とり　　リカルド・サントス楽団（ポリドールレコード）

G・ビゼー　歌劇「真珠採り」より〝耳に残る君の歌声〟

　テノール／ドゥミトリ・スミルノフ（エンジェルレコード／帝政ロシア時代の名歌手達）

　テノール／ニコライ・ゲッダ（東芝EMI／不滅のオペラ・アリア集［男声篇］）

著者略歴

松 島 修 三（まつしま　しゅうぞう）
1947年、東京生まれ。
1970～2008年、都内私立高校に勤務の傍ら私家版３冊を出版。
1990年、第二回朝日新人文学賞に『塚紅葉』が候補作となる。
2010年、『弥勒《ミルク》の海』（文芸社）発刊。

追想の午後

2012年５月17日　　初版発行

著者
松島　修三
発行・発売
創英社／三省堂書店
〒101-0051　東京都千代田区神田神保町1-1
Tel: 03-3291-2295　Fax: 03-3292-7687
印刷／製本
新灯印刷

ISBN 978-4-88142-542-8 C0093